大英图书馆
·侦探小说黄金时代经典作品集·

地铁疑案

MURDER UNDERGROUND

[英] 梅维斯·多里尔·海 著

魏波珣子 译

中国青年出版社

序　言

在活跃于黄金时代的侦探小说家中，梅维斯·多里尔·海无疑是最默默无闻的一位了。她在20世纪30年代只出版了三部小说，但这些作品都是涉及后来广为大众读者所熟悉的主题，而且题材宽泛，从以城市为背景的《地铁疑案》到校园死亡事件，再到经典的乡村疑案，不拘一格。

到目前为止，提及这位作者生平的文章少之又少。1894年，梅维斯出生于米德尔塞克斯郡的波特斯巴。海家属于中产阶级家庭，其父在一家保险公司担任秘书，在埃平的家中，他们专门为孩子聘请了一名家庭教师，还雇用了一位厨师和若干女仆。梅维斯的两个兄弟后来在马来亚殖民地政府就职，为大英帝国效力。然而海家族的祖上其实并不显赫，她祖父是什罗普郡的一个普通鞋匠；她那位绰号"旱鸭子"的曾祖父是一名苏格兰水手，在拿破仑战争期间进入海军服役（后来，梅维斯还为他编撰了回忆录）。

或许正是受到了祖先的影响，梅维斯·多里尔·海迷上了乡村工艺品。20世纪20年代，她与海伦·伊丽莎白·菲茨兰多夫合著了《英格兰和威尔士的乡村工艺品》系列丛书。这一兴趣不仅成为她的终身爱好，还促成了一段良缘。1929年，35岁的梅维斯嫁给了海伦的哥哥阿奇博尔德·孟席斯·菲茨兰多夫，菲茨兰多夫家家道殷实，他的父亲是位加拿大银行家兼木材厂老板。

当阿加莎·克里斯蒂和多萝西·L.塞耶斯这些与她同时代的作家已经大红大紫的时候，梅维斯才开始创作侦探小说。从梅维斯1934年出版的处女作便可看出，她始终秉持着"创作源于生活"的原则。梅维斯与丈夫曾住在伦敦北部的贝尔塞斯巷，那里距离《地铁疑案》的案发地点只有几百米。在其后续作品中，读者还能看到她由现实世界虚构出的牛津大学的学院和"豪姆郡"。

近来，P.D.詹姆斯在《旁观者》杂志上写道："黄金时代的侦探小说对暴力凶杀采取了一种'似是而非'的态度，实际上回避了罪恶。我们并未对受害者产生真正的同情，也不会对杀人犯及遭到诬陷的人有丝毫怜悯。"《地铁疑案》恰如其分地诠释了她的这番话——在小说中，那位富有却令人讨厌的尤菲米娅·彭莱顿女士被人用宠物狗链勒死在地铁站里的楼梯上。

黄金时代的侦探小说家发现，将受害者形象设定成一个不受欢迎的人有很多好处。这意味着其余的人物不必花太多时间来哀悼死者，还可以愉快地继续努力揭开真凶的面具。在《地铁疑案》中，与彭莱顿女士同住在弗兰普敦私人酒店的房客自然会对该事件有许多评判。不过，海仅以尤菲米娅的侄子巴泽尔为代表对受害者表达了一些同情之意："不管你和死者是什么关系，都不会愿意听到他们被狗链勒死这个事实，这让人心里很不舒服。"就这样一笔带过了对一场凶残谋杀的评价，而整个故事也由这个离奇的死亡场景展开了。

海在作品中对警察的态度也很有意思。黄金时代侦探小说的读者群体习惯了当地警察被塑造成乡巴佬的形象，海也延续了这一传统，将一名执行监视任务的警察描述为"看着像警察的可疑家伙"。不过在这本小说的整体故事中，似乎有一种改变正悄然发生。在前几章里，海着重描述了书中人物以门外汉的角度对案件进行的猜测，而不是记录他们和警察的谈话。凯尔德督察是一个神龙见首不见尾的存在，他召集人们谈话，然后随着门被"砰"的一声关上，便又从弗兰普敦酒店消失了。但书页翻至一半，这位督察突然再次出现，"悄无声息地靠近"——好似趁作者不备溜进了故事中。虽然他是个聪明且富有同情心的警察,但最终还是依靠业余侦探们的协助才得以抓获真凶。

在这群业余侦探中有个显要人物,就是那位跟马普尔小姐的行事风格类似的布兰德先生,他将谋杀分为两类,"整洁"和"混乱"。"重要的是细节,"他说,"我突然想起以前在哪儿看到过类似的案件,但不知怎么的就是想不起来了。"和马普尔小姐一样,他从早期经历的回忆中找到了一条重要线索,喜欢当代连环杀人案题材小说的读者可能会对此兴趣盎然。

尽管这个故事设定的发生地点更接近城郊,但仍属极具伦敦城市风格的作品。《地铁疑案》与黄金时代其他侦探小说相比,更注重对时间点与犯罪嫌疑人行踪之间关联的刻画。喜欢钻研谜案的读者一定会对这部作品更为满意,因为海在书中提供了更多细节——贝尔塞斯公园地铁站的平面图以及彭莱顿家族的族谱等。

梅维斯·多丽尔·海在创作第二部小说《牛津谜案》时,选择了不论当年还是现在都能引人注目的主题。不幸的是,她在1936年出版了第三部小说后,其作为侦探小说家的职业生涯也戛然而止。1937年,第二次世界大战即将爆发,海的家庭也和其他许多家庭一样分崩离析。也许她在那时发现,侦探小说中那种回避罪恶的方式已经无法让人从现实的可怕世界中解脱了。

尽管海没有放弃写作,但她还是回到了自己心仪的领域——乡村工艺品上。如果还能看到她的后续作品的话,那一定会很有意思,毕竟梅维斯的小说毫不逊色于那个时期最顶尖的作品。本次大英图书馆能够再版她的作品,实为读者之大幸。

斯蒂芬·布斯

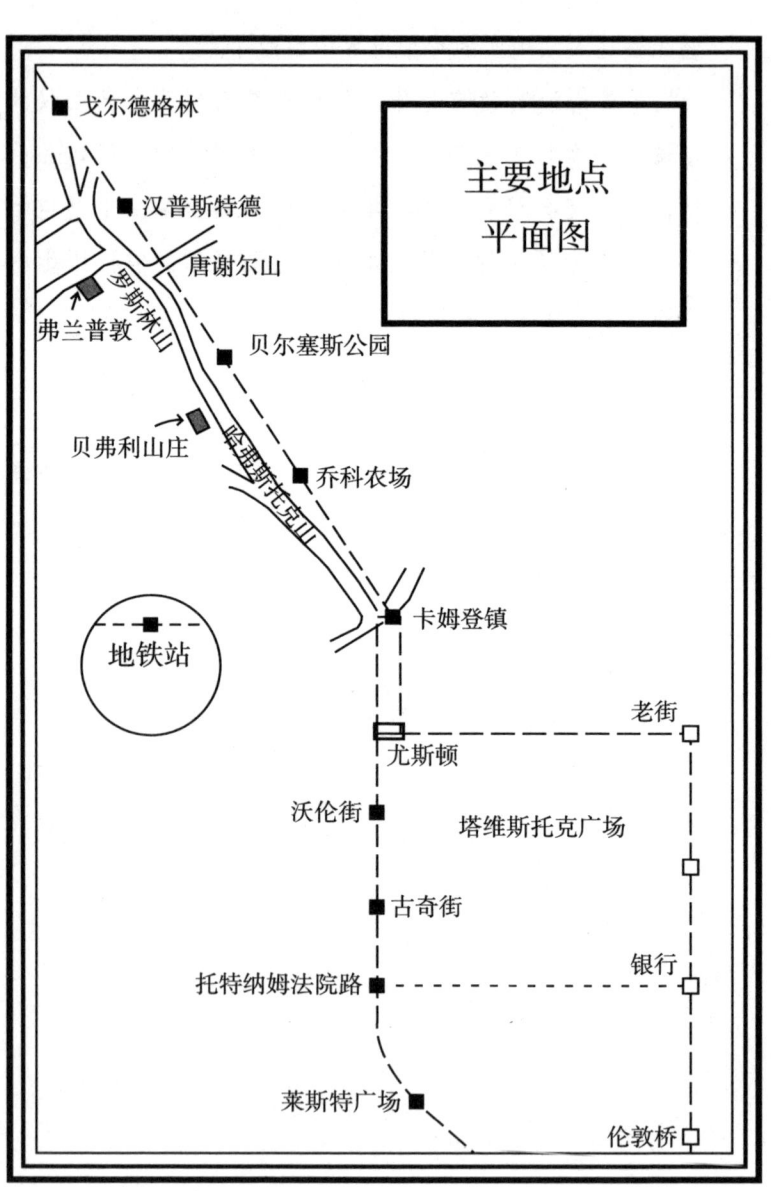

英国警衔说明

由于"侦探小说黄金时代"系列小说的故事发生地主要在英国，书中机警睿智的侦探也以英国警察为主，所以在读者阅读本书之前我们先对英国的旧时警衔和称呼做一些简略介绍，以便读者更好地理解小说背景。

英国的旧时警衔主要分为5等（从高到低）：

警察总监（Chief Constable）；

警司（Superintendent）/总警司（Chief Superintendent）；

督察（Inspector）/总督察（Chief Inspector）；

警长（Sergeant）；

警员（Constable）。

伦敦以外地区的警署还有以下几种职级（从高到低）：警察局长（Chief Constable）、警察局副局长（Deputy Chief Constable）、助理警察局长（Assistant Chief Constable）。

另外，对于担任刑事调查部门或其他某些特别部门职务的警务人员，一般会在他们的职级之前加有"侦探（Detectives）"前缀，本书中译为"警探"。此类警务人员由于职责性质特殊，所以一般不穿制服，而着便衣执行任务。

在警务人员的升迁或训练等临时过程中，他们的职级还会加有"实习（Trainee）""临时（Temporary）""代理（Acting）"的前缀。

目 录

1	第一章	彭莱顿女士丧命楼梯
7	第二章	弗兰普敦的住户
15	第三章	格里陷入窘境
35	第四章	自　白
48	第五章	斯洛科姆先生的建议
68	第六章	媒体出动
85	第七章	巴泽尔"说明原委"
107	第八章	贝蒂对巴泽尔用情至深
119	第九章	巴泽尔想起手套
125	第十章	来自塔比的灵感
137	第十一章	黛摩尔夫人展开调查
153	第十二章	搜寻珍珠项链！

167	第十三章	玛米找上门来
181	第十四章	贝蒂篡改证据
199	第十五章	巴泽尔汇报进展
208	第十六章	格里引起恐慌
226	第十七章	发　现
243	第十八章	考文垂的蛛丝马迹
258	第十九章	阴　谋！
267	第二十章	奈莉听到的动静
278	第二十一章	"有价值的线索"
287	第二十二章	斯洛科姆先生意想不到
295	第二十三章	弗兰普敦的住户众说纷纭

第一章

彭莱顿女士丧命楼梯

1934年3月一个周五的早晨,在汉普斯特德,肯定会有数十人从弗兰普敦私人酒店的门前经过——那是尤菲米娅·彭莱顿女士居住的地方——却没有注意到任何异常。等看到晚报,他们一定会因为粗心而埋怨自己,但其中一些人利用自己丰富的想象力弥补了这一点,并告诉朋友,他们感觉到了空气中弥漫着悲惨气息,或者注意到彭莱顿女士的眼中流露出了焦虑的神色。

实际上,弗兰普敦的房客通常都会在早晨出门,并没有什么能引起路人注意的地方。年轻的格兰杰先生和已到中年的波特先生就是毫不起眼的类型,约8:30时,他们步履轻快地出了门,朝汉普斯特德地铁站走去。临近9点的时候,穿戴整齐的贝蒂·沃森打开门,十分不耐烦地站在那儿,一会儿望着天空,一会儿又回头望向弗兰普敦的大厅。9点整，尤菲米娅·彭莱顿女士慢条斯理地往外走，一副挑剔难取悦的样子，抱着一个大号手提包，看上去似乎比平时用的更破旧、更老土。贝蒂告诉她今天早上天气不错，彭莱顿女士皱了皱鼻子以示回应，好像不喜欢这气味似的。她在教堂巷的尽头右拐，步履蹒跚地下了坡，走向贝尔塞斯公园地铁站。

还没等彭莱顿女士走远，茜茜·费恩便跳着跑了出来，她戴上手套，和贝蒂快步跟在彭莱顿女士后面，但在教堂巷的尽头左拐上了山。5分钟后，约瑟夫·斯洛科姆先生挥动着他那把卷得整整齐齐的雨伞，沉着地向前走去。

同一天上午的稍晚些时候，巴泽尔·彭莱顿离开了位于塔维斯托克广场的寓所，神色有些慌乱。他行色匆匆，所乘地铁从弗兰普敦正下方经过，已经过了10点了，飞快地穿过通往戈尔德格林的隧道。平时他在9:25到沃伦街坐地铁，半小时前就该经过这里了，而那天早晨，这场地下漫游之旅给他惹了不小的麻烦。

坐上地铁后，他看起了特意买来的《泰晤士报》，好对他姑妈尤菲米娅·彭莱顿的遭遇有一定的了解（完全忘记了她连两便士都不想给报社，即便这样能从客观角度看待问题）。但是他太激动了，什么都没看懂。他的目光被一句话牢牢吸引：死刑是每个公民都应当理性看待的问题,避免情感因素的影响。他看了一遍又一遍,却没能将其意义传递给大脑。扔在旁边座位上的圆顶礼帽似乎也与他毫无关系,这顶帽子与他的蓝色衬衫和艺术家外表有些格格不入。

与此同时,卡姆登镇的一位廉价牙医克拉姆比先生有点不高兴了,因为他的重要病人尤菲米娅·彭莱顿女士本来和他约好了10点,现在却迟到了。她通常会比预定的时间提前至少15分钟到,以便在折磨人的治疗开始前使自己平静下来。克拉姆比先生在考虑要不要让波蒂太太插个队,她正在等候室里痛苦地呻吟着。

按照以往的顺序,斯洛科姆先生是晚上第一批回到弗兰普敦的房客,他发现大家都异常激动。在"休息大厅"里——几把无人使用的摇摇晃晃的藤椅试图证明"休息大厅"这个称呼的合理性——他遇见了女仆奈莉,她手里拿着一叠盘子。

"先生!"她气喘吁吁地说,"你听说了吗?"

他神情严肃地举起晚报:"是的,我刚在《标准》上看到了。真可怕,可怜的老太太。"

"还有我可怜的鲍勃!"奈莉结结巴巴地说,眼里闪烁着泪光,"他的箱子被那些警察拿走了。虽然老太太曾说过要告发他,但他绝对不会做出这种事。"

"冷静点儿,这都是怎么回事?"斯洛科姆先生带着父亲般的关切问道，"你是说，你的爱人因为在地铁站的楼梯上杀害彭莱顿女士而被捕了？"

他跟着那姑娘走进大厅右侧的餐厅，她放下盘子，从膝盖处掏出一块手绢，好放肆地擤鼻涕。

"他们是今天下午把他带走的。他姐姐路伊过来告诉我了。好像老太太身上带着那枚胸针，还在信封上写了他的名字，他当时就在地铁站里工作，跳进黄河都洗不清。他性子懦弱，从不残暴，我知道他不可能干出这种事来，即使他有过想法，也不会付诸实践。"

奈莉抽抽搭搭地哭了起来，还时不时地大声擤鼻涕。

"听我说，姑娘。"斯洛科姆先生拍拍她的肩膀，和蔼地说，"如果你的爱人是无辜的，他会没事的。英国司法的公正性可是受到全世界的赞赏。"

"但那帮警察不是什么好人，会将你的一切都骗走。"奈莉哭着说。

"不要对我们优秀的警察队伍有任何误解，"斯洛科姆先生告诫她，"他们是无辜的。当然，你爱人的遭遇也十分不幸，但是……"

"但我可怜的鲍勃被关在一间肮脏的牢房里！先生，你觉得他们会让我见他吗？"

"这个……"斯洛科姆先生刚要开口，就被一个刺耳的声音给打断了。

"奈莉！奈莉！你在干什么？振作起来，姑娘。我们还是得安排晚餐，即便……"

毕丽斯太太，弗兰普敦的老板娘，穿着华丽的黑色绸缎衣服，在门口停下了。"天哪，斯洛科姆先生。你一定在想我怎么了，要在屋子里这样大喊大叫。可是我心神不宁，完全搞不清自己身在何处。想想亲爱的彭莱顿女士，她总是那么特别，可怜的人儿，就那样躺在楼梯上。天哪，天哪，天哪！"

奈莉从毕丽斯太太身旁溜过，飞快地回到厨房。斯洛科姆先生注意到毕丽斯太太的黑缎子衣服上没有像往常那样挂着金项链和珍珠项链，便断定这是为了表示对死者的尊重。

"能理解，毕丽斯太太，你现在一定心烦意乱。这事儿太让人措手不及了。这个可怜的姑娘特别担心鲍勃·瑟洛，但毕丽斯太太，我建议你让她把心思放在工作上，那是消除紧张情绪的良药。尤其是遇到这等惨剧。当然，我只是刚才从晚报上读到了一些零星的细节。"

"你什么都没听说吗，斯洛科姆先生？我们都知道，奈莉的男朋友鲍勃一无是处。"毕丽斯的语气中带有一丝阴险的意味，"但我敢肯定，我们谁也没有想到他会干出这种事来！"

"毕丽斯太太，我们现在绝不能妄自揣测，直到——

除非——我们不得不这样想。"斯洛科姆先生夸张地说。

"而且鲍勃对彭莱顿女士的塔比很好。那小家伙原本活蹦乱跳的,结果现在都开始消瘦了。斯洛科姆先生,我在想该拿它怎么办呢?你有什么建议?也许彭莱顿女士的侄子,年轻的巴泽尔先生,可以带它走——不过我也不大清楚他住在什么地方。很多女房东都觉得狗很讨厌,养了没什么好处,但我乐意为这位可怜的女士做点什么。"

"的确,毕丽斯太太,我们一直认为你是塔比的好朋友。如你所说,鲍勃·瑟洛也对它很好,我猜他经常带它去散步吧?"

"他似乎很喜欢这个小家伙。谁能想到……罢了罢了。他们说狗通人性!布兰德先生最爱说的那句话是什么来着?是在你到这之前说过的话了,我记得是:*真正的人性首先表现在对可怜动物的仁慈上*。这话记录在他的一本剪贴簿里。有时候真理也会迷路。我得去瞧瞧那姑娘了,厨师也好不到哪儿去,她太毛躁了,会让奈莉的情绪再糟糕十倍。她的嘴巴就没歇过!"

毕丽斯太太匆匆走开了,斯洛科姆先生显然也受不了她的唠叨,等她消失在门口,便飞也似的逃走了。

等毕丽斯太太回到厨房,她想:"多亏他在这儿,也算是种安慰了,他总是那么热心肠——不过天知道今天的晚餐会做成什么样子!"

第二章

弗兰普敦的住户

那天晚上弗兰普敦的餐厅比往日更加热闹,一个音量高出许多的声音不时地从一张小餐桌传来,盖过了其他人的说话声,过了一会儿,声音的主人才意识到自己的行为在这样气氛凝重的夜晚不太得体,终于越来越小,直至陷入尴尬的沉默。房客们冷漠地谈论这起谋杀案。有的房客为了吸引同桌人的注意力,讲述白天的见闻时十分夸张,显得很没有人情味。

就职于同一家公司的茜茜·费恩和贝蒂·沃森坐在一张桌子上,叽叽喳喳聊个不停。茜茜长着一张漂亮的圆脸蛋,一双蓝灰色的眼睛清纯可人,就是嘴巴总是说个不停。

"这和彭莱顿今早带去市中心的胸针没关系。"她一边说着,一边甩了甩她时髦的长卷发。

"她并没有到市中心。"贝蒂反对道,她在措辞上的严谨是公司的一大财富。她没有茜茜那么聒噪,头发和眼睛都是棕色的,算不上很漂亮,但精明干练。

"行吧,她本来要去,如果不是半路遭遇不幸肯定就到了。奈莉说的,"茜茜尖着嗓子继续道,"她约好了去看牙医。太惨了!"

"你总不会以为是牙医不想再看见她的喉咙了,所以一怒之下把她掐死在了地铁站里的楼梯上吧?"贝蒂反问。

"别瞎说!我的意思是鲍勃没道理紧张到非得在半路上拦住她。"

"可你怎么知道彭莱顿事后不会去找警察告发胸针的事?"

"我觉得她不会。我相信她不会在这上面做文章,最多用胸针指着鲍勃的脑袋威胁他。她只是喜欢掌控一切和知晓一切的感觉罢了。"

"就因为喜欢出风头,"贝蒂指出,"她会以线人的身份站出来——美其名曰为了公众利益!让警察去追踪一个危险的犯罪团伙,再以目击证人的身份出现。你不觉得吗?"

"可能吧。但我的想法是,鲍勃纯粹是被她的威胁激怒,出于报复才对她狠下杀手。这种事的确存在。他就没想过要拿回胸针。"

"你说的这些我都觉得不太可能，没必要编造证据，臆想这就是鲍勃干的。我不信他跟这事儿有关系。只不过他运气不好，牵扯进去了而已，之前不也因为这样被误会入室偷窃吗？"

另一桌的黛摩尔夫人和格兰杰先生也正聊着这个话题。不认识的人会好奇他们怎么会拼桌。黛摩尔夫人是位中年妇女，喜欢用老土的穿着来突出她那瘦削到有些怪异的身材。对此她会颇为骄傲地解释，它们全是手工编织的，"出自伟大的布莱姆普顿·托尔之手，原料都是羊背上的毛！"或许正因为和绵羊联系紧密，才显得尤为笨拙。

弗朗西斯·格兰杰则是一个毫不起眼的年轻人，不久前才在弗兰普敦住下。黛摩尔太太会解释说自己在研究他，因为她是小说家。她经常对朋友说："我喜欢研究不同类型的人。每当我把一个类型研究透了，就会……"她骨瘦如柴的手轻轻一挥，便预示了他们的命运。而且，弗朗西斯·格兰杰似乎也对这个不怎么令人愉快的研究过程逆来顺受。如果有人仔细观察，便会发现，黛摩尔太太之所以选他，是因为他听人说话时十分专注，但可能又会觉得即便是最忠实的听众，这场表演也持续得够久了，不过格兰杰先生仍旧镇定地聆听着。

"这事特别有意思，"黛摩尔太太告诉他，"尽管大家都为彭莱顿女士的悲惨结局感到惋惜，但要说我们中有人因为她的离去而悲痛欲绝，那就太虚伪了。罪犯是我过去研究的一个重点类型。这个案子我还没有摸清脉络——发生得太突然了——但很快我就会把前因后果弄明白的。"

"有一点我不太明白，"格兰杰先生说，"或许对人性颇有研究的你可以解释一二，大家好像都很清楚彭莱顿女士和鲍勃·瑟洛的事情，她一死，立马就怀疑是他干的。"

"很有意思的切入点，"黛摩尔夫人承认道，朝他点点头，并挥了挥手，那根手指的关节很粗，上面挂着几枚明显是"手工制作"的大银戒指，"一部分原因是，我们的关注点都在这几个人身上，于是会自然而然地从脑海中搜寻关于这几个人的所有信息，从而忽略了其他东西。还有一部分原因是，下层阶级的人不懂得沉默是金。只要有人愿意听，可怜的奈莉就会将胸针的事全盘托出。"

"那估计就是这个原因吧。不过有一说一，那枚胸针的存在让所有矛头都指向了鲍勃·瑟洛，这事儿有点蹊跷，凑巧的是当天他正好也在车站值班。"

格兰杰先生轻易地就全盘接受了她的说法，这让黛摩尔夫人很高兴："在这些谋杀案中，这种巧合会误导警察。你必须考虑所有的可能性，首先那是个地铁站，任何人都有可能出现那里——理想的凶杀现场。接着是彭莱顿女士的性格，毫无疑问，她是个冷酷无情的老太婆，而且据说很有钱。她行事诡异、锱铢必较，可能有数百个敌人。她的过去是个谜，只不过是个表面上受人尊敬的老妇人罢了。"

"但说真的，"格兰杰先生反驳道，"你不觉得太过了吗？我是指她的过去，毕竟你什么都不了解。"

"听我说话别太较真，格兰杰先生。我是个写小说的，所以会考虑造成这种情况的各种可能性。"

"再就是关于谋杀的地点，"格兰杰先生接着说，"任何人都有可能出现在地铁站里，这是肯定的，但却不一定会走楼梯——贝尔塞斯公园在汉普斯特德的下一站，里面的楼梯是这一带最深的。而且彭莱顿女士为什么会去贝尔塞斯公园站？汉普斯特德站要近多了。"

"彭莱顿女士虽然很有钱，却也十分吝啬，"黛摩尔夫人一本正经地告诉他，"这也就是为什么她总是步行到贝尔塞斯公园站的原因，能省下一便士。而且她害怕乘电梯。不过即便是最理智的人，有时候也会莫名其妙地对某种东西感到害怕，但她究竟是出于这样的原因，还是过去隐藏着什么秘密，我目前还不得而知。但她从来都是走楼梯下去。"

"或许她只是不喜欢失重的感觉，"格兰杰先生说，"现在算是知道她为什么会出现在那里了，但这并不能解释凶手是如何到那儿的。我得说，可没几个人会走贝尔塞斯公园站的楼梯。"

"没错，这一点只能说明那个人了解她的习惯，并不能确定就是鲍勃·瑟洛。他怎么会知道的呢？"

"这个嘛，他在地铁站工作，最近一直在那个车站当值。可能之前他有注意到她从楼梯上走下来。"

"但同样，任何认识她很久，或者和她在一栋楼里同住过一段时间的人，都有可能知道她的古怪行为。因此，更有可能是知道她今天上午要去看牙医的人。"

"她给我的印象是一个爱遮遮掩掩的老妇人。你不是也说过，她不太喜欢跟别人谈论自己的事情。"

"的确如此，但她也有交心的朋友。"黛摩尔夫人告诉他。她匆匆扫视了一下其他几张桌子，然后探过身去，轻声说："斯洛科姆对她的了解程度可能比他愿意承认的还要多。茜茜·费恩也对她颇有好感，但我觉得这只是因为她有帮她做些跑腿、寄信的事罢了。胸针一事说明彭莱顿女士不在乎和女仆奈莉分享秘密。"

就连颇为迟钝的格兰杰先生也猜到了，黛摩尔夫人对已故的彭莱顿女士颇有微词，因为老太太从来没向她吐露过心事。他有点想安抚一下她的自尊心，便说："她也没信任过我。"

"可能得算你走运，"黛摩尔夫人狠狠地说，"在这个案子结束之前,凡是知道彭莱顿女士今天上午打算做什么的人都会受到怀疑!"她用冰冷的目光恶狠狠地瞪着他。

"哎呀,跟我们弗兰普敦的住户没关系,这是茜茜小姐给住在弗兰普敦的人起的称呼。"

黛摩尔夫人只是严肃地点点头。她不喜欢听他提起茜茜说过的话。

"可是黛摩尔夫人,你知道,还得有杀人动机。"格兰杰先生反驳道。他不由自主地环视了一下餐厅,仿佛要从聚集在此的人脸上寻找犯罪意图的痕迹:年轻时髦的茜茜和贝蒂还在一边喝咖啡一边认真地聊天;约瑟夫·斯洛科姆坐在彭莱顿女士生前经常与他一起吃饭的那张桌旁,显得孤独而忧郁;布兰德老先生也是一个人,他面色红润,脸上的胡须让他像个乡下人。他像往常一样,吃饭比别人慢一拍,因为他正聚精会神地看一张报纸,并用一支金色铅笔在上面标记段落。人到中年的波特夫妇在平日里经常待在房间,因此与其他房客鲜有交集。最后是毕丽斯太太,她身材壮硕,坐在角落的桌旁,似乎在指挥员工。格兰杰先生看到奈莉急忙跑到她跟前,在她耳边激动地低声说话,同时害怕地回头看了一眼。

毕丽斯太太表情严肃地站了起来:"女士们先生们,"她宣布道,叽叽喳喳的说话声瞬间停了下来,"来了一位督察,他想依次询问大家,看能不能为他提供一些有用的线索。我们最好吃完饭就马上到客厅里去，督察在吸烟室里能看到我们。"

"我吃完了，毕丽斯太太，"茜茜主动提出，"我可以先去吗？"

"稍等，亲爱的，"毕丽斯太太说，"我得先跟督察说句话。"她轻快地走出餐厅。波特夫妇昂首挺胸地跟在她后面，上楼回他们自己房间，这样的行为显然在表明："我们才不奉陪这种愚蠢的游戏。"

斯洛科姆先生跟着黛摩尔夫人和格兰杰先生站起身来，穿过大厅来到客厅。茜茜和贝蒂坐了一会儿，弄了弄头发，补了下妆，为问询做准备。等黛摩尔夫人大步走了出去，茜茜向前倾着身子，拿着口红在空气中点了点，吸引大家的注意力，小声道："等着瞧，黛摩尔夫人只是拿这件案子当案例在研究，太阴险了！或许这次问询都是她自己安排的，以便收集证据。这事儿她做得出来。"

第三章

格里陷入窘境

客厅里有只上了年纪的小胖狗舒服地躺在壁炉前的地毯上,还将鼻子搁在壁炉围栏上,它就是塔比,看那模样可一点也不消瘦。黛摩尔夫人率先进入房间,格兰杰先生和斯洛科姆先生紧随其后。她在壁炉一旁的扶手椅上坐了下来,肩上披着一条蓝绿相间的围巾,围巾的两头搭在手肘上。她犹豫了一会儿才坐下,不确定地看了一眼对面那把靠背更高的扶手椅,那把椅子还有另一个好处,就是它在壁炉离门较远的一侧,这样门口漏进来的风就吹不到黛摩尔夫人的后背了。壁炉的正对面有一个沙发,格兰杰先生坐在靠近黛摩尔夫人的那一头。斯洛科姆先生在房间里转来转去,拿起报纸扫了一眼,又将它们叠得整整齐齐,再放回原处。

这时茜茜和贝蒂来了,并排坐在沙发上。随后布兰德老先生颤颤巍巍地走了进来，手里拿着报纸和金色铅笔，在一张小桌子旁坐下，桌子上摆着一盏台灯，台灯贴着墙，旁边靠着一把没人坐的扶手椅。

茜茜正用脚趾挠塔比的痒痒，对它说："小乖乖，可怜的老塔比。"那只胖狗只是懒洋洋地动了动，把后腿和尾巴缩得更紧了，继续盯着炉火。

大家似乎都不知道要如何开口。他们可能都不确定这时候该做什么。斯洛科姆先生把房间里所有报纸都整理好了，才不慌不忙地走到空椅子跟前坐下。大家的注意力明显都被他吸引过去，但谁也没说话。黛摩尔夫人因为他棋高一着的策略而恶狠狠地瞪了他一眼，同时在心里诅咒自己的胆怯。

毕丽斯太太进来了。"茜茜，你现在可以进去了。"她说道。茜茜迅速从沙发上起身。

"如果我是你，我不会把自己的任何猜测告诉他。"贝蒂警告她。

茜茜甩了甩头发，又担心头发散乱，急匆匆地整理一下，离开了房间。

毕丽斯太太欲言又止："如果你不介意，我去把针线活拿来和你坐一块儿。我心里很难受，今天下午去指认了可怜老太太的尸体和那条狗链……"

"我还以为他们会找巴泽尔来指认他姑妈的遗体。"趁毕丽斯太太去拿针线活的空当儿，贝蒂说道。

"可能她的包里放了这儿的地址——她特别细致，"黛摩尔夫人说，"细致到会在本子上记下姓名、地址、年龄、身高和体重的程度。"

"我觉得贝尔塞斯公园站的人都认识她了吧。"格兰杰先生说，"不是每个人都会走楼梯。"

毕丽斯太太回来了，斯洛科姆先生彬彬有礼地站了起来。

"毕丽斯太太，你要坐这里吗？"

"哦，真的不用，但还是谢谢你，斯洛科姆先生。"毕丽斯太太一屁股坐到茜茜空出来的位置上，"虽然空出来没有意义，彭莱顿女士也没机会再坐了，"她补充道，"我从来没有这么烦心过！"毕丽斯太太将缎面裤腿抚平，开始拨弄那些闪闪发光的织针。

"辨认尸体的过程肯定很痛苦，"黛摩尔夫人安慰她说，"你是说还有一条狗链是吗？"

"没错，他用她的狗链——塔比的狗链——勒住了她的脖子！真是残忍至极。想想鲍勃都用那条链子牵着塔比出去多少回了！"

"你确定是同一条吗？"斯洛科姆先生问，"毕竟狗链长得都大同小异。"

"一根带子，《晚报》上是这么说的。"贝蒂指出。

"狗链可不就是一根带子嘛。总之我认得塔比的链子，我不是经常去找它吗？因为使用时间太长，带子都有点磨损了，彭莱顿女士还找波特太太借来棕色针线缝补了一番。为什么鲍勃会把它塞进口袋带回家。我们还以为是他忘记了呢，现在想来，说不定就是在密谋这档子龌龊事！"

"可是他后来拿回来了。"贝蒂叫道，"我清楚地记得有一天晚上看到他拿着狗链在大厅里向彭莱顿女士解释。"

"有关这一切，我知道的不如你们多，"格兰杰先生抱歉地说，"不过我想，大概是因为胸针的事，鲍勃·瑟洛才想置彭莱顿女士于死地吧，而且肯定就发生在一两天前——鲍勃把狗链带回家后的某个时间。"

"我只是想说，"毕丽斯太太解释道，"能做一回，就能做第二回。我们都知道鲍勃能拿到那条狗链，而那位可怜的女士又恰巧是被那条狗链给勒死的。"

"不得不说，在我看来，鲍勃实在没什么必要故意引起大家注意，很明显他能拿到那条狗链，并且用来行凶。而且，他把狗链带回家的时候不可能有对彭莱顿女士下手的想法，因为那会儿胸针的事还没发生。有太多地方说不通了。"贝蒂抱怨道。

"对我来说，这就是明摆着的事实，"毕丽斯太太斩钉截铁地说，"再明显不过了。你们是没看见那位躺在太平间里可怜的女士，身上就穿着她那件紫色的旧大衣，我都觉得难过。可是她总说，就看个牙医，打扮得那么漂亮做什么。我先去了地铁站打听，他们发现她了，但我没下楼梯看她。后来我去了太平间，她就躺在那儿……"

"有没有可能，"斯洛科姆先生急忙打断她的话，"正是因为那个年轻人碰巧把狗链带回了家，从而才萌生出借此杀人的想法来？当然，我觉得我们不应该过早地对一个人做出判断。我们还不知道今天上午还有谁登上了那个致命的楼梯。"

此时茜茜·费恩冲进房间："问完了！该你了，贝蒂。是不是很像我们以前在小朋友的派对上玩的游戏？"茜茜填补了闺蜜走后沙发上的空缺，轻松地抽起了烟。

"我想知道的是，"她对毕丽斯太太说，"如果鲍勃是因为胸针杀了彭莱顿女士，那他为什么没有把胸针带走——还是说他拿走了？督察什么都不跟我说，他对我说的话似乎也不怎么感兴趣。"

"鲍勃没有拿那枚胸针，"毕丽斯太太一本正经地说，"我猜测是太早被人发现所以没办法下手，要么就是没搜到。总之，胸针没丢，和其他遗物一起存放在警察局里。他们的确是在她身上找到的。"

"那枚胸针到底怎么回事？"格兰杰先生问，"人人都在谈论，所以我想把实情说出来应该没有坏处吧，明天的报纸上肯定会出现一些不同的版本。"

"我想毕丽斯太太会告诉我们的,"斯洛科姆先生暗示道。他在那把扶手椅里正襟危坐,享受它带来的舒适,身体却并不放松。他那双保养得当的小手轻拍膝盖。他脸上带着惯常的严肃表情,嘴唇很薄,两边的嘴角向下耷拉着。他那副模样,像是正在主持就彭莱顿女士之死展开的正式调查。

"我的确比大多数人要更清楚内情,奈莉一天到晚都把这事挂在嘴边,"毕丽斯太太骄傲地承认道,"但她说话的方式太过跳跃,有时会让人摸不着头脑。鲍勃应该和周二晚上在莫顿太太家发生的那起抢劫案有关。我不是特别清楚具体情况,但鲍勃似乎跟一些远比他想象得更恶劣的人搅和在一起。他以前没有犯过罪,就算亲眼看见,也很难迅速反应。那天晚上他们带上了他,但一路上什么都没说,到了地方之后才告诉他此行的目的。"

"可他们为什么要带上鲍勃这样的笨蛋呢?"茜茜问。

"据奈莉说,那伙人当中有一个人失去了大家的信任,所以他们想要换个人开车和望风。等鲍勃反应过来这是在干什么的时候,他已经怕到脑袋发蒙,只会像个木偶似的言听计从了。他们潜入卧室偷了一些钱和物品,将一枚老式胸针送给鲍勃,算是给他的好处——我觉得他实际拿到的肯定比这个多,我们以后会知道的。然后周三下午,鲍勃趁着奈莉休息把她带了出去,将胸针送给她——他肯定以为那就是个普通玩意儿,没有人会注意,尽管他的确有叮嘱她,不要给任何人看。在以前那个年代,这款胸针确实满大街都是,我母亲就有一枚一模一样的,但已经不见了。"

贝蒂的归来打断了这个故事。

"或许该斯洛科姆先生去了?"毕丽斯太太建议道。

"女士优先!"斯洛科姆先生殷勤地说。

"黛摩尔夫人?"

"布兰德先生呢?"

"我们最好别让督察久等——他的时间观念可是很重的。"毕丽斯太太强调,"布兰德先生,你介意现在去抽烟室吗?"

"嗯?"

"去见督察。他想挨个见我们,你可以现在去吗,布兰德先生?"

"好吧,我去,不过以前发生过的案子我倒是能跟他聊几句,现在这个就不怎么了解了。"方才他拿着一把长剪刀将报纸剪成一条条纸带,他放下剪刀,迈着沉重的步子走出了房门。贝蒂坐在沙发前的一个矮凳上。

毕丽斯太太做针线活的声音再次咔嗒咔嗒地响了起来。

"我刚才说到哪儿了？对了，胸针！那天晚上，奈莉帮彭莱顿女士拿热水袋的时候，被可怜的老太太看到了。"

"她总是有很强的好奇心。"茜茜哼哼着说。

"很正常，"毕丽斯太太语气刻薄地说，"像奈莉这样的女孩，任谁见了都会注意到她身上戴的漂亮首饰，更别说那位可怜的老太太了。她直接问了奈莉，奈莉说是鲍勃送她的。"

"所以彭莱顿想知道鲍勃是从哪儿弄来的！"茜茜得意地补充说明。

"说真的，费恩小姐，如果你想来讲这个故事——而且毋庸置疑，肯定会比我描述得更精彩——那我自然没什么话好说了。"毕丽斯太太穿针引线的双手又加重了几分力道。

"您继续，"贝蒂忙打圆场道，"茜茜一有什么发现就容易激动。我们都听得很入神，毕丽斯太太。您别生气！"

贝蒂轻轻推了茜茜一把，后者遂又加了一句："没错，请继续，毕丽斯太太。我道歉。"

"我倒是不介意被打断，"毕丽斯太太装腔作势地说，"不过不管现在的风气如何，在我年轻那会儿，我们说话是不会对死者不敬的。"

"但如今大家都喜欢以绰号相称，毕丽斯太太，这样也不错呀,显得亲近。"格兰杰先生说。

毕丽斯太太停顿了一会儿,表示尊严问题不容辩驳,才继续讲她的故事:"可怜的彭莱顿女士出生于名门望族,只消一眼,就能知道那些珠宝价值几何。所以她感到奇怪,鲍勃竟然会给奈莉一枚那样的胸针。然后她看了看报纸——她的床边总是放着《标准》报——上面赫然列着被盗物品,当然也有对胸针的详细描述,因为那是莫顿太太非常珍视的东西,有着无可比拟的情感价值。报纸上说这是她母亲送给她的,如若归还,定有重谢。第二天早上,奈莉喝早茶的时候,彭莱顿女士让奈莉再将胸针给她看一眼,果然跟报纸上描述的一样。'你最好把这东西放在我这儿。'她说,然后就扣下了,告诉奈莉这对她来说太贵重了,不能带在身边。奈莉不太高兴,因为鲍勃特意交代过,不能给任何人看,也不能说是谁给她的。她趁我让她出门办事的空当,跑去贝尔塞斯公园站找鲍勃,告诉他事情的原委。当天晚上,鲍勃就大摇大摆地来到这里,没记错的话是周四,我想他是在大厅里等着的时候拿到了狗链,然后见到了彭莱顿女士。但她没有把胸针还给他,这么做是对的。我觉得她是想给他一个缓刑期,并设法使他改过自新。结果呢?这就是她用自己的善良和关切对待一个废物所得到的回报!"

"我猜,大家直到今天才知道胸针的事吧?"斯洛科姆先生的声音从那把舒适的椅子处传来。

"据我所知是的。"毕丽斯太太告诉他,"当然了,我也不知道彭莱顿女士会向谁咨询这件事。我只知道那枚胸针是在那位可怜的老太太身上找着的,它被放在一个信封里,信封上写着鲍勃·瑟洛的名字。"

这时,布兰德先生结束问话回来了,他喘着粗气回到他的小桌子旁。

"他居然以为我清楚一切?"他笑了,"那真是大错特错了!"

"现在我去吧。"黛摩尔夫人自告奋勇道。

"你愿意的话当然可以。"毕丽斯太太说。

黛摩尔夫人整理好围巾,神态严肃地走了。

"他问你什么了?"茜茜问蹲在她脚边的朋友贝蒂。

"问我今早几点出门,怎么去的市中心,彭莱顿女士出门的时候我有没有看到。督察挺亲切的,我回答得简明扼要,他还感谢我来着。"贝蒂抱着膝盖,抬起她的脑袋,有点小得意。

"他真是八面玲珑,"茜茜嘟囔着,"不知道黛摩尔太太会有多喜欢他。"

"我猜他想知道我们最后一次看见挂在伞架上的狗链是什么时候。"斯洛科姆先生说,似乎在暗示,如果督察不想知道这一点,就说明他太不专业了。

"没错。"茜茜和贝蒂异口同声道。"我不记得了，"贝蒂补充说，"要想确定它是什么时候不见的，根本不可能，但大家或许会记得看到它挂在那儿的时候是个什么场景。"

"我不认为用另一种问法更容易确定。"茜茜反对道，"我昨天睡觉之前，它好像就已经不在了。"

"你为什么会注意到它不见了？"斯洛科姆先生问。

"不对，我就没在那儿见过它。"

"为什么？"贝蒂问。

听到门开了，大家纷纷回头，想看看黛摩尔太太是如何熬过这场磨难的。但胆怯地站在门口的人却是奈莉。

"普拉希尔先生说他想见见大家！"

"好极了！"茜茜激动地叫道。格里·普拉希尔是彭莱顿女士的外甥女贝丽尔·桑德斯的未婚夫，她想，他或许可以为大家的猜测提供更多佐证。

"领他进来，奈莉。"毕丽斯太太吩咐那姑娘。

"等一下。"贝蒂在她后面叫道，"不好意思，毕丽斯太太。我想奈莉可能知道点什么。奈莉，你还记得上一次在大厅里看到塔比的狗链是什么时候吗？"

"记得，小姐。昨晚我把格兰杰先生的伞放进伞架的时候，看到它还在。伞放在厨房里晾干后，我便收起来放好，这样他第二天早上就能直接取走。我把伞插进去的时候还和狗链缠到一起了，所以我知道当时它还在。"

"那今天早上呢？"贝蒂问。

"怪就怪在这里，小姐。我早上打扫卫生的时候发现它不见了。这一点我很确定，但警察还是问个不停，说我怎么知道的，万一是另一天早上呢。可我真的看到了。说真的，我现在脑子里就是一团糨糊。"

"这就奇怪了！"奈莉出去后，贝蒂沉思道，"大家都会觉得，如果狗链不见了，奈莉在打扫卫生的时候一定会注意，因为一旦找不到，她往往是第一个受到指责的人。昨晚发生的'最后一件事'就是鲍勃来见了彭莱顿女士然后离开。"

"我没怎么注意她。"毕丽斯太太刚开口，此时恰好格里·普拉希尔来了，打断了她的发言。在这样一个不同寻常的场合，因为过于紧张而引起的焦虑，反而让他比平时更加活跃了一点。

"大家晚上好！这件事既可怕又恶心，居然用狗链行凶！但并非年轻的鲍勃所为！"

大家议论纷纷。"你怎么知道？""警察抓到其他人了？""我就知道不是他！他是个不错的小伙子！"最后一句来自茜茜。

"我之所以知道不是他，是因为这事发生的时候我正在跟他说话！"

"发生的时候？"斯洛科姆先生吃惊地盯着格里说。

贝蒂以更快的速度把疑问抛了出去："你怎么知道是什么时候发生的？"她问道，"尸体一直躺在那儿，直到今天下午才被人发现。"

"但是我今早下楼梯的时候，和老太太擦肩而过了。她穿着那件紫色的旧大衣，我绝对没有认错。而且我还跟她打招呼了。"他突然想到了什么，停顿了一下，"对，我跟她说了早上好。虽然对她来说，早上不怎么好。"

"可是你为什么会走楼梯呢，格里？"茜茜问道。

"我和办公室的同事打了个赌，赌楼梯的台阶数超过了两百。其实都怪我跟他说，老太太总是走楼梯下去。这也是我从贝丽尔那听来的。我说我要数一数，今早我到地铁站的时候，电梯还没开，于是我想起了那个赌约，便精神抖擞地开始下楼梯，毕竟除此之外我也没别的事好做了。我刚走了没几节台阶就碰上了彭莱顿女士，接着在最底下的通道处，在我走向月台的时候，看到了提着一桶糨糊的鲍勃——他在站台上贴一些告示——我当时是想问他楼梯的台阶数来着，因为数着数着就遇见了彭莱顿女士，一下子打了岔，我有些不确定。"

"可是你认识鲍勃吗？"贝蒂问。

"认识，有一次我和贝丽尔在这里陪彭莱顿女士喝咖啡，他牵着塔比进来了，所以后来在贝尔塞斯公园站看到他的时候我就想起来了。毕竟我每天早上都会去那儿搭地铁。"

"可你也不会一直跟他说话吧。"贝蒂反驳说。

"当然,但他手里提着糨糊和其他东西,连狗链的影子都没有,我敢打包票,他那样子绝对不是要去杀人的。而且那时候老太太应该已经遇害了,不然早走到楼梯底下了。"

"你看见楼梯上或者附近还有其他人吗?"斯洛科姆先生发问。

"连只虫子都没有,更别说人了,"格里宣称,"虽然平时那里总是人来人往,不是吗?"他补充道,怀疑地盯着斯洛科姆先生。

"我不知道。"那位先生严肃地说,"我猜你已经把这一切都告诉警察了?他们应该会很感兴趣的,尽管你可能并不急着公之于众。"

"你的意思是,这些话会对我自己不利?没错,我也想到了这一层:一个年轻人承认自己在楼梯上遇见了受害者,后来没有人再见过活着的她。话虽如此,但也没办法。"

"格里,你最好再说清楚一点?"茜茜问道。

"你听不明白这或许可以洗清鲍勃的嫌疑吗?"普拉希尔先生坚称,"当然,我在报纸上看到了这则消息后就立马打电话给贝丽尔,她跟我说了鲍勃的事。她去找巴泽尔了，可他一整天都不在家，所以我想着应该来这儿看看你们会不会还知道些什么。我一边往山上走一边在脑子里把所有事捋了一遍，现在我打算去警察局。"

"这里现在就有一位督察，"毕丽斯太太骄傲地说，那神情好像他是某种珍稀动物，凭借她的勇猛才将其捉了回来似的。

"真的吗？人在哪儿？运气真好！"

"等一等。"毕丽斯太太告诫他，"他还在跟黛摩尔太太谈话。"

"我的天！是不是很像报纸上描述的情形，'那个警察急于问话的对象'，我想我能提供的信息比黛摩尔太太要多得多。"

"年轻人，若你愿意相信一个比你多活了一倍岁数的老人家，那听我一句劝，"斯洛科姆先生说，"把你知道的都一五一十说出来，除非你希望别人怀疑你。就我个人而言，我看不出这对鲍勃·瑟洛有多大帮助，没人知道老太太在楼梯上停留了多久。她的动作远没有你的敏捷，这点你要记住。"

"我是说可能有帮助。无论如何，隐瞒是没有意义的，十有八九有好几个人注意到我急匆匆地往楼梯上走去。比如检票员，他每天早上都能看到我，大概已经记住我这张引人注目的脸了。鲍勃自己可能会认为这是一种不在场证明——估计他还没想到这一点。如果我会遭到怀疑,像斯洛科姆先生好心建议的那样,我最好马上坦白。"

看到黛摩尔夫人走进来,普拉希尔先生立马从椅子上跳了起来。

"晚上好,黛摩尔夫人!这是你的位子。没关系,我正好有事找督察。"

黛摩尔夫人坐回原先的位子,对他和蔼地笑了笑,又厌恶地瞥了斯洛科姆先生一眼,他稳稳地坐在彭莱顿女士那把舒适的椅子上。待她坐好后,其他人便将最新的进展如实告知。

"你们有没有想过,"她严肃地说,"如果鲍勃·瑟洛是无辜的,他会将普拉希尔先生的说辞当作不在场证明。但如果他确实有罪,他就会知道这并不构成不在场证明,也不会想到要在那次偶然的会面上做文章,制造一个不在场证明。在这类情况下,研究精神状态还是有用的。然而这只是其中一点。"

"我不觉得有多大用处,但我要把普拉希尔先生跟我们说的事告诉奈莉,"毕丽斯太太说,"或许能让这个小姑娘振作起来,但恐怕难过的日子还会再持续一段时间。就算她打碎了我最好的碗碟,我也完全不会惊讶,毕竟她现在心情糟透了。"毕丽斯太太收起针线活走了。

"至于那条狗链,"贝蒂开口道,"我不太明白鲍勃是怎么拿到手的。昨晚深夜的时候都还在大厅里,可是……"

"这很正常,"斯洛科姆先生以一种居高临下的轻蔑口吻插嘴道,"那个叫奈莉的姑娘应该说,昨晚她男朋友离开这里之后,那条狗链还挂在上面。要说服自己相信符合自身迫切愿望的东西并不难。"

贝蒂摇了摇头,但什么也没说。

"我去睡了,"茜茜说,"我的脑袋像泡在泳池里似的,已经晕晕乎乎了。贝蒂,走吗?"

她们一道离开了,但没有马上睡觉,而是凑在茜茜房间里的煤气取暖炉前,继续讨论案情。

"可怜的格里被人怀疑了!"茜茜沉思道。

"谁怀疑他呢?"贝蒂发问。

"比如那个'慢吞吞先生'。现在可能多加了一位讨人厌的督察。可是,贝蒂,你觉得会是他做的吗?他和彭莱顿的外甥女贝丽尔·桑德斯订了婚,我猜她可能是遗产继承人——这样他就有作案动机了。"

"别瞎说!我觉得格里不会对贝丽尔的钱动什么念头,而且巴泽尔更有可能继承彭莱顿的财产,不过都还是未知数。巴泽尔曾经跟我说过,彭莱顿经常修改遗嘱,每次她觉得受够了他,就会立一份新遗嘱给贝丽尔,所以没人能确定谁才是最后的继承人。"

"我怀疑她到底有没有钱。她穿的旧衣服都破破烂烂,新衣服也好不到哪儿去。不管怎样，贝蒂，站在你的立场上，我希望巴泽尔能拿到遗产。不过，假如这一切都是格里所为，那么他装得这么无辜坦率，不正好迷惑了大家吗？"

"你怎么会有这么可怕的想法？"贝蒂反驳道，"那条狗链呢？他是怎么拿到的？"

"我不知道，"茜茜坦白地说，"除非他半夜蹑手蹑脚地进来。让我想想，昨天晚上它还在那儿，昨天是周四，巴泽尔带你去看电影了。但那人究竟是怎么拿到狗链的？我当然不相信是格里干的，这些都只是猜测罢了。"

"那我觉得你最好把这些猜测从脑子里清理掉，再重新思考。"贝蒂建议道。

楼下的客厅里，布兰德先生继续埋头看他的报纸，专注于自己的世界。黛摩尔夫人和格兰杰先生一直在探讨精神状态的问题，直到格兰杰先生被叫去吸烟室问话，黛摩尔夫人才回房休息。斯洛科姆先生把《标准晚报》上与案件有关的部分看了一遍，他总是把报纸留到晚饭后再看。等格兰杰先生与督察谈完话后，他便接着去了。毕丽斯太太往客厅里看了看，发现只剩下了布兰德先生和塔比。

"天哪，狗在那儿！"她恼怒地叫道，"真不知道它晚上睡哪儿。"

塔比看起来好像在任何地方都能安然入睡。毕丽斯太太走到壁炉边的地毯前，打量着它。

"这一天发生了太多事，这只可怜的小家伙一下子失去了两个最好的朋友！鲍勃总是好心带它出去散步。为什么会这样，就在上周三……他竟然会做出这种事！还有那个去看牙医的可怜人，她已经被牙痛折磨得够呛了不是吗？！"

她提高自己的音量以引起布兰德先生的注意："你还记得你说过的话吗，布兰德先生？真正的人性首先表现在对可怜动物的仁慈上！应该是你记在某个剪贴簿上的话。当时我觉得太有道理了，可惜没几个人知道……行吧行吧。"

听她说完后，布兰德先生的反应有些奇怪。他放下正在剪的那页报纸，剪斜了都顾不上。

"没错，毕丽斯太太！我正好一时想不起来，你要是早说就好了！谢谢你，我很确定，现在我应该能找到那句话了。"

他将剪下的纸片、铅笔和剪刀堆成一团。他那马虎的习惯让毕丽斯太太深感头痛，因为那些残缺的报纸和碎纸片成了一堆垃圾。

"我不知道你在说什么，布兰德先生。你把这里弄得一团糟，居然还能找到东西，真是奇迹。"

"我就是这样，一个邋遢的老家伙。别介意，毕丽斯太太，这么做能让我开心。晚安，毕丽斯太太，晚安！"

"这只狗一定是打算睡这儿了，"毕丽斯太太低声说，"但是没了狗窝和垫子，它肯定睡得不舒服。我怎么就没在警察把那些玩意封起来之前，从老太太的房里拿出来呢？活了大半辈子，我还是头一回碰到这种事，这家伙却这么无知无觉地睡着了！"

布兰德先生拖着步子走了，毕丽斯太太捡起一些他留下的垃圾扔进了废纸篓，也跟着出去了。

斯洛科姆先生回到已经人去房空的客厅，又坐回已故老太太的椅子上，舒服地叹了口气。他灌满了烟斗，重新陷入沉思，塔比一动不动地躺在他脚边的地毯上。

第四章

自 白

第二天一早,也就是周六,已故的彭莱顿女士的侄子巴泽尔一个电话打到了斯洛科姆先生的办公室。

"请问你能抽出几分钟时间吗?我有点事想问问你的意见。不,不是生意上的事,是私事,很私密。因为你总是不吝给人建议,姑妈一直对你无比信任。万分感谢,我大概几分钟后就到。"

斯洛科姆先生小心翼翼地把听筒放回原处,好像听筒会伸过去咬他似的。他呆坐了几分钟,指尖轻轻地相互敲击着,眉毛也皱到一块去,在高挺的鼻梁上方相遇。一个下属打断了他的沉思,问他要不要见一位叫平克的先生,"海格特的那个水果蔬菜商"?当然要见。

"史密森,巴泽尔·彭莱顿先生等下会过来见我。让他先在外面的办公区待着,等平克先生走了再说。"

史密森轻颤一下，眼睛睁得更大了，仿佛在努力吞咽彭莱顿三个字。从昨天起，彭莱顿这个名字就因为贝尔塞斯公园站里惨死的那位老太太而传遍大街小巷。

"是！"他向老板保证后便出去了。尽管才三月，巴泽尔·彭莱顿赶到的时候却很热似的，而且一脸慌乱，于是被领去外部办公区凉快凉快，平复下心情。此时斯洛科姆先生正向平克先生夸赞水果和蔬菜的好处，后者看起来更像是个屠夫，带他进去的史密森悄悄跟打字员如是调侃，逗得他咯咯直笑。

巴泽尔焦躁不安地等待着，直到看见一位面色红润的绅士从办公区经过，他瞬间跳了起来，准备迎接斯洛科姆先生的召唤，很快，他便被叫去了斯洛科姆先生的办公室。

"彭莱顿先生，这件事太过意外，也很可惜。而且透着诡异。"

"没错，我想不通谁会干出这种事，我愿意倾尽全力找出真相，但我现在脑子里只剩下一团乱麻。所以我才来找你，斯洛科姆先生。"

巴泽尔漫不经心地将他的黑色毡帽扔到椅子上，用手指拨弄着已经散乱的头发，实则有意地扫视了房间里的每个角落，每走几步就观察一番。

"坐下，坐下，"斯洛科姆先生不悦地警告他，"请说你遇到了什么困难。"

巴泽尔本来在一把矮扶手椅上坐了下来，闻言立刻起身换到一个更高的椅子上。

"是这样的。不知道该怎么解释，昨天警察来找我了，一直揪着我不放。不知道他们为什么没有马上逮捕我，却又派人时刻监视我。今天在塔维斯托克广场附近吃早饭的时候，我看到有个像警察的可疑家伙懒洋洋地靠在我的座位挨着的窗户外面。现在他又跟着我到了这里。"

"有个警探在监视我的办公室？这对我的生意可没什么好处。说真的，彭莱顿先生，你不觉得你应该再小心点儿吗？"

"我觉得要是我实话实说，告诉你后面还有个跟班，你可能就不会见我了。但我打电话的时候还不确定他是谁。我只是想试探一下，看他是否真的会跟我来这里。但我想我暂时是安全的，他们还没有逮捕那个叫鲍勃·瑟洛的年轻人吗？虽然我不敢相信是他干的。但我想他们不大可能以同样的罪名同时逮捕两个毫不相干的人。"

斯洛科姆先生的嘴巴因惊讶而张成了倒V形，眉毛也快拧成相同的形状："彭莱顿先生，我能理解为，你有可能因为这个可怕的案子而被捕吗？我万万没料到！"

"我也没料到，"巴泽尔说，"你知道鲍勃·瑟洛的事吗？"

"我还没听说有人对他提出任何指控,但每次提到他,好像也是因为参与了莫顿太太那起入室盗窃案。这样警察就可以暂时把他拘留起来,而且有正当理由。"

"天哪,我倒没想到这一点!你的意思是,他们可能并非真的认为是他干的,只是为了以防万一,名义上将他关起来,实际上却是保护他的安全,然后寻找真正的杀人犯?"

"虽然我对警方没有信心,但这的确不失为一种可能。他们或许会进一步收集对瑟洛本人不利的证据。"

"我不知道这是不是对我比较有利。很难解释清楚,现在的情况就是一团乱。说一下,这是你我之间的秘密。我把我觉得对警方有利的事情,警方想了解的都跟他们说了,至少我是这个意思,但可能叙述有些混乱。"

斯洛科姆先生向前探过身子,用一根皮包骨的手指敲击着桌面:"你有什么事瞒着警察吗?"他盛气凌人地问道,"我不知道我应不应该知道这些,特别是在这里。"他思索着,"不过,兴许我能给你好建议,还是跟我说说吧。"

巴泽尔踮起脚走到门边,突然拉开门,正在讲笑的史密森和打字员听到突如其来的开门声瞬间僵住了,仿佛电影突然按下暂停。还没等他们的脸恢复如常,巴泽尔又把门给关上了。

"好吧，"他说，"警察可能还在外面街上。"

斯洛科姆先生吓得半站起身来。

"说真的，彭莱顿先生，如果你能克制住自己，不做会继续败坏我名声的事，我将感激不尽。"

"抱歉，"巴泽尔道了歉，倒在扶手椅上，"我是个彻头彻尾的笨蛋。但你的办公室这么富丽堂皇，没有什么能毁坏它的名声。你只需每天上午10点准时到公司，即便在门垫上发现了一具尸体，他们也不会对你有所怀疑。可我却会被继续纠缠下去。"

巴泽尔深吸一口气，跷起了二郎腿。

"昨天早上我出门去看尤菲米娅姑妈了。因为我收到她寄来的一封信，说要剥夺我的继承权。"

斯洛科姆先生同情地笑了。巴泽尔并未注意。

"好像是上次我和她一起喝茶——那天应该是周三，我走的时候，她无意间听到我在大厅里对贝蒂·沃森说了几句不得体的话。"

"不得体？"斯洛科姆先生饶有兴趣地问。

"她是这么形容的。事情是这样的，那天贝蒂下班回来，我们刚好碰上聊了一会儿。我确定我把客厅的门关上了，如果有人开门想要偷听，那他们心里肯定在期待能听到一些出乎意料的秘密。尤菲米娅姑妈大概就是这么想的。她本来已经为了别的事和我吵得不可开交了。昨天早上收到那封信的时候，我想还是赶紧去汉普斯特德解释清楚比较好。"

"可是为什么非得早上呢？"斯洛科姆先生语气严肃。

"因为我是在喝早茶的时候看到的。我现在想起来了，有意思的是，信居然不是周四到的，以往只要尤菲米娅姑妈不高兴了，她就会马上说出来。但那次却在周五才收到信，我下午要出去，是几天前约好的，毕竟矛盾已经持续好几天了，所以想着最好还是马上去见她。如果我能早点到那儿，说不定会扭转她的印象——她总是说我太懒了。所以……"

"等一下，"斯洛科姆先生抬起手指示意他停下，"彭莱顿女士的信上的日期是周三还是周四？"

"审犯人呢，"巴泽尔抱怨道，"不清楚，我直接撕开了，没注意日期。很重要吗？"

"没有，你继续。"

"到了地铁站，我想起周三那天她提了一句，说约好周五去看牙医，应该会等天一亮就动身。我在想，我一大清早爬起来还特意打扮，要是错过了就太糟心了。我记得她为了省钱总是会去贝尔塞斯公园站坐车，而且是走楼梯下去，我脑子里突然闪过一个疯狂的念头——她现在正颤颤巍巍地下楼梯。于是我在贝尔塞斯公园站下了车，环顾了一下站台和通道，我越来越确信尤菲米娅姑妈就在楼梯上。于是我只好往上走。"

"上楼！？"斯洛科姆先生惊恐地喘着气说。

"你瞧，"巴泽尔说，"我是不是很卑鄙？我还是先说完吧。我开始往上走，同时在心里骂自己白痴，意识到还得走挺久——然后我突然发现一堆乱扔在楼梯上的旧衣服。我一个没注意差点踩了上去，因为当时正低头喘着气。那件紫色的旧大衣太眼熟了，接着我就看到里面包裹着的是尤菲米娅姑妈。她脸朝下趴倒在地，感觉像是绊倒了朝前摔去，这是我第一个想法，但我扶她起来后，却发现她脸上一片惨白，然后我看到她的脖子上缠着什么东西。她已经死了，这一点毫无疑问。这太可怕了，尽管她的存在对家人来说是一种折磨，可也不至于落得如此下场。到底是哪个畜生干的？一股莫名的愤怒涌上我心头，警察必须马上抓到他。我开始像疯子一样往上跑，但很快就上气不接下气，心里合计下楼会比较快，于是立马掉头往下。我心里开始思考该怎么跟警察说——然后我突然想到自己来这儿的目的。你知道吗？我就那样坐在楼梯上思考对策。我被吓坏了。我想到了别人会怎么看——或者说我自己觉得别人会怎么看。我爬楼梯干什么？他们会问。斯洛科姆先生，我不知道怎样才能让你相信。我明白这听起来很奇怪，但希望你能理解我的感受。我知道自己像个傻瓜，但我就是想不通。"

第四章 自白

"这一切都发生在什么时候?"斯洛科姆先生冷冷地问道。

"时间?天哪,我不知道。一大早,可能10点钟的样子,或许更早。"巴泽尔不安地环顾四周。

"你有确切的证据能够证明吗?"

"证明?不,我什么都证明不了。这就是棘手的地方。我坐在楼梯上,能想到的唯一一件事就是,如果别人知道我和尤菲米娅姑妈都出现在楼梯上,他们会认为是我杀的。很明显,她的钱,再加上我们不和。"

"可是你说她剥夺了你的继承权?这一点可以证明你不会因为她的死亡获益。"斯洛科姆先生指出。

"这也没法肯定。她或许根本就没写,也有可能撕掉了。不管怎么说,我当时的想法就是,得趁别人还没看见我之前赶快离开,坐电梯上去,再到弗兰普敦找她,假装什么事都没发生过一样。我继续下楼梯,走到底后我四处张望,等了一会儿,然后突然想到我不能这么做。我的脑子还在发蒙,我觉得直接去弗兰普敦找姑妈不妥当,明知道她还趴在楼梯上,我绝对演不出来,而且那样人们就会知道我当时在车站附近。于是我冲向站台,上了地铁准备去艾奇韦尔。"

"艾奇韦尔?"斯洛科姆先生发出疑问,仿佛在说,"艾奇韦尔还有人去吗?"

"有,那趟车恰好进站,另一个站台空无一人。等进了车厢,我想到一个好主意。我去看望老彼得——他住在戈尔德格林站附近,是个性格粗犷的俄国人。我早前就是这么打算的,在见完尤菲米娅姑妈后去找他,看看他给贝丽尔画的画怎么样了,通常只有早上才能见到他的人。"

"你有没有跟任何人说起过你打算去见这个人?"

"没有。我还能跟谁说?哦,我好像和我的房东太太瓦迪莱托说过,我可能会在戈尔德格林吃午餐。我不确定。我坐在那节该死的车厢里,试着冷静下来,到达戈尔德格林时,我感觉好多了,但走路依然有些不稳。在去彼得家之前,我在希思街上走了一会儿。然后我心想,这样也不好——或许会有人看到我像只迷路的羔羊一般四处游荡,心生怀疑一下子就把我给记住了,所以我赶紧去了彼得家。"

"他说得出来你是几点打的电话吗?"

"我觉得不会。他比我更没有时间概念。他妻子倒是挺清醒的,但她当时似乎不在——哦,对了,她后来回来了。"

"那天剩下的时间你是怎么过的,彭莱顿先生?"

"我和彼得夫妇一起吃了午餐,心安了不少,想要一直待下去,但最后不得不在下午茶时间之前离开。我走到戈尔德格林站,但实在是不想再去地铁站了,我知道经过

第四章 自白

贝尔塞斯公园站的时候，我一定会忍不住下车去看尸体是否还在楼梯上，所以我坐上了一辆公交车。我不想回家，警察可能在那儿等着我，要我辨认尸体之类的，于是我去了索霍区随便找了个地方吃晚饭，坐在那儿抽了会烟，才回家。"

"那有人等着要问你话吗？"

"警察去过了，说他们会再打来。我的表妹贝丽尔开的门。我只告诉她我去戈尔德格林看彼得，然后和一个朋友吃晚饭。那个时候我已经在报纸上看到了这则新闻，所以我想这可以解释为什么我有点心烦意乱。后来警探来了，我把自己觉得对他有利的部分都告诉他了。"

"你究竟跟警察说了什么，彭莱顿先生？"

"幸好我先见的是贝丽尔，虽然我跟她说我去和朋友吃饭，但警察恐怕是不会相信的，他们很有可能会要我说出具体是谁。"

"其实你是一个人吃的饭？"

"没错。一个人吃饭还是不犯法吧？我把我对贝丽尔说的话告诉了警察，说我下午先去影院打发时间，接着去索霍区吃了点东西，因为已经过了我平时的吃饭时间，瓦迪莱托知道我不会回去吃了。这样不会露馅，因为周四那天我的确去新维克影院看了电影，座位号也记得。虽然他们并没有问，但以防万一嘛。"

"周五那天的事，你对别人讲过其他版本吗，彭莱顿先生？"

"没有，除了瓦迪莱托，但我跟她也没说太多。只说我去戈尔德格林看望了一个朋友，顺便吃了午饭，然后被留下了——强调了'被'，所以才赶不回来吃晚饭。她对此早已习惯，而且她当时心情很好，已经看到了晚报上的新闻，所以没有太在意我说的话。"

"你没有跟别人说起过周五你是怎么过的吗？"

"没有，在我印象里是没有的。我来想想，见了彼得夫妇，再坐公交去了索霍区，最后回家。瓦迪莱托、贝丽尔、警察、床，就这些了，没了。对了，今早我还没起床的时候，格里·普拉希尔打了电话过来。他那天早上好像去了贝尔塞斯公园站，下楼梯的时候还碰到了我姑妈——那会儿她还活着。很稀松平常。那天的楼梯好像格外热闹，平时一年到头也没几个人。我告诉他，周五早上，我坐地铁去了戈尔德格林，姑妈被害的时候地铁正经过贝尔塞斯公园。接着说我在吃完晚饭后才回家，并未提到索霍区，也没说有没有人一起。"

"好吧，彭莱顿先生，我们得先把事实弄清楚，再仔细理顺，然后决定有什么最佳办法。不过午饭前，我还有一大堆事情要处理，你外面那位朋友一定等得不耐烦了，你最好别继续待在这儿了，但也许你的房东维德……"

"瓦迪莱托？可以直接叫她瓦迪洛……"

"知道了，或许可以让瓦迪洛太太再做一次午餐，我们去你那里详细商讨。饭店是不能去的，弗兰普敦也没有能让人聊私密话题的空间。"

"那再好不过了！很高兴邀请你共进午餐，斯洛科姆先生。我现在最好赶紧回去，等着你过来。"

"也不必干等……"斯洛科姆先生建议。

"那用点心佐酒，边吃边等好了，或者想想杀人案，但那真不是我的强项——想破脑袋也想不明白是怎么回事。"

"先告辞了，彭莱顿先生。1:15怎么样？我会走回塔维斯托克广场，我很喜欢散步。"

巴泽尔离开办公室后，斯洛科姆先生走到窗边往下看，透过斯洛科姆商业代理公司的白色陶瓷招牌与墙面的缝隙，看到一个穿着棕色长靴、头戴圆顶礼帽的懒汉开始有了动作，一边刻意落后巴泽尔几米，一边避开查令十字路上的行人。

斯洛科姆先生用手指焦躁地敲击着窗台。

"傻子！"他喃喃自语，"说辞漏洞百出。"

说完斯洛科姆先生的思绪又重新回到水果、蔬菜、烟草和其他正经生意上来。

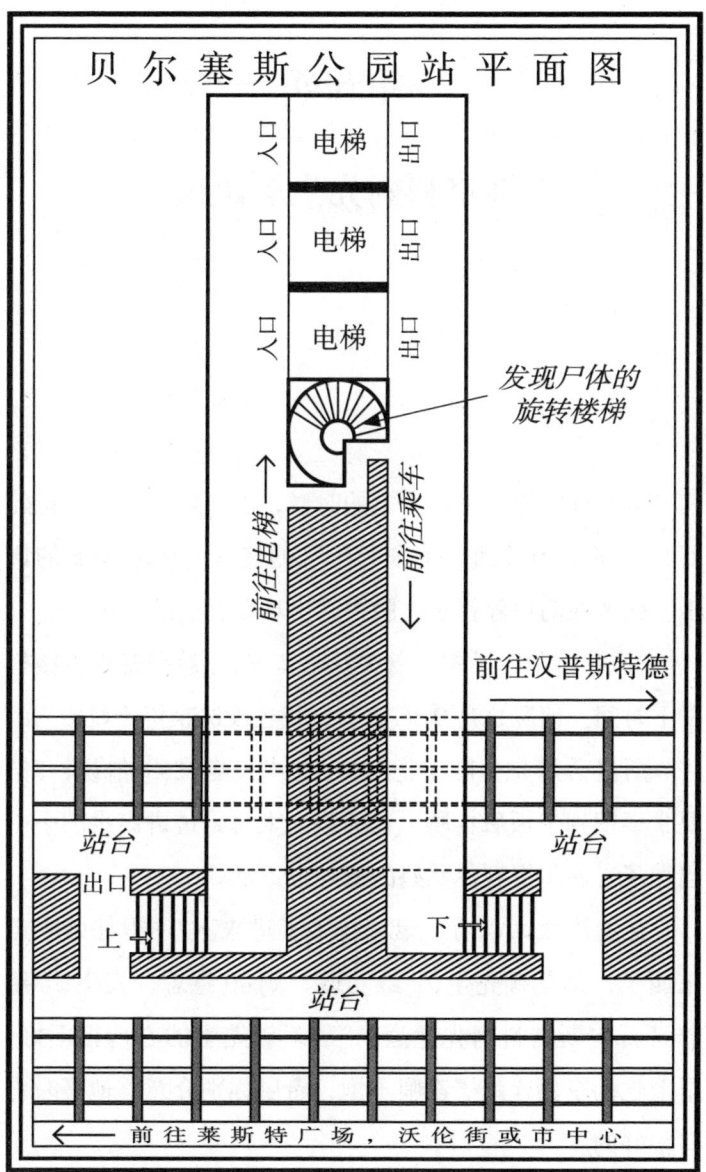

第五章

斯洛科姆先生的建议

斯洛科姆先生来吃午饭的时候，巴泽尔·彭莱顿正随着收音机里播放的"午餐音乐"的伴奏，跳着华丽的舞步。前者在门口停住了，脸上露出难以忍受的表情。

"抱歉！"巴泽尔说着关掉收音机，"总得找点事做打发下时间。何况这是BBC放的，我也没法拒绝不是？"

斯洛科姆先生随手把门关上。"我建议，"他说，"把要紧事留到午饭后再聊。瓦迪洛太太总是进进出出的……当然了，偶尔提到你姑妈的意外很正常。"

瓦迪洛太太端着一盘肉排走了进来。"你得好好吃点东西了，彭莱顿先生，"她劝道。"不好意思，先生，"接着又转向斯洛科姆先生道，"彭莱顿先生的心情很不好，早上吃的东西连蚊子都喂不饱，希望你别介意，他平时胃口很好的。"

他们匆匆吃着午饭，很少交谈。巴泽尔坚定地对斯洛科姆先生说："我是真心想向你请教，也愿意听，但有一点不必劝我，那就是让我跟警察坦白一切。我做不到。所以你得帮我保密。"

这时瓦迪洛太太进来了，斯洛科姆先生正好顺水推舟，没有明确表态愿意当同谋。

等瓦迪洛太太默默地收拾好餐具离开，他俩在烧得正旺的炉火两侧坐了下来，斯洛科姆先生拿出一本黑色的小笔记本。

"我说，"巴泽尔有点慌神，"你不是打算写下来吧？这样太危险了，而且感觉像警察问话似的。"

"放心，我会谨言慎行的。我只是觉得，如果我们把每一点都记下并且串联起来，可能会更加直观清晰地看到每个细节的相关性和重要性。当然了，这些记录事后肯定得销毁。首先，彭莱顿先生，你今早告诉我，你在电话里对普拉希尔先生说，案发时，你在地铁上，而且那时正经过贝尔塞斯公园站。为了方便起见，我们将此称为公众故事，容我问一句，你是如何得知谋杀是什么时候发生的？"

"我的天！我又犯了一个低级错误吗？听着，斯洛科姆，大家都知道我姑妈肯定是在楼梯上与格里相遇后不久遇害的，那是几点来着？大概9:20。没人会觉得她会坐在那儿等着凶手过来。"

"没错。我只是想提醒你,彭莱顿先生,不要根据你那次不幸上楼之旅的所见所闻来阐述任何事,那次探险其实并没有发生。请不要以为我会纵容任何欺骗警察的意图。但我不得不说,你的鲁莽和搪塞让你自己陷入了不利境地。一旦警方觉得一个人不诚实,那他们也就不会太相信那人之后的话了。"

"你不必反复强调,斯洛科姆先生。我很清楚我现在的处境有多糟糕。所以我才征求你的意见。可我还能跟警察说什么呢?哦对了,瓦迪莱托告诉我,警察问了她周五早上我是什么时候离开的,她说是9:20。我觉得差不多。她在8点钟给我端来早茶,我一看完尤菲米娅姑妈的信,就冲她喊了一声赶紧把早饭做好,然后跳下床,没完没了地忙活起来。她说我大概是在8:45吃的早饭。"

"如果瓦迪洛太太对于你什么时候离开这所房子的说法十分肯定的话,倒不失为你的一个有利条件。彭莱顿女士在周五早上9点离开弗兰普敦。她和牙医克拉姆比先生约好10点去卡姆登镇。应她的要求,是我打电话过去预约的。她离开弗兰普敦的时间,有几位房客都能证明,包括我。"

斯洛科姆先生一丝不苟地在他的小笔记本上记下了这

些时间。

"现在我们来重新梳理下事件，"他继续说道，"有些地方，我们可能会被假设迷惑。今早我在报纸上看到贝尔塞斯公园站有一位职工在周五的时候，注意到了朝楼梯走去的彭莱顿女士，他觉得大概是9:15。下一个见到还活着的她的人是普拉希尔，如果他说的都是真的……"

"不过当然了——我是说，格里他……"

"我们在梳理事实经过，不要带私人感情，"斯洛科姆先生冷冷地指出，"普拉希尔先生说，他在楼梯上从彭莱顿女士身边经过的时候，离9:15又过了几分钟，和他平时上班到贝尔塞斯公园站的时候差不多。他不太清楚确切的时间，但他是在9:20之前到达楼梯口的。他在那儿停了一会儿，和在过道里遇上的鲍勃·瑟洛聊了几句。"

"我听格里说，鲍勃手上提了一个桶子。但他说没什么——我的意思是，瑟洛的出现没什么可疑的地方。"

"我猜你也看不出来普拉希尔先生有什么可疑的地方吧？"

"不能这么说，不过他可能在另一侧的通道。"巴泽尔指出。

"没错。但有必要把每一点都说清楚。按照官方的说法，直到下午才有人看见彭莱顿女士，不管她是死是活。

但她应该是在碰见普拉希尔先生之后的10分钟内死的。你应该听说了他们是怎么发现尸体的？"

"格里和贝丽尔跟我说过一些，但描述得很混乱，我听得不是很明白。"

"我从毕丽斯太太那里了解到的是，彭莱顿女士说她会和往常一样回来吃午饭，最后却没有露面，让那位好心的女士十分着急。毕丽斯太太给克拉姆比先生打了电话，得知彭莱顿女士并未赴约。然后毕丽斯太太给你打了电话——也就是说，她拿到了这里的号码——瓦迪洛太太告诉她，你出去了，你的姑妈也没有在这里。毕丽斯太太急忙赶到贝尔塞斯公园站打听。没人见过彭莱顿女士，那个后来说看到她的人当时肯定已经下班了，于是毕丽斯太太报了警。警察在知道你姑妈有走楼梯的习惯后，就去查看了楼梯，结果你已经知道了。"

"鲍勃·瑟洛怎么扯进来的？哦我想起来了，我姑妈在纸上写了他的名字，带在身上。"

斯洛科姆先生把胸针的事讲了一遍，这是他从毕丽斯太太那儿听来的。

"不觉得这件事很奇怪吗？"巴泽尔说，"我的意思是，尤菲米娅姑妈为什么要把他的名字写在信封之类的东西上？又为何要随身携带？"

"我看不出来有什么好奇怪的,"斯洛科姆先生厉声道,"你肯定知道你姑妈有个习惯,喜欢把东西藏在特别的地方,而在找到她中意的地方之前,她总会把那些东西搁在她那个大号手提包里随身携带。她是个特别细致的人,所以把胸针包起来,在上面写下鲍勃·瑟洛的名字这事儿,再正常不过了。"

"可是你看,信封并非在她的包里,而是口袋里!"巴泽尔说,"我在报纸上看到的。"

"这有什么意义吗?"斯洛科姆先生哼了一声。

"是你说的'手提包',"巴泽尔生气地说,"我是遵照你的指示,力求准确。可她打算怎么处理胸针?要么留给那姑娘,要么如果她一定要管到底的话,那就应该交给警察了才对。"

"显然她的行为有些不寻常。你姑妈对年轻的瑟洛很感兴趣。或许她一直拿着胸针,直到从他那里得到某种保证,说他会把胸针还给主人或者交给警察。她带在身上很可能是为了防止那个叫奈莉的姑娘趁她不在的时候把它找出来。"

"除了最后一点,其余部分都不太像是我姑妈的作风。她是个冷酷无情的老妇人,我不觉得她会对这个年轻人有什么兴趣,除了想让他免费帮自己做事。因为之前她雇了一个女孩帮她遛狗。"

"那只贵宾犬吗？"斯洛科姆先生问。

"它好像不是贵宾犬，不过不重要。我觉得瑟洛已经完了，可怜的傻子。即便他洗清了谋杀的罪名，地铁站的工作也肯定保不住了。而且他和一起盗窃案有关联，这会让警察相信他也有杀人的可能。"

"毫无疑问，眼下瑟洛就是那个既有机会又有动机的人。"

"格里觉得这个机会不一定成立。"

"普拉希尔先生说，他从彭莱顿女士身边经过的时候，她还没下几阶楼梯，缓慢移动着。他自己下去后，停下来和瑟洛聊了一会儿才离开。我们有理由认为，如果瑟洛径直走上楼梯，肯定会在彭莱顿女士走到楼梯最下层之前遇到她。而且据我所知，发现尸体的地方离楼梯底部不远。"

"我觉得不太可能，而且动机也不是很明确。"巴泽尔坚持道。

"大概是为了找回胸针。他从奈莉那儿知道了它被彭莱顿女士拿走了。也许他正在找的时候听到你上来了。但侦查犯罪不是我们的事。时间快到了，在我走之前，我们赶紧把你当天的所有动向过一遍，不会告诉别人的。"斯洛科姆先生看了看笔记，"9:20你离开这里，然后去了哪里？"

"沃伦街站，步行10分钟。"

"买了一张去哪里的车票？"

"汉普斯特德，后来我才犯蠢想去贝尔塞斯公园的。"

"到贝尔塞斯公园的票会便宜些吗？"

"对，去汉普斯特德要多一便士。"

"到戈尔德格林还要再加一便士？"

"没错，周五我在戈尔德格林站下车才想起来。我把车票递给检票员的时候就慌了，但是我看他在检票，我总得说点什么，于是我赶紧解释说我买完票又改主意了，然后补了票。"

"如果你什么都不说，直接把车票连同一便士递给他，也许就不会那么引人注意了。"

"天哪，斯洛科姆先生！你如果去犯罪一定天衣无缝，什么都能想到！"巴泽尔赞叹不已，"但买票补票也不是什么稀奇事。"

"你什么时候到戈尔德格林的？"

"我说了我什么时间都不记得。"巴泽尔说。

"先暂时回到贝尔塞斯公园。如果问你在看到尸体后，什么时候离开车站的，我想也是白问吧？"

"是啊。谁这么可恶发明了时间这个玩意儿！"

"但是你能说出,有没有在那里遇到或者看到任何认识你,有可能认出你的人吗?"

"没有。我跟你说过,我悄悄躲在楼梯上,直到确认没有问题了,才跑到站台,上了地铁。或许有一两个人进进出出,但我觉得他们没有特别注意到我,我也没注意到他们,只顾着自己了。"

"还是有风险,这毫无疑问。特别是你在偷偷摸摸地跑来跑去的时候,就已经很明显地表示你心里有鬼了。继续,你不知道你是什么时候到戈尔德格林的朋友家的,那你知道你在希思街走了多久吗?"

"在我卷入另一桩案子前,我一定要买块表带着。不,我不知道,我只是闲逛了一会儿。可能有一刻钟,也可能是半小时。我的鞋子上沾满了泥。"他补充了一句有用的信息。

"从戈尔德格林站到你朋友家有多远?"

"小跑的话10分钟。他家在北边。"

电话铃响了,不是悬疑小说里那种意味深长的音符,就是通常的那种持续不断的震天响的铃声。巴泽尔冲向电话。

"你好,对,我是巴泽尔。哦!"

他放下听筒,转向斯洛科姆先生。

"警察一直在问彼得的妻子,我昨天是几点到那儿的,在那儿待了多久。"

斯洛科姆先生正思考着他草草记下来的笔记,似乎没有注意到巴泽尔,但他心不在焉地嘟囔了一句:"大概10点,或者10点过几分。"

"我不知道,迪莉娅,"巴泽尔对着电话说,"你知道我从来不记时间。但那天早上我起得很早。你觉得是几点?哦对,我到的时候你出去了。彼得怎么想?不,他当然不会知道。这有什么关系吗?我想我是在10点后不久到你家的。没错,10点,你很惊讶是吗?我居然这么早。我说了那时候我心情好。什么?是的,我后来确实有点不舒服,可能是太早起床的缘故吧。是的,我现在就去,谢谢。彼得怎么样?你10点后才出门?我记得我到的时候,彼得说我刚好和你错过——当然不算完全错过。这没什么好纠结的,不是吗?我是说时间。警察都是蠢货,他们的例行公事就是查明每个人都去了哪里。我说,迪莉娅,我的帽子落在你家了。不,我没有猫,是帽子不是猫……没错,一个圆顶礼帽。肯定在你那儿,我昨天忘记带走了。我就猜到你不会在客厅里那一堆乱七八糟的东西里注意到我的帽子,就算被你哪个声名狼藉的朋友顺走了我也不觉得惊讶。肯定是落在你家了,我回家的时候没有戴帽子。我下次去的时候再拿吧。别担心。好,再见!"

"我刚才表现不错,对不对?"巴泽尔说着坐回椅子上。

"圆顶礼帽是怎么回事？"斯洛科姆先生问。

"我昨天出门的时候戴的，可恶的玩意儿！抱歉，如果是年长的、受人尊敬的长辈戴当然没事，但我永远都戴不习惯。只是因为尤菲米娅姑妈觉得它看上去很绅士——可怜的尤菲米娅姑妈！但我回家之后发现帽子不见了，但愿我没把它落在楼梯上！不，我肯定不会犯这种错误。可能在地铁上，也可能在彼得家。总之我昨晚一进家门，瓦迪莱托就发现它不见了。"

斯洛科姆先生极为不赞同地盯着巴泽尔。

"彭莱顿先生，你是说你把一顶圆顶礼帽留在了别的地方，而且粗心大意到不记得丢在哪里？"

"就是这样，"巴泽尔肯定道，"无所谓了，我也用不上了。"

斯洛科姆先生重重地叹了口气。"彼得太太刚才对警察说了什么？"他问。

"她说她大概是在10:15出去的，我在那儿之后不久就到了。但你知道的，红发女人都一样的靠不住。"巴泽尔沮丧地说。

"你告诉警察周五早晨你比平时起得早，催促瓦迪洛太太准备早餐，然后以不同寻常的速度出了家门，去拜访……"

"库图佐夫。当然了，我没有强调及时、早到等字眼，我只是说我吃过早饭就去了。"

"可你并不知道瓦迪洛太太是不是已经向警察详细地说明了你很早就吃完了早餐，然后匆匆出门吧？"

"但肯定……好吧，她很健谈，只要我能在9点前起床，她就会为我感到自豪。"

"正是如此。现在想想周五早上你在床上看到你姑妈的来信这事吧。事实上，我们知道这就是你早起的原因。有没有可能还有别的人知道，或者以为你收到了这样一封信，而这封信对你的行为会造成影响呢？"

"尤菲米娅姑妈的信……让我想想。是瓦迪莱托给我端早茶的时候一道送来的，我看到的时候估计叹息了一声，收到尤菲米娅姑妈的信通常没啥好事。瓦迪莱托现在应该已经知道那封信了，如果她对它的兴趣和对我胃口的兴趣一样大的话。"

"你真的跟瓦迪洛太太提过那封信吗？"

"你还想问要是提过，是什么时候提的，对吧？我不知道。假如有人拿了一封信给你，你就看着它说了句'该死'，这算是提过吗？"

"就我而言，在外人面前对自己的私人信件发表任何意见都是不寻常的，尤其在对方还是你的雇员的情况下。"斯洛科姆先生谨慎地说。

"你说得对。我看完信以后，大喊了一声，让瓦迪莱托快点做早饭，但有没有说我打算去找姑妈或者这封信是姑妈写的，我就不记得了。"

"这就不太妙了，还有其他人在吗？"

"还有贝丽尔。我想想……我告诉她那天早上我收到了尤菲米娅姑妈的信吗？我很确定没有。我不希望她知道我在那天和老太太有任何的联系。我想起来了，我跟她说，我早上醒来精神抖擞，突然想起了彼得要给她画的画像，于是我赶紧下床收拾，赶去戈尔德格林确认一下。那是我打算送给格里和贝丽尔的结婚礼物——至少之前是的。如果我因为谋杀尤菲米娅姑妈而被绞死了，就更不可能送出去了。那会给结婚典礼蒙上一层阴影不是吗？"

"在我看来，彭莱顿先生，当下比较明智的做法是，把你和这件事有牵连的可能性从脑子里抹掉，至少要想象你自己是无辜的。"

"这话就不中听了，斯洛科姆先生。我刚才说了，想到我那么早就动身去看她的画像，贝丽尔非常高兴。她对我说的话深信不疑。"

"你也告诉警察，你去找库图佐夫先生看你表妹的画像了？"

"我不记得我跟他们说去找彼得有什么事了，可能只是说了我去看看他。不过我的目的的确就是如此。我告诉过你，在看到尸体之前，我就想去拜访他。"

"他或者他的妻子可能会告诉警察，你为什么会去找他吧。"

"我不知道。到他家之后，我一直犹豫着不敢说正事。我连自己说过什么都不太记得了。但在我走之前，我们确实聊到了那幅画。应该是迪莉娅先提到的，不过我也说了，没人知道迪莉娅对警察说了什么。她会对任何人说她想说的事情。"

"这就真的大事不妙了，彭莱顿先生，太不妙了。如果你真犯了罪，你的行为已经将你暴露无遗。"

"如果我是一名罪犯，我的表现或许就会谨慎得多了。而且俗话不是说，做生意，不要在刚见面的时候就直奔主题吗？"

"我真没想到，此事居然如此复杂，需要采取这么迂回的方式。"

"你不了解老彼得。只要和他扯上关系，就得小心着点。不过你也很可疑。难道你不觉得是我干的吗？尤菲米娅姑妈或许是个讨人厌的老太太，但我发誓……"

斯洛科姆先生抬起一只手："够了，彭莱顿先生。我的习惯是相信别人说的话，相信同胞的善意，除非证据确凿。但还有一点，你并不完全信任你的表妹，没有把事情的全部经过告诉她，和你告知警察的说法至少有一些出入。你告诉她，你和一个朋友在索霍区吃了晚饭——我猜你是想给她灌输你约了朋友这一信息对吧？另一种说法是，你去看电影了，再单独吃了一顿简餐，因为当时太晚，赶回家吃饭来不及。这两个故事都已经传出去了，可能不久就会被同一个人听到。你打算怎么处理这件事？"

"等等，我不是因为不信任贝丽尔才没把所有事情告诉她。只是看到尤菲米娅姑妈那样趴在楼梯上，脖子上还勒着塔比的狗链，那画面太残忍了，我的行为也有些欠妥，怕她会担心而已。至于如何处理，我不知道，这不是什么大事吧？唯一的问题是，在尤菲米娅姑妈的尸体被发现后那几个小时里，我在干什么，得圆回来才行。"

斯洛科姆先生摇了摇头，神情恼怒又失望。

"彭莱顿先生，你难道还没有认识到，对于你所有的行为，你至少应该要能自圆其说吗？没有什么可隐瞒的人通常不会对自己的行为作出自相矛盾的解释。"

"我又没犯过罪，我怎么知道。"巴泽尔坚称，"从一开始我就不明白。"

"意气用事可帮不了你的忙，"斯洛科姆先生严厉地说，"还有一点，索霍区那家餐厅里的人认识你吗？警方可能会前去调查，发现你在那里待的时间比你说的要长。"

"我觉得他们没有怎么注意到我。我和大多数人一样，很多人都是那儿的常客。"

"关于这个，我也想不出什么好办法。你最好这几天不要频繁出入那里了。"

"好吧，反正我本来就不常去。"

"彭莱顿先生，现在必须得想一想，你跟你表妹说的那些话，要如何补救回来。她值得信任吗？你能直接告诉她，因为听说姑妈去世的消息十分难过，所以周五晚上你说的话其实不完全准确？"

"我当然信任贝丽尔。但我不想让她担心。她为这事已经够难过的了，现在格里又被牵扯进去，情况更加糟糕。想想看，我和格里竟然在同一天上了那个该死的楼梯！看来尤菲米娅姑妈有种邪恶的力量，引诱我俩到那个致命的地方。天哪！她一定在暗自发笑。我觉得我应该告诉贝丽尔……"

"彭莱顿先生，我还是别知道你要对她说什么为好。我对这些漏洞百出的说辞很是反感。不过请你记住，她有可能会受到警方的严密盘问，一个年轻女子往往经受不住这样的拷问，所以最好还是避免不必要的麻烦。"

"贝丽尔可冷静了，她不会慌的。而且她说话的语气特别平静，即便你知道她在撒弥天大谎，也会忍不住相信她。她也很会哄尤菲米娅姑妈开心。即便是整个苏格兰场的警察和大主教，也没法让她说出任何她不想说的话。"

"那这事你自己看着办，彭莱顿先生。还有一点，你知道彭莱顿女士的遗嘱的内容吗？据我所知，你和你表妹是她的共同继承人，而你会继承大部分的遗产。"

"尤菲米娅姑妈三天两头地改遗嘱，她在那封信里说，她已经立下一份新遗嘱，将大部分遗产留给贝丽尔。所以你瞧，我没有任何动机在周五早上杀害她，对吧？"

"啊！"斯洛科姆先生似乎受到了启发，"那封信撕毁了？"

"对……真该死！"

"你姑妈没有在信里说她把那份新遗嘱放在哪儿吗？"

"没有！不过她很有可能塞在床垫底下了。"

斯洛科姆先生收拢指尖，仔细端详着："彭莱顿先生，如果有机会的话，你最好在警方面前提一提那封信，语气要真诚，说她在信里暗示剥夺了你的继承权。这样会消除你的犯罪动机。"

"是的，我明白。但我不知道她是不是真的重新立了遗嘱，如果警察知道了那封信，却没找到遗嘱，难道不会怀疑是我把它毁了吗？她总是把立遗嘱挂在嘴边，但我估计有一半时间都是嘴上说说而已，不过她确实保留了一部分印好的文件，有一次她给我看过，在她多少还算正常的时候——我是说，在她不是特别生我气的时候，就会如你所说，将大部分财产都给我。但如果跟我说她其实一无所有，我也完全不会惊讶。"

"可是据说她继承过一大笔钱？只是平时过得十分节俭。当然了，弗兰普敦够体面了，也相当舒适，但还算不上奢侈。"

"当然不算奢侈了！我姑妈的确从杰弗里伯伯，也就是她哥哥那儿拿到了约3万英镑的遗产。她不可能全部花光，而且还能省则省——抠门惯了，没办法。她并不急于让我衣食无忧。不过她有可能把这些钱捐给一间狗舍，或者某个教导工人阶级不要把钱浪费在留声机上的协会。"

"肯定用不了多久，我们就会更为确切地知道这些问题的答案了，"斯洛科姆先生又看了看他的笔记，"至于到汉普斯特德的那张车票，如果有人问起，你就说平时都是买的去那里的票，应该也不会引起怀疑。因为你经常去汉普斯特德，养成了习惯。"

"好主意！"巴泽尔赞同道，"这个没问题。"

"彭莱顿先生，在审讯前我们还会再见面的，应该是周一？这种案子一般都比较简短。现在我得好好想想你告诉我的这些令人不安的消息。"

"可是，你不打算告诉我该怎么做吗？"巴泽尔一脸苦恼地问。

此时传来一阵小心翼翼地敲门声，瓦迪洛太太进来了。

"桑德斯小姐和普拉希尔先生想见你，先生。我告诉他们你正和一位先生谈事情，他们在外面等，问你能不能见见他们。"

"我马上就走了。"斯洛科姆先生生硬地说。

"斯洛科姆先生是我朋友，瓦迪洛太太，不是警察。"巴泽尔向她保证道。

瓦迪洛太太怀疑地打量这个不苟言笑但衣冠楚楚的小个子男人。

"彭莱顿先生，别开玩笑了。我从没想过你会请警察来吃午餐。我直接带桑德斯小姐和普拉希尔先生过来，可以吗，先生？"

"好。"

斯洛科姆先生告辞了："彭莱顿先生，你要记住，周五你向警察交代的经过才是正确的——目前来说是这样。

就算有点不想提起那痛苦的一天也是情有可原的。还有彭莱顿先生,我建议你,在任何情况下都不要接受媒体的采访。祝你愉快。"

"等下,我什么时候能再和你见面?你可以花时间好好想想,明天一整天我都要和家人待在一起……"

"我来你家或者你去我办公室都不太好。周一早上吧,再早起一次,享用早餐对你也有好处。彭莱顿先生,你能不能早点动身去见我,陪我做个简单的体检?我会在9:05离开弗兰普敦,或者提前5分钟,对,9点吧。我在教堂巷和罗斯林山的拐角处等你。"

"可是9点也太早了吧!"斯洛科姆先生溜出房间时,巴泽尔冲他抱怨道,"好吧,我也只能照做了。"

出来后,斯洛科姆先生环顾四周,寻找那位穿棕色靴子,戴圆顶礼帽的男人。他不在,只有另一个懒汉懒洋洋地靠在广场的栏杆上。"大概换班交接了吧。"斯洛科姆先生自言自语道。他迈着轻快的步子向前走着。"真是个毛头傻小子。"他咕哝着说,"他居然会跑来问我的意见!"

第六章

媒体出动

在巴泽尔·彭莱顿将他在周五的种种行为告诉约瑟夫·斯洛科姆的时候,《每日访谈》《晚间快讯》和《周日快讯》的记者们及其同事和竞争对手,都在急切地找寻彭莱顿女士一案的凶手的踪迹。周五那天,他们谁都没能收集到多少细节,不过在毕丽斯太太出现在视线里之前,有一个人已经从奈莉那里得知了一些内情。该记者推测,或许换个时间,毕丽斯太太也不会拒绝透露她自己对这一事件的看法,因为那时候她正和凯尔德督察说话,不应打扰她。

周六的晨报根本没有写清楚周五早上尤菲米娅·彭莱顿女士打算去看牙医,以及下午尸体才被发现的细节。他们企图通过描述贝尔塞斯公园站里升降电梯旁的旋转式楼梯来转移读者的视线,减轻他们的好奇心。他们数了数台阶，检查了靠墙处的狭窄凹槽，寻找可能被警察忽视的线索，但里面只塞满了香烟盒、纸片和烟草屑———些堆积了数月甚至数年的垃圾——根本不可能找出任何有用的东西。他们注意到楼梯的表面有一层坚硬的物质，脚踩上去会发出声音，但很微弱，而电梯门的咔嗒声和乘客匆匆上下地铁的脚步声则从下面清楚地飘了上来。

楼梯通向下面的一个短通道，通道又连接了两个主通道，乘客一下电梯就可以直接走到站台，反之亦然。细心的记者指出，有经验的地铁乘客经常使用楼梯底下的这条通道作为捷径，因此任何人从这里经过都稀松平常，即便楼梯本身很少有人使用。如果有人站在楼梯的最下面一阶，底下的通道便一览无余，匆匆而过的人们因为背对着，也不会注意到他。

这一切只是想表明，任何人都有可能从楼梯底下上来，然后沿着同样的路线离开，同时不会被人发现。除非格里·普拉希尔是凶手——似乎没有人认为他是——但几乎可以断定，罪犯先是上了楼梯，走到彭莱顿女士的尸体被发现的地方，勒死她后又下了楼。任何靠近楼梯顶端的人都可能被车站的工作人员发现，他们确信只有彭莱顿女士和格里·普拉希尔是在周五早上走楼梯去站台的人。

消息灵通的媒体很快便打听到了格里·普拉希尔的相关信息。他与彭莱顿女士的外甥女订了婚，但大家都认为主要继承人是巴泽尔·彭莱顿，而不是贝丽尔·桑德斯。他就是个普通的年轻人，是一家股票经纪公司的初级合伙人，没有理由对老太太怨恨在心。他也不太可能知道彭莱顿女士预约好了牙医，也没有道理能预知自己会在楼梯上遇见她。他毫不掩饰地表示自己在周五早上看到她了。没有迹象表明他有机会从弗兰普敦拿到那条狗链。

据说警察检查了楼梯扶手上的指纹，结果发现指纹多到令人为难的地步。格里在那儿留下了记号，鲍勃·瑟洛也留下了记号，但这很容易解释，因为他在地铁站工作，时常要走楼梯——不过据大家所知，周五那天不需要。地铁站的其他工作人员作证，即便鲍勃的指纹出现在了尸体的区域，也是在他平日里当值时留下的，再正常不过了。

更不可思议的是，记者从工作人员处得知，在被尸体覆盖的台阶上发现了一个往上走的脚印。关于这一点很难得到任何确切的消息，警方也不想谈论此事，显然至关重要，而且据推测，这个脚印不属于任何已知的在那天早上出现在楼梯上的人。但那人究竟是如何在台阶上留下一个持久的脚印，而且没被记者发现的呢。他们谨慎而准确地将其称为"掌握在警察手中的重要线索"。

想着这个神秘的脚印，记者们着急地四处打听，想找出或许会指向另一个杀人犯的线索。但他们也没有忽略鲍勃·瑟洛，他被指控参与了莫顿太太家的盗窃案，因此可能还有更严重的指控，只是得等到证据链完整之后才会公之于众。鲍勃的同事都相信他是无辜的。他们现在知道了他是个小偷，或者至少是小偷的同谋，但他也是个"该死的傻瓜"。他是个好心肠的家伙，以前经常牵着那只肥狗遛来遛去，讨老太太的欢心。案发当天，他的表现也不像个杀人犯。

杀人犯会有什么表现？记者们讽刺地反问。他们不就是想装得像普通人吗？但鲍勃太单纯了，装不来。如果真是杀人犯，他的行为会很古怪，但那天早上并没有什么奇怪的地方。每当其他人看到他的时候，他都在安静而有序地做着日常工作。不过那几天他是有些心事，他们有注意到，现在知道了是因为胸针。

"你来了，"检票员对其中一位记者说，"如果他是为了胸针才杀害那位老太太，那为什么胸针没有被拿走？"

这当然是疑点之一，但有个聪明的年轻人指出，大家都找错了人。如果大家觉得鲍勃以为彭莱顿女士会随身带着胸针，那就太荒唐了。更有可能的情形是，他在楼梯上偶遇了她，很自然地聊起了胸针，又一次向她请求把胸针还给他，不要交给警察。记者的想象力被激发了。他幻想着将来某一天，鲍勃·瑟洛被判处谋杀罪时，他要写一篇极具说服力的文章。

"谁知道可怕的周五早晨，在那阴森的楼梯上发生了什么？不过我们可以想象一下这个年轻人的恳求语气。老太太坚定地拒绝，固执地坚持自己作为公民的责任——正是这种坚持导致了她悲惨的结局。我们可以想象出这个年轻人的绝望。"不能说得像在为他辩护似的，记者想，"于是他越想越气愤，最终演变成盲目的怒意。他的手本能地伸进口袋，里面放着那条皮革狗链，上次他将小狗归还给毫无戒心的老太太之后偷拿出来的链子。"或许是周四晚上他在大厅里跟老太太说话时偷偷拿走的，或者趁没人注意时顺走的，那时候说不定已经隐约有了报复的念头——这一点一定要注意。"他摸出狗链，往上迈了一步，绕在老太太的脖子上，她年纪大了，无力反抗，微弱而又绝望的呼号很快就没了声音，就这样完了！"

"哎呀，你可真会编！"检票员说，"但鲍勃·瑟洛可不会那样。他挺文静的，不是那种会大发雷霆的人。他最不希望看到的就是那枚胸针的事被曝光。据我们所知，老太太既没有告诉警察，也没告诉其他人，他希望她永远不要说出去。她的死对他没有好处。"

"他不知道她的死会将整件事公之于众。他只知道这样做可以阻止她报警，却没料到她会把胸针放在一个信封里，信封上还写了他的名字。他的设想是胸针会被当作她的遗物，这样就不会引起任何人的注意了。大家都会觉得，老太太有这样的饰品再正常不过了。"

"大错特错，"检票员说，"我告诉你，鲍勃·瑟洛不是那种人。"

此时《晚间快讯》的一位衣着考究的年轻女记者找到了毕丽斯太太。他们坐在弗兰普敦的餐厅后面的一个小房间里，毕丽斯太太将之称为"圣所"，里面摆放着维多利亚时代的物件，都是从公共休息区搬过来的，因为要腾出空间，摆放更符合现代人口味的东西，还有更舒适的椅子和沙发。房间里还乱七八糟地堆放着各种各样的东西，都是以前的房客丢弃的，现在被毕丽斯太太虔诚地保存着。看到它们，记忆的阀门便自动开启。

"那是霍斯利上校留下的，"她指着一头从商场买来的乌木象说，"他阅历丰富，人也风趣幽默！"毕丽斯太太早就在想，彭莱顿女士的哪件宝贝会留给她，红木角桌上已经预留了一个重要的位置——是柚木架子上的鸵鸟蛋，还是那对用水汪汪的眼睛回头望的瓷器狗……连以后回忆起来的说辞都想好了："那个东西属于可怜的尤菲米娅·彭莱顿，她在贝尔塞斯公园站的楼梯上被勒死了。"

"这一幕会一直萦绕在我的脑海里，直到我生命的最后一天，"她对这位衣着考究的年轻女人说，显然是想让更多人也能感受到这一幕，"那个可怜人穿着她的紫色的旧外套躺在那儿。今天早上我把去年为了保暖买的帽子拿出来戴的时候还在想，我自己的大限到了的那一天会是怎样的一番景象，看着大街上数不清的车来车往，我会就那样戴着帽子倒在地上吗？这样想着，自己就会更为当心了，不是吗？"

那个衣着讲究的年轻女人把一缕乱发塞进她那顶时髦的帽子里。"对，"她说，"对。我想彭莱顿女士没有预感到她的死吧。"

"我们无从得知，也永远没法知道，"毕丽斯太太意味深长地说，"那个可怜的女人在楼梯上遇见眼露凶光的鲍勃·瑟洛时心里是怎么想的了。当她所信任和亲近的那个年轻人怀着杀人的意图向她扑来的时候，就足以将她吓死了，更不用说再加上她家小狗的狗链。"

"我们还不知道杀害她的人究竟是不是鲍勃·瑟洛。"年轻女子谨慎地指出。

"还会是谁呢？"毕丽斯太太问，"这不明摆着呢嘛。他没有拿回胸针是因为被人打断，出于某种原因，他没法回去搜索尸体。如果不是这位可怜的女士那么谨慎，我们可能永远也不会知道他有杀人动机，但信封里放着一枚胸针，上面写着：'于3月15日从奈莉·福斯特处拿到这枚胸针，是鲍勃·瑟洛所赠，据说是盗窃所得。'如果这还不足以给凶手判处绞刑，那我想知道什么才可以？"

"我想，在这一切发生之前，没人怀疑鲍勃·瑟洛与盗窃案有关吧？"

"我们根本不知道有这样的事,否则我也不会再让他来这里了,可怜的彭莱顿女士要是早知道,也不会将心爱的小狗托付给他。但是尸体被发现的时候,胸针也被找到了,警察询问鲍勃是怎么回事,看来她将盗窃的事一五一十地说了出来,很明显,她希望他能逃脱惩罚,或许还以为出卖朋友可以保全自己。"

"想想我们都这么相信那个年轻人,还真是可怕,他在这里自由来去,简直和这里的房客没什么两样。等我从震惊中回过神来做的第一件事就是把银器全数了一遍,不过我很高兴,因为除了一个小茶匙外,什么都没少。我不知道那茶匙是不是掉进下水道了,因为上一个女仆有个老毛病,什么东西都往里倒,一点儿也不注意。"

那位衣着考究的年轻女人深表同情。毕丽斯太太说了不少"非常有用的东西",现在只要她不突然离开。

到了周六,调查仍在进行,其他记者找到了巴泽尔——受害者的侄子即继承人。但他已经跟瓦迪洛太太严肃交代过,他不会和其中任何人说话。她告诉他们,他太伤心了,而且也无法透露任何相关信息。

他拒绝了媒体采访,与此同时,那位穿着棕色靴子、头戴圆顶礼帽的绅士斜倚在巴泽尔的前门正对着的栏杆上,仔细观察着进出的每一个人,他打扮成一个时髦的年轻人,自信没有什么能逃过自己的法眼,这般模样引起了

《周日快讯》记者的注意。

"彭莱顿先生不愿见我,很遗憾,"他向瓦迪洛太太吐露心声,"但这于他于我都是有利而无害的,因为公众对他的兴趣极大,而只要公众听到想知道的内情,好奇心得到满足,就会产生同情。我相信你会赞同我的说法,瓦迪洛太太,报纸的受众群极大,没人能够忽视,特别是……恕我直言,《周日快讯》的受众。不过当然了,我能理解彭莱顿先生,这么大的事肯定自然会令他万分悲痛。"

"午餐音乐"的旋律飘到了楼下。

"彭莱顿先生很爱听收音机?"《周日快讯》的记者问。

"他颇有音乐天赋,"瓦迪洛太太赞同道,"但在此时此刻,我觉得有点不合时宜……"

"可能他发现听音乐可以舒缓身心吧!他应该受到了不小的惊吓?"

"没错。周五晚上他回来的时候,手上拿了一张报纸,却不见帽子的踪影,真是奇怪。他对我说,'瓦迪洛太太,你看新闻了吗?'我说我听说了,大概半个小时后会有警察过来,你的表妹在楼上等你,你的帽子去哪儿了?他奇怪地看了我一眼,说,'被我弄丢了。'然后他就上楼了。你不觉得这有点好笑?丢了一顶上佳的圆顶礼帽,何况还没戴过几次,就这么轻飘飘地一句话带过了?"

"瓦迪洛太太,你不觉得在听到自己姑妈遭遇不测的消息后,别说丢了一顶旧礼帽,就算是全新的,也没有什么好大惊小怪的吗?"

"你没明白我的意思,那不是一顶新帽子。彭莱顿先生就是这样一位作家——他不是城市里的传统绅士——通常戴的是一顶更具艺术性的黑色宽檐帽。他只会出于特殊缘由才戴上圆顶礼帽,我觉得他戴起来并不自在。"

"特殊缘由是指?"《周日快讯》的记者问。

"这个就不多说了,我不是管不住嘴巴的人,"瓦迪洛太太说,用她那双亮晶晶的眼睛探究似的盯着他,"但我确实觉得,彭莱顿先生偏偏在没有机会再戴那顶圆顶礼帽的时候把它弄丢了,看来是命中注定。"

"我猜尤菲米娅·彭莱顿女士不喜欢文艺青年式的打扮吧。"记者暗示道。

"我可没提彭莱顿女士,"瓦迪洛太太撇清道,"不过既然你这么说了——她是个很有教养的人,有人会说她过于特别了。"

"为什么周五那天,彭莱顿先生会戴那顶帽子?"记者冲着门口问。

"我不是那种爱打听雇主隐私的人,"瓦迪洛太太笃定地说,"但在他告诉我,没有去看他姑妈的时候,我真的很惊讶。之前他的确有跟我说,要去戈尔德格林见一位朋友，看看那幅画，这一点我不怀疑，但我确实以为他会因为收到的那封信去汉普斯特德见他姑妈。"

"对，那封信！"记者做恍然大悟状，实际上压根不知道，"可能是可怜的老太太写的最后一封信了。"

"当然了，这话不该由我来说，"瓦迪洛太太说，"我不会像有些人那样到处去找撕碎的信纸，不过想找也找不到，因为信被扔进了火里。彭莱顿先生就是那种急性子的人，不管信里写了什么，有一点可以肯定，是他不愿看到的内容。"

"或许他在去汉普斯特德的途中改变主意，转而去了戈尔德格林呢，"《周日快讯》的记者说，"去朋友那里看一幅画，你刚才是这么说的吗？"

"是这么说的，但我只不过是转述了他的话。那位画家替彭莱顿先生的表妹桑德斯小姐画了一幅画，她很漂亮，虽然我觉得面色有些过于苍白了，但不得不承认在画里很好看。沃森小姐更有活力，彭莱顿先生很重视她。"

"沃森？"记者思忖了一下这个名字，"她住在弗兰普敦对不对？没有亲戚关系吧？"

"暂时还没有。"瓦迪洛太太隐晦地告诉他。

"我想彭莱顿先生挑选的那位替表妹画像的艺术家一定功力了得吧？"

"我个人不是很喜欢他的画，"瓦迪洛太太一副鉴赏家的模样说,"主题不是很明确,不知道你能不能明白。但他很有想法。彭莱顿先生曾给我看过他的照片,是一本杂志的封面,是个蓄着大胡子的家伙,还有个古怪的名字,叫库,库……"瓦迪洛太太支支吾吾了半天,却说不出来,有点不甘心。

记者说服她去找那本杂志,拿出来一看,他在封面角落处辨认出"库图佐夫"的潦草字样。在联系簿上搜寻一番后,他拿到了地址,应该能找出那个家伙了。他正欲离开时,瓦迪洛太太突然感到一阵惊慌。

"跟你说一下,我对这件事一无所知,"她向这个圆滑的年轻人保证道,"我不愿说任何会给彭莱顿先生带来麻烦的话,即使他付房租没有那么规律及时,但毕竟人家姑妈去世了,虽然她为人有些刻薄,但对于任何人来说,家人去世都是件很可怕的事。不过我一直都认为地铁站是肮脏又危险的地方。我希望你不要在报纸上刊登任何与那封信有关的消息,因为私人的信件与旁人无关,我总是这样告诫自己。当然,如果是彭莱顿先生自愿提起那封信,那就另当别论了——而且要是这封信很重要的话,他会在适当的时候说出来的。"

"的确如此,"记者赞同道,"别担心,瓦迪洛太太,你方才没有说错什么话,我会尊重你的意愿。"

《周日快讯》的记者若有所思地走开了。真有意思,他想采访巴泽尔，希望能了解其他记者口中关于他姑妈的"故事"，尽管对于明天要见报的"人类档案"一稿，他还毫无头绪，但刚才偶然发现了一件更有趣的事情。他姑妈的死，巴泽尔·彭莱顿可能要负直接责任，或者至少脱不了干系，可他还没想到该如何将这一点马上利用起来。不过立刻去会一会这位在戈尔德格林的艺术家肯定错不了，因为如果这条线索是正确的话——屋子对面的塔维斯托克广场上的那位监视者证实这很有可能是对的——巴泽尔随时都有可能遭到逮捕，到时他的所有行为和举动都极具新闻价值。

库图佐夫的妻子迪莉娅接受了《周日快讯》记者的采访。她一听到是报社记者，便露出了灿烂的微笑，热情地招呼："快进来！"然后将他领进画室。她是个高大英气的女人，举止略微浮夸。彼得出门了，这倒也无妨，因为他永远都不会意识到对媒体人士友好的重要性。迪莉娅则深知，任何让记者对彼得·库图佐夫眼前一亮并且知道他还有一位迷人的妻子的机会，她都要抓住并充分利用。

"彭莱顿女士的事，恕我没办法告知太多，"她对《周日快讯》的记者说，"因为我丈夫从没为她画过画像，但你知道，她的外甥女来过，我可以给你看几幅她侄子巴泽尔·彭莱顿的画像。巴泽尔是我们的好朋友，我相信他是彭莱顿女士的继承人。"

"看来那位老太太很有钱？"

"她应该挺有钱的，但我不是很清楚，只知道她帮过她侄子不少忙。她对自己的事从来讳莫如深，神秘兮兮的，在用钱方面也相当节省，所以从她平时的生活方式上根本看不出她是个有钱人。"

迪莉娅在一部作品集里翻来找去，抽出一张素描，画上是一个面容和善的年轻人，嘴巴较宽，一头微微卷曲的长发。"这就是巴泽尔·彭莱顿。现在这幅画应该会引起公众的一些兴趣？跟我丈夫说说，他应该会同意转载。他最擅长的就是肖像画。上个月还在克里顿画廊举办了画展。我们原本希望彭莱顿女士会委托我们绘制一幅巴泽尔的画像，这是她自己的提议，但最后关头，她又舍不得花钱了。不过照我说的，在她对巴泽尔的任何作品感到满意时，便会突然慷慨起来——或许你知道他的作品——会给他一个装着5英镑的信封。巴泽尔手头并不宽裕，他需要姑妈的支持。不过我想他肯定能得到那笔钱，所以最后都会好起来的。"

"抱歉我对彭莱顿先生的作品不是很熟悉。是短篇故事吗？"

"没错，还有新闻稿和诗歌之类的，都是自己接的活儿。不过我觉得他还没找到自己的风格。这一点对于艺术家来说很重要不是吗？我丈夫从五岁起就开始画肖像画，若非他一直不愿意抛头露面，现在一定已经名声大噪了。我完全理解他的感受，我自己也很胆怯，我没说过，但一个人总不能将自己的光芒掩于尘埃之中，对吗？"

"你说得对，"记者赞同道，"我相信你一定是你丈夫的贤内助。等彭莱顿先生继承他姑妈的遗产后，他会不会再购买更多库图佐夫的作品？比如沃森小姐的画像？"

"住在弗兰普敦的贝蒂·沃森？这个有可能。不过会先完成贝丽尔·桑德斯的画像。彭莱顿女士出事的那天，他正巧在和我丈夫讨论细节问题，也就是昨天。但奇怪的是：巴泽尔早上坐地铁来看我们，但他不太高兴，也不肯说发生了什么，鞋子上沾满了泥巴。我觉得他一定是预感到了他姑妈的死。这是最奇怪的地方。"

"可能因为听说姑妈失踪了，所以他很焦急？"

"不，我不这么认为。那时候还太早，不可能有人察觉她不见了。他到这儿的时候大概是10:30的样子。当时我不在家，但11点左右的时候就回来了，他一直待到下午。"

"你觉得他为什么不高兴？"

"我真的不知道。但他特别心不在焉。可能他有未卜先知的能力，自己却没有察觉到吧。"

《周日快讯》的记者在走回戈尔德格林站的路上，想起了巴泽尔那双沾满泥巴的鞋。他也听说了贝尔塞斯公园站的楼梯上的脚印,可是在塔维斯托克广场和贝尔塞斯公园站之间,巴泽尔上哪儿去踩泥巴呢?周五天气晴朗,但周四下了一场令人难忘的大雨,缓解了冬日的干旱。希思街附近一定有泥泞的地方。他暂时将这个问题抛诸脑后,转而思索起了迪莉娅·库图佐夫对巴泽尔在周五上午的精神状态的描述。他想到了一个绝妙的标题——姑妈之死,侄子早有预感。编辑会接受吗?他觉得讲这个"故事"时,措辞上严谨些应该更加保险:

"前往位于塔维斯托克广场的巴泽尔·彭莱顿先生(插入图片),受害人的侄子(财产继承人)的单身公寓拜访,记者获悉,彭莱顿先生尚未从姑妈所遭遇的悲惨意外中恢复过来,他太过悲痛,无法接待客人。音乐成了他唯一的慰藉,他成了电台里一档较为严肃的节目的忠实听众。我方记者从彭莱顿先生的一位密友处了解到,他似乎对姑妈的命运有一种奇怪的预感,尽管他无法解释,但在她遇害的那瞬间自己为何会突然感到无比沮丧……"

第六章 媒体出动

彭莱顿族谱

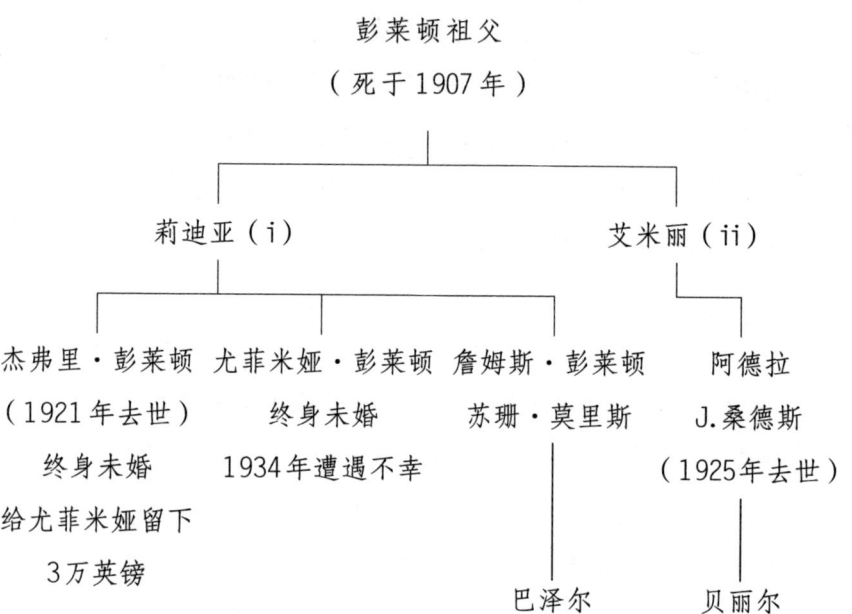

第七章

巴泽尔"说明原委"

"看来我们来得正是时候。"格里迅速爬上两层楼梯,气喘吁吁地说。

"什么意思?喝茶吗?那你说得对。"

"不是,我没在说我的物质需求。只是担心你的状况,巴泽尔。我们碰见正下楼的'慢吞吞先生',他的脸简直有蟒蛇那么长,瓦迪莱托告诉我们,最近你们经常一起吃午餐。你肯定是需要精神慰藉!"

"是你邀请他来吃午餐的吗,巴泽尔?"贝丽尔问,格里帮她脱下外套,"为什么?"

"他是尤菲米娅姑妈的好朋友。她一直很信任他,经常问他的意见。不过现在想来,他似乎对她的私事也不甚了解。但不管怎样,他是个精明的家伙,几乎什么都知道,我觉得他或许对这件糟心的事情有一些自己的见解。"

第七章 巴泽尔"说明原委"

"那他说出什么了吗？"贝丽尔的声音里透着疲惫。

"这个，暂时还没有。他好像认为瑟洛有机会拿到塔比的狗链，也有机会上楼梯找尤菲米娅姑妈，更有充分的理由对老太太心怀怨恨。但我就是不敢相信他……他会勒死她。"

"很难想象这个人会那么做，"贝丽尔说着在壁炉边的椅子上坐下来，"鲍勃·瑟洛看着不太聪明，但也不像恶毒之人或者被逼上绝路的样子。格里，你不就是这么看他的吗？"格里·普拉希尔点头表示同意。贝丽尔的观点他一般都会认同，除非和她的意见完全相左。"我不敢相信他会以这种可怕的方式攻击一个老太太，"贝丽尔接着说道，"就因为她拿走了胸针。说他是想找回胸针才对她痛下杀手，这想法还真是有意思，因为他根本就没拿。"

"可能是他没找到。"巴泽尔提议道。

"不可能，"格里澄清道，"他有的是时间去搜，更有可能的是他压根没想过她会把那玩意儿带在身上。但正如贝丽尔所说，我不觉得是他干的。"

"他可能在楼梯上听到有人来了，吓了一跳，然后赶紧跑了。"巴泽尔说，他没有太大的把握，但依旧执着地猜测着楼梯上发生的事。

"可除了我和凶手，楼梯上一个人也没有。"格里指出，"如果有的话，我的意思是说，如果有与凶杀案无关的路人，那彭莱顿女士的尸体早就被他们发现了，比实际发现的时间会早得多。"

"这我就不太确定了。"巴泽尔告诉他，"如果你飞奔下楼梯，看到已经咽气的尤菲米娅姑妈的尸体，你会怎么做？"

"当然是冲下去报警了。"格里十分肯定地道，"也只能这么做了。"

"我不知道。这样做没有任何好处，我以为你会想远远避开，不和这种事扯上关系。"

"没人会这么傻，"贝丽尔不耐烦地说，"要发现你到过那儿很容易，而且到那时，每个人都会因为你瞒而不报而怀疑你。"她自我厌恶般地摇摇头，"这样太残忍了！我们为什么要一直讨论这事？没人为可怜的尤菲米娅姨妈想想——只顾着猜测凶手干了什么，如果换作你，你会怎么做？没完没了？这有什么用！"

"我时常在想谁会这样做，"巴泽尔不顾表妹的抗议，坚持说，"你们还记得碎尸案和克劳波罗案吗？"

"可是他们的确杀人了，两桩案子都是。"格里说，"别说了，巴泽尔。"

"是陪审团说他们杀人了，"巴泽尔固执地继续说，"但我总觉得，他们的说法似乎也很合理，尤其是那个年轻人，他说他走进自己的小屋，看到那个女孩吊在一根横梁上。在我看来，他可能是太害怕了，过于震惊，因此觉得唯一安全的办法就是把尸体藏起来，假装自己什么都不知道。"

"那不一样，"格里解释道，"不管怎么说，那个年轻人都有错，即使他并没有杀死那个姑娘，可她的确是在他的屋子里出的事。但如果是有人走楼梯下来看到你姑妈的尸体，情况就完全不同了。我说，你该不会是在暗示我发现老太太死了吧？我告诉你，我当时还跟她道了早安！"

"不，我什么都没暗示，"巴泽尔向他保证，"我只是在思考有没有这种可能，即瑟洛杀死尤菲米娅姑妈，想拿回胸针，却在找到之前被吓跑了，事后也没机会再次返回，直到有人发现尸体。"

"我希望你停止这些愚蠢的猜测，"贝丽尔恳求道，"我敢肯定不是鲍勃·瑟洛。我想说这会不会是一场意外？"

"意外？"巴泽尔满脸不相信。

"我的意思是，她朝前摔了下来，狗链不知怎么地挂到了扶手栏杆上，把她勒死了？"

"第一眼看上去确实有点像那么回事。"巴泽尔这么说道，出乎他二人的预料。

"看上去？你什么意思？"贝丽尔问他。

"哦，我看到报纸上描写了她的死状——正面朝下倒在楼梯上。首先我想到的就是她绊了一跤，一头栽下去了。"

"我从未那么想过，"格里依然没明白巴泽尔的话是什么意思，"因为我在报纸上看到的第一句话就是新闻标题《地铁站惊现凶杀案》，或者诸如此类的东西，所以钻进我脑子里的第一个概念就是谋杀。"

"我看的那份报纸好像用了不一样的标题——扑朔迷离，媒体尚未有所收获之类的，接着就看到尤菲米娅姑妈倒在了楼梯上，于是我就想她可能是摔下来了。"

"那有这样的可能吗？"贝丽尔问。

"不可能，"巴泽尔说，"如果狗链缠在栏杆或者类似的东西上，警方会立刻注意到的。"

"亲爱的贝丽尔，恐怕意外这个说法真的站不住脚。"格里温柔地说。

"的确，"贝丽尔承认道，"但我希望能有一些明确的线索，想到是有人蓄意所为，我就很不舒服，但就目前的状况看来真的很糟糕，大家都忧心忡忡，我同样讨厌无罪的人遭到怀疑。"

"没错，那样也很可恶。"巴泽尔表示同意。他踱步到窗前，望了望外面的广场，又迅速退了回去。

"要喝茶吗？"他问，"我去问问瓦迪莱托能不能准备点松脆饼。"说完便留下二人走了。

格里也走到窗前,像巴泽尔一样朝窗外望去。

"你还记得我们进来时,靠在栏杆上的那个家伙吗,贝丽尔?他还在那儿,一身紫色衣服,看着真滑稽。"

贝丽尔对游手好闲之人没兴致。她坐在那望着炉火,偶尔用火钳有意无意地戳弄几下。格里盯着她看了几分钟,意识到让他感到如此痛苦的,并非一位令人生畏的老太太的不幸,而是贝丽尔耷拉下来的嘴角,以及她那向前弯着的瘦弱身子,那副异乎寻常的无精打采的模样。她戴了一顶黑色帽子,金黄色的头发从前额分开,塞到耳后,脸色苍白。他不确定是因为她内心的焦虑和痛苦,还是在那身黑衣服的衬托下,让她那娇嫩的脸蛋显得尤为苍白。

她扔进去一大块煤,发出砰的一声。

"我们不能做点什么吗,格里?"

格里从房间的另一端朝她走去,迅速摘下她的软毡帽:"这样好多了。我不喜欢你把脸藏在帽子下面的样子。"

"我知道,"贝丽尔淡淡地朝他笑了笑,"但这是我仅有的黑色帽子了,母亲觉得戴有颜色的帽子是对尤菲米娅姨妈的不尊重。我自己也讨厌哀悼,总觉得这要么在故意引人注意,要么就是虚伪。但母亲觉得我必须穿黑色才行。天知道我现在已经够郁闷了。"

"'黑色斗篷只不过是表达哀思的衣服',我得说你看上去已经很难过了。我希望我们能做点什么，但又想不出来。我让我的律师去找瑟洛，能为他做的我都做了。他们告诉我，虽然他很沮丧，但事情经过说得很清楚，而且坚定，目前还找不出他在周五那天的行为有什么破绽，当然也没办法全部查验。要是我们能找到其他线索，证明其他人也有杀害她的动机就好了……"

"我能想到很多不喜欢她的人。现在说这种话有点小人行径，但大家都知道她很刻薄，控制欲强。但我看不出他们有什么动机杀害她，除非想要她的钱，但据我所知，除了我和巴泽尔，没人有过这种想法。这倒提醒我了，我还没跟巴泽尔说遗嘱的事。"

"警方可能会找到一些线索。我听说他们彻底搜查了她的房间。"

"这么做是必须的。你知道她有多喜欢把东西藏在奇奇怪怪的角落里吗？"

"松脆饼来啦！"巴泽尔猛地推开门，拿着纸袋、盘子、餐刀和黄油走了进来，"我说我们自己倒茶就行了。瓦迪莱托说这几天不停有人打电话过来，她都烦死了。瞧这火被你拨弄成什么样了，贝丽尔！"

"我在找火旺一点的地方。"格里说着，双膝跪在壁炉边的地毯上。

"巴泽尔，我忘了告诉你尤菲米娅姨妈的遗嘱。"贝丽尔说。

"哦,你怎么会知道?"巴泽尔竭力装出漠不关心的样子。

"妈妈见过她的律师斯托金斯先生了。他应该会写信给你的。警察一直在搜查尤菲米娅姨妈的房间,他们可能是想找更多线索来证明她和鲍勃·瑟洛的关系,结果在抽屉底层里的报纸下面发现了一份最近才写的遗嘱。他们询问了斯托金斯先生,发现他那里还有一份好几年前写的。不过我觉得没什么两样,反正对解开谜团毫无帮助。她把大部分财产留给了你,分了5000英镑出来捐给一间狗舍,还给塔比留了几百英镑,然后把珍珠首饰什么的给了我。"

巴泽尔吃惊地看了她一眼,随即松了一口气:"这么说他们还没找到另一份?"

"什么另一份?"

"前段时间她跟我说又重写了一份遗嘱,因为我惹她生气了,所以打算全给你。"

"你是说去年夏天吗?可怜的尤菲米娅姨妈!她很喜欢我是因为我在度假时给她寄了三张风景明信片,而你一直对她不怎么上心。但她把那份遗嘱撕了,你自己还跟我说过的。"

"对,没错,我忘了。我以为她还会再写新的,因为她经常跟贝蒂·沃森说我别想拿到她的钱。她以为贝蒂一直惦记着她的钱——还有我。"

"他们发现的这份是去年春天写的。她应该只是嘴上说说而已,实际上并没有写那么多,不过他们有可能还会找到另外一份。"

格里成功翻出几块燃烧的煤块,贝丽尔跪在他旁边,趁他融化黄油的空当,烤起了松脆饼。端着茶进来的瓦迪洛太太打断了这场关于彭莱顿女士的遗嘱的谈话。巴泽尔不安地在房间里踱来踱去,偶尔斜睨一眼窗外。

"我确实松了一口气,"等瓦迪洛太太出去后,他总算开口道,"他们找到了现在这份遗嘱。我知道你并不需要这笔钱,贝丽尔,但天知道我有多需要!"

"我当然不会要,"贝丽尔肯定地说,"它本就该属于你,而且无论如何也会属于你。但我估计你会发现,就算你得到了这笔钱,你还是会和以前一样一贫如洗——除非你交给贝蒂保管。"

"总之我会送你一份像样的结婚礼物。老天,在我和老彼得为那幅画讨价还价的时候,我就感觉自己要发财了,原来我早有预感吗?"

"谈得怎么样了?"格里问,"什么时候给贝丽尔画?"

他俩一块讨论着——贝丽尔该穿什么,格里喜欢贝丽尔摆哪种姿势。

"看在老天爷的份上,在开始画像前开心起来,"格里劝她，"我知道你不舒服，但你不能耷拉着脸——这样对谁都没好处。"

"我相信即便我没有笑，但只要有这个要求，彼得肯定能画出我微笑的样子。"贝丽尔略微哭丧着脸向他保证。她开始倒茶。

"可那就是别人的笑了，这怎么能一样呢？"格里反对道，"你是不是忘了，我们本来要去新维克影院看《永恒的少女》的，是今晚吧？但我估计你现在没心情去，不过要是你能不顾忌这些，出去散散心，会不会好一点——将自己的注意力从这件可怕的事上转移，暂时从烦恼中解脱出来。"

贝丽尔朝他摇了摇头，但顺着这个话题聊了起来。

"你周四去看了这部电影对吗，巴泽尔？"

"对，不对，是周五。"

"可你说，你是周四带贝蒂去的？"

"我们去了别的地方，周五我一个人去了新维克影院。"

"为什么周五去？"

"我刚见完彼得出来，心情不太好，于是想去看电影。当然了，我出电影院后才买了晚报，看到尤菲米娅姑妈的事。"

贝丽尔聚精会神地望着他——如此专注，以至于还在继续往已经满了的杯子里倒茶，幸好格里发现，出声阻止了她。

"小心，贝丽尔，茶都漫到盘子里去了。"

"天哪，我这个白痴！抱歉。格里，你拿一下茶壶，我把这里收拾一下。"

所有人的注意力都被茶盘吸引，等收拾完，电影院的话题早被抛诸脑后了。

但是巴泽尔意识到他还没有正确传达自己的意思："我说，贝丽尔，"他停顿了一下，有些难为情地说道，"你还记得我跟你说过的周五那天的事吗？就是我做过的那些事？还记得我在哪里吃的晚饭吗？那晚刚看到姑妈遇害的消息，马上又听说警察来找过我，所以情绪激动，一时间心烦意乱，都不知道自己到底跟你说了些什么。"

"你说你在索霍区和一个朋友吃晚饭。具体的细节好像没说。怎么了？"

"贝丽尔，你最好不要跟任何人提我那个朋友。你应该还没和别人说起过这事对吧。我没把这事告诉警察，因为无关紧要，而且与尤菲米娅姑妈的死毫无关联。而且说实话，那个朋友的名声不是特别好，我不希望警察在那上面过多纠缠，所以我说的是我独自一人在索霍区吃晚餐，因为看完电影太晚了赶不回去——这点是真的。"

"可是，巴泽尔，对警察有所隐瞒未免太大胆了吧？

这会让他们怀疑你企图遮掩什么东西。而且为什么要撒谎呢？"

"不能算撒谎，我没有篡改什么，只是没有把全部真相说出来而已——只提了主要部分。再说了，全部的真相是什么？有人能说得出来吗？能说的细节我都说了——连我擤了多少次鼻涕都如实相告。"

"别犯傻了！"贝丽尔警告他，"说真的，巴泽尔，难道向警察承认你之前没有说实话，不比让他们觉得你在隐瞒什么可疑的事情要好吗？你不这么觉得吗，格里？"

"我当然这么觉得，"格里赞同道，"一旦他们发现你瞒而不报，肯定会立马找上来。"

"可这和他们没关系。"

"都是如此，"格里坚持道，"一开始就知道的话，他们不会当回事，但如果一开始不知道，而是后来查到了蛛丝马迹，他们就会觉得是因为心虚才有所隐瞒。"

"没错，巴泽尔，说出来也没什么大不了的吧？"贝丽尔说，"我没兴趣知道到底是什么，也不会对任何人提起。我会马上就忘掉，格里肯定也会。"

"当然。"格里喃喃道，语气不太肯定的样子。

"但我真的觉得与其等警察从旁人那里知道这件事，不如你现在坦白，这样你就不必提心吊胆，也能避免日后的尴尬。直接跟他们解释你之前为什么没说就好了，你等得越久，事态就越失控。"

"这是我的事，你就让我自己处理吧，"巴泽尔抱怨道，"我跟你说，饭店里的人根本不认识我，也不会记得我有没有和别人一起吃饭，没有人见过我——我们。"

"我不知道所有细节，也不想知道，所以可能很难判断，"贝丽尔承认道，"但我认为这件事本来就已经够复杂了。别嫌我烦，巴泽尔。我和格里还是走吧。等你接到了你父母，我再过来。你会待到晚饭时间，对吗？"

"我先去发动车子。"格里说着，跑下了楼梯。

"你们要走哪条路？"巴泽尔问。

"应该会去兜兜风，今晚外面还挺舒服的。"

"你说格里可以载我去汉普斯特德吗——如果你们顺路的话？你们是去弗兰普敦吧？"

"当然可以，不过坐在后座会特别冷，不怎么舒服。乘地铁舒适多了，公交车也行。"她匆忙地补充道。

"我不太喜欢去地下，公交车会经过卡姆登镇所有的鱼店，我也不喜欢。"

"好吧，那一起走。别忘了去国王十字站接人。"

"没事，还有时间。你先下去跟格里说一声。我马上就来。"

"我可以照下镜子吗？"贝丽尔问，手里拿着她的帽子。她走到房间一头的帘子后面——巴泽尔的公寓其实就是二楼一个布局狭长的房间，房间的一头有隔断，用帘子遮挡，当作更衣室。装点客厅的沙发同时也是晚上的睡床。

贝丽尔从帘子后面出来时，巴泽尔背对着她站着，望向窗外。贝丽尔站在房间中央犹豫了一瞬，看巴泽尔似乎没有注意到她，于是悄悄地出去了。等她一走，巴泽尔就走到帘子后面，把挂在墙上的小镜子斜抬起来，解开缠在挂镜子的钉子上的一条珍珠项链。

与此同时，贝丽尔站在人行道上，格里正驾驶他的双座阿尔维斯倒车转弯，车前大灯的光线照向广场中央，所有在黄昏时分仍在那里晃悠的人都暴露无遗。

他清楚地看到了那个穿紫色衣服的人，正沿着栏杆大步走着，好像要去什么地方。

"你在干什么？"他把车停到路边后，贝丽尔问，"你其实可以直接绕着广场转一圈，不必费劲这样转弯。"

"我真笨，怎么没想到这茬儿，我还以为这是在你汉普斯特德的家外面。我们现在去哪儿？"

"巴泽尔想搭顺风车去弗兰普敦，让我来开吧，呼吸下新鲜空气我会舒服一点，我在开车的时候，脑子总是更清醒。"

"那好。从巴纳特路那边走怎么样？但是也别想太多了。"

他下车调整了下后座,暗自笑了笑。巴泽尔此时出了门,坐上车,不一会儿车便发动朝尤斯顿路驶去。他们灵巧地穿过西摩街和卡姆登镇的车流,一路疾驰到哈弗斯托克山上,在教堂巷的拐角处把巴泽尔放下了。

"刚才那一下停得漂亮!"格里笑道,此时车已经爬上了山顶,驶向西班牙人路了,他的话淹没在了车的轰鸣声里。等车平稳地开在北段路上,贝丽尔才开口说话。

"真舒服。"她把手塞进格里的胳膊内侧,他紧了紧手肘以示安慰。

"我感觉如果我们彻夜不停地开车,这个可怕的谜团就会自动解开了。或许只是因为开车让人有种远离一切的感觉。待在巴泽尔的房间里,我感觉脑子越来越糊涂,心情越来越沮丧。格里,你说巴泽尔那是怎么了?当然,他总是喜欢跟别人聊起自己的私事,然后又在某个关键时刻突然谨慎地停下来。他经常把一些无关紧要的秘密讲给两个不同的人听,但只会各自告诉他们一部分内容。有时候会很尴尬,因为要是一个朋友察觉到另一个人也知道这件事,便会很自然地提起他不知道的另一部分。我觉得喜欢搞这种神秘兮兮的举动是家族遗传,尤菲米娅姨妈尤其如此。大概没有人了解她全部的过往。我知道她把很多秘密都告诉了'慢吞吞先生',但我敢肯定,她也隐瞒了不少。詹姆斯舅舅以前经常抱怨,很难插手处理她生意上的事,因为她不肯说出全部的实情。不过我的性格倒是没受影响。"

"你肯定没有,亲爱的。"格里确信地说。

"巴泽尔老是说些奇怪的话,"贝丽尔继续道,"好像他真的在隐瞒什么似的。但我看不出有什么是他不能告诉我们的。而且他似乎特别在意警察,周五那天晚上,案发后我第一次见到他时,就察觉到了这一点。我想警察肯定会四处寻找有作案动机的人,自然就会问起谁是尤菲米娅姨妈的遗产继承人,但如果警察真要怀疑巴泽尔又有些荒谬,因为他在周五早上有完美的不在场证明。周五下午,我打电话问巴泽尔在哪里的时候,瓦迪莱托告诉我,他在9:20的时候出去了。但我们都知道尤菲米娅姨妈在那之后的几分钟内就遇害了。再说了,警察怎么可能认为他真的有杀人动机,他连尤菲米娅姨妈的遗嘱写了什么都不知道,实际上,他似乎以为姨妈最近又将他排除在外了……我们居然还能这么平静地讨论这些想法,太可怕了,但我正在努力厘清思路。"

"我明白,亲爱的。你不是想说巴泽尔真有作案动机,只是站在警察的角度,客观地分析一件凶杀案罢了。"

"没错,就是这样。"贝丽尔急切地说。

"你姨妈很喜欢巴泽尔对不对?以她特有的方式?"格里问。

"很明显。而且我觉得她很欣赏他的天分,这对她来说算是一种家族荣耀,她确信,只要彭莱顿家的人下定决心想做,就能做得比其他人更好。"

"贝丽尔,我刚想到,警察并不知道你姨妈有改遗嘱的习惯。大家普遍认为巴泽尔是她的遗产继承人,不是吗?"

"没错,大家都觉得杰弗里舅舅是想将钱给他的,我在心里打定主意,如果因为尤菲米娅姨妈古怪的脾气,让我继承了那笔钱,我最后也还是会给他。"

"巴泽尔应该知道你的心意?"

"应该是知道的,我提过,我母亲也提过,我俩之间达成了协议。但他仍然很难指望这笔钱。可怜的巴泽尔,你知道的,他总是缺钱花,而且他存不下钱,所以忍不住要惦记尤菲米娅姨妈的钱。"

"恐怕他写作还没赚什么钱吧?"

"没有,我希望他能大获成功。他父母会补贴他一些,但他们的经济能力也有限。如果尤菲米娅姨妈的遗嘱没问题,那他现在就是有钱人了,我敢肯定他要做的第一件事就是向贝蒂·沃森求婚。可能现在就求着呢。"

"那可不一定。"

"我希望他会。贝蒂是个好姑娘,也识大体。出于某种原因,尤菲米娅姨妈不喜欢她,还时常告诫她,巴泽尔拿不到她的钱。另外一个麻烦在于，如果巴泽尔带贝蒂出去或者对她过于热情，姨妈就会不开心。这样真的不好，因为贝蒂是唯一一个真心喜欢巴泽尔的姑娘，他也特别喜欢她。"

贝丽尔不再言语，格里也不发一言地开着车，意识到事情还远没有结束。

"我不是想编排巴泽尔，"她又开口道，"但你一定在猜测周五和他吃晚饭的神秘朋友是谁，我很肯定那一定是他在什么地方遇到的女孩——或许是在电影院——然后带她去吃了晚饭。这不是第一次，他之前跟我说过一回。我觉得他只是太孤单了，想找个人随便说说话，而且你也知道，他不敢经常带贝蒂去约会，怕尤菲米娅姨妈大惊小怪。我唯一弄不明白的是，他为什么要这么遮遮掩掩。"

"也许是不想这件事传到贝蒂耳朵里。"

"没错，当然会有这个顾虑。但他知道他可以相信我，而且应当明白，如果将前因后果告诉警察，他们是不会对此多作联想的。如果开诚布公地说明，我想他可以相信，就连贝蒂也不会放心上。毕竟这本身就没什么大不了的——我们知道他是在晚上8:45左右回的家。"

"我想知道巴泽尔跟'慢吞吞先生'聊什么聊了这么久，"格里跟凹凸不平的巴纳特路作斗争，停了一瞬后道，"如果那老家伙真的像巴泽尔说得那么聪明，如果巴泽尔把自己制造的麻烦告诉了他，那'慢吞吞先生'一定会建议巴泽尔将整件事告知警方。"

"我不觉得斯洛科姆先生有多聪明，"贝丽尔怀疑地说，"尤菲米娅姨妈很记挂他，虽说她一向很谨慎，但我不确定她是否善于判断别人的性格。瞧她对贝蒂的误解有多深！他可能只是在奉承她，毕竟老太太们都喜欢听好话。跟你说，我还想过'慢吞吞先生'会不会是看上了她的钱。应该是詹姆斯舅舅让我产生了这个想法。这样揣测似乎有些刻薄，可能对他不太公平，可我不明白他为什么要费这么大的劲来讨她的欢心。毕竟她真的很难相处。"

"你的意思是她会嫁给他？这倒也不无可能。听说过这种事。他算不上绅士，但老太太们有时候也会想放肆一回。"

"这也太不切实际了。不，我觉得他没那么坏。我们一直讨论、批评和怀疑别人这啊那的，不是也很卑鄙吗？而且没人想想尤菲米娅姨妈，只顾着谈论她的缺点和死亡，就因为这是谜团的核心。"

"我说，贝丽尔……"格里不露声色地转移话题，"找个地方吃晚饭吧？哈特菲尔德不是有间酒吧还不错吗？"

"抱歉，亲爱的，去不了。巴泽尔的父母今晚会到，我得在场。要是回去晚了，母亲肯定要说的。我们最好现在掉头回去了。"

"那好吧。不过要不要顺便去看看彼得·库图佐夫？"格里建议道，"画像的事，巴泽尔好像已经跟他谈妥了，我们可以确定下第一版。感谢巴泽尔送给我们这么棒的礼物。我们走花园郊区那边会经过他家附近。"

"行，可以去，但别待太久。"

彼得的家位于北路，他们到那儿以后，贝丽尔发现只有他妻子迪莉娅在家。

"彼得出去吃饭了，"她解释道，"和艺术评论家帕芬，对他的事业会有所帮助。希望你的肖像画真的确定下来了，但周五那天，巴泽尔在这儿的时候，说话有点含糊不清。我感觉他很不在状态，比平时更加迷糊了。"

"因为姨妈的死对他的打击太大了。"贝丽尔简短地解释道，她不喜欢迪莉娅，也不想听她说巴泽尔的坏话，只想赶紧逃走。

"可我们当时并不知道这件事——没人知道，除了杀害彭莱顿女士的凶手。"迪莉娅冷冰冰地指出，"第二天早上我们在报纸上看到后，彼得说巴泽尔跟能预见未来似的。他和我们在一起的时候就已经心烦意乱了，就像你说的，感觉受了很大打击。当然对于俄罗斯人来说，彼得并不觉得这是不可能的。"

"但我会觉得很奇怪，"贝丽尔回道，"我不是说巴泽尔知道，他不可能知道。我只是被搞糊涂了。可能是因为巴泽尔最近有太多烦心事了吧。他在为一家本地报纸撰写介绍伦敦风土人情的系列文章,报纸的编辑说,他不想再收稿了,因为巴泽尔总是拖稿。这事让他心情烦躁,他一直以为这活儿会很稳定。尤菲米娅姨妈对此也很生气,因为她认为那些文章写得很好。"

"明白,"迪莉娅略微思索后说,"巴泽尔的姑妈对他写作方面的影响都不怎么正面,她喜欢的东西都上不了台面。但我知道总得有人写,就像彼得的杂志封面,但我觉得巴泽尔高估了那些文章的价值,因为他不仅从报社拿稿费,他姑妈还会额外给钱。周五的时候我跟他说,他的风格越来越受到大妈们的欢迎了。彼得说他甚至能在巴泽尔的诗里看到尤菲米娅的痕迹。"

"如果彼得对巴泽尔这么说,他一定会发疯的!他在那首诗上倾注了很多心血。"贝丽尔告诉她。

"警察似乎对巴泽尔的行踪特别感兴趣,"迪莉娅说,"他们一直在问我,周五那天他是什么时候到这儿的。可我碰巧出去了,当然,彼得在工作的时候也对时间全无概念。但我肯定我是10点后出门的,巴泽尔似乎把他的帽子丢了,他说丢在我们家了,但肯定没有。他的举动真的很奇怪。"

"帽子丢了?我并不怎么意外,"贝丽尔说,"巴泽尔就是这么丢三落四,什么都能丢。有一次他还在公交车上丢了一大堆手稿。"

"警察应该还没问起过那顶帽子,但如果他们问了,我真不能说在我这儿。"

"要是本来就不在你这儿,为什么要这么说?"贝丽尔厉声问道,"但我真得走了,格里还在车里等我。就不让他进来了,我们必须赶回家吃晚餐。请告诉彼得,如果没有他的消息,我周一的时候再来。再见。"

"这女人太狡猾了。"返回贝弗利山庄的路上,她对格里说道。

第八章

贝蒂对巴泽尔用情至深

到了弗兰普敦,奈莉替巴泽尔开了门。

"沃森小姐在吗?"

"在的,彭莱顿先生。你有好几个礼拜没来过了,怎么了?上次还是周三的时候,对吧?之后发生了好多事!先生,真的太可怕了,你有什么看法?还有我可怜的鲍勃,你认识他吗,先生?但他姐姐露伊说情况不算很糟糕,警察抓他是为了那起盗窃案,不是别的,但那样就已经够糟糕了,他的工作已经没了。你不先到客厅去吗,先生?"

"听我说,奈莉。我想见沃森小姐,但不想碰到斯洛科姆先生或者其他任何人。你知道她在哪儿吗?"

巴泽尔想和贝蒂私会,奈莉对此已经习以为常了:"先生,斯洛科姆先生在客厅里看晚报,是我刚拿给他的,沃森小姐也在那里。"

"好吧，奈莉，你去客厅里跟沃森小姐说……怎么说呢，那个老头太精明了。有了，你就说，'桑德斯小姐想见你，在门口等你'。明白了吗，奈莉？"

奈莉明白了，仿佛身负重要使命般的，消失在客厅里，巴泽尔把大门掩上，在外面等着。过了一会儿，听到大厅里传来的脚步声，他小心翼翼地打开门，伸出一根手指示意贝蒂不要出声。奈莉瞪圆了眼睛在她后面徘徊。

"怎么了？"贝蒂小声问。

"快！去把帽子和大衣拿上再出来，到教堂巷去，你会追上我的。别告诉任何人我在这里。我刚提醒过奈莉不要把我说出来。她会说是贝丽尔来找你的。"

他钻入夜色中，贝蒂匆匆提醒了仍在大厅里徘徊的奈莉一句，便上楼了。

几分钟后，巴泽尔拖着沉重的脚步沿着教堂巷走着，听到有人赶了上来，伴随着窸窸窣窣的摩擦声，还有轻微的哼哼声和喷嚏声。

"你牵这只狗出来干吗？"贝蒂走到路灯下，手里拽着懒狗塔比，贝蒂的步子太大，它拼命和贝蒂作对，不肯往前走。

"正好拿它当借口出来，再说这小东西必须得锻炼锻炼了。现在我们可以慢慢走了，它会听话的。它喜欢鲍勃和奈莉手挽手温柔漫步的节奏。你怎么了吗？"

"听着，贝蒂，我现在陷入两难境地，只有你能帮我了。我得跟你好好解释一下，哪里方便说话？"

"去弗兰普敦不行吗？"

"那里不行，我不想斯洛……其他人看到我。你也知道他们的嘴有多碎，你随口一说的话都能被他们分析出犯罪意图来。但没时间去远一点的地方了。没有自己的私人地方真是遭罪。该死的！"

此时塔比突然朝马路另一边的伙伴奔去，结果狗链缠到了巴泽尔的腿上。"你要是没带这只小家伙来就好了。"

"不如我们去希思街吧，"贝蒂建议道，"那里现在没人，我们可以找个位置坐。"

"赶紧去吧，这家伙缠着我的腿，我都没法好好说话。"

"塔比！"贝蒂厉声训斥道，"塔比，走！"

这只肥胖的小狗似乎没什么反应，贝蒂收紧狗绳，它才小跑到她身边。

"你觉得塔比以后会怎么样？"贝蒂问，看巴泽尔的样子，应该是想先找个安静的地方，才会开口跟她解释自己的难处了。

"尤菲米娅姑妈给它留了几百英镑。"

"真的吗？哦，塔比，你会拿来买骨头吗？可这钱也没法直接给塔比啊。"

"我还没看到遗嘱,但贝丽尔告诉我,塔比也有一份。我想应该会给愿意照顾它的人吧。"

"如果是这样的话,毕丽斯太太应该会接手。然后我们全都得轮流带它出来,还要听毕丽斯太太说无数遍'那个可怜人已经不在了,这是我们唯一能为她做的了'。"

"毕丽斯太太和所有弗兰普敦的住户是不是都在幸灾乐祸地谈论我姑妈的死?你有没有发现,贝蒂,自从周三我和尤菲米娅姑妈喝完茶之后,我们就没见过面了。"

"没有,因为我们周四还见了,虽然你可能没注意,"贝蒂伤心地说,出于特殊原因,她对那晚记忆深刻,也应当是巴泽尔的特殊时刻才对,"周四晚上,你带我去看了《永恒的少女》。"

"该死,没错。这部分我也准备和你谈的,但不是在这儿。"

他们走在希思街上,躲避着从地铁站里涌出来的人流,往西班牙人路走去。

"我们都想赶紧回到弗兰普敦,"贝蒂牵着塔比在拥挤人群中穿梭着,气喘吁吁地说,"黛摩尔夫人在研究人的精神状态和形成理论;头脑精明的斯洛科姆劝大家不要说得太多。你知道的,他就是一只狡猾的老鸟,会听取每个人的意见并提供建议,但从来不把自己的真实想法说出来；格兰杰毕恭毕敬地听着黛摩尔夫人的理论，适时聪明地发问。波特夫妇比以往任何时候都更疏远我们，他们的神情就像在说，'如果你们征求了我们的意见，这种事就不会发生了'。茜茜只是随便说了几句，她似乎认为，这一切都是上苍给她安排的特殊教诲。布兰德先生对我们的事比平时更不感兴趣，他忙着在一堆从报纸上剪下的纸片里寻找他想要的东西，但看那乱七八糟的样子，花上一个礼拜肯定都找不到。可怜的奈莉则是以泪洗面，又喋喋不休。"

"他们对这件事都是什么看法？"

"没有什么明确的看法。但我经常想起你，对你来说太残忍了。"

巴泽尔咕哝了一声。

"你知不知道，周五那天晚上还有警察来了，把我们问了个遍？然后今天早上，他们又在彭莱顿的房间进行了一次彻底的搜查——好像周五又来稍微搜了一下，然后就把房间给锁了。"

"该死！"巴泽尔低骂一声。现在他们站在了池塘边，想着希思街哪里有比较隐蔽的地方。

"又是塔比吗？"贝蒂问，她猛地拉了拉可怜的小家伙的项圈。

巴泽尔没作声。

"去肯伍德吧,"她建议道,"树下有很多长凳。"

他们沿着大路走下斜坡,在黑暗中晃荡,最后发现了一棵倒下的大树,离小路有一点距离,那边偶尔会有举止亲密的情侣经过。他们坐了下来,贝蒂把大衣的毛领子又裹紧了些,将塔比的狗绳绑在一根树枝上,小狗不太自在地坐在冰冷的地上,时而呜咽两声。

"现在抓紧时间告诉我。"贝蒂催促巴泽尔,"我得及时赶回去吃晚饭,不然会引起大家的好奇心。先从电影说起?"

"你有跟别人说过我们看了那部电影吗?"

"当然有,"贝蒂兴高采烈地说,"不行吗?"

"谁?"巴泽尔问。

"我和茜茜聊了很多。但不确定还有没有跟别人说过了,好像和办公室的同事也提到过。有什么问题吗?"

"你没告诉贝丽尔?"

"贝丽尔?没有,看完电影之后我都没见到她。"

"如果你见到她了,尽量不要提这个话题。不过如果茜茜已经知道了,看来过不了多久就会人尽皆知了。"

"要不是从昨晚起,大家讨论的话题全是这起谋杀案,我可能早就告诉很多人了。但要是贝丽尔来问我有没有看过那部电影——虽然目前不太可能——我该怎么回答呢?巴泽尔,你得再多说说,为什么这个这么重要?我不介意为你撒谎或者保守秘密，但如果你有所保留，我会很容易露馅。我想你也知道，让茜茜别把这事说出去基本没戏。虽说十有八九她不会提，因为她现在满脑子都是别的事，但你也不敢保证，如果告诉她这事背后隐藏着什么秘密，那她一定会兴奋得不得了。"

"只要你给我一个机会，我就告诉你更多。"巴泽尔慢慢靠近贝蒂，一只手臂伸到她身后，"一切都要从周五晚上说起。警察来找我——我想他们肯定是来问我最后一次见尤菲米娅姑妈是什么时候——问我一整天都去哪儿了，他们好像问了所有人这个问题。那天早上，我去戈尔德格林见了彼得·库图佐夫，他要给贝丽尔画肖像。下午回来的时候，有些事要处理，但目前不想告诉任何人。办完事之后来不及赶回家吃晚饭，所以自己在外面吃了一顿再回去的，我买了一份报纸，那时候才看到尤菲米娅姑妈遇害的消息。简直是晴天霹雳，就算你对自己的亲戚有再多意见，也不会愿意听到他们被狗链勒死，这消息让我有点恶心。我回到家的时候身心俱疲，发现贝丽尔在等我，没一会儿又来了个侦探。"

"可怜的巴泽尔！"贝蒂同情地低声道。

"我跟警察说了我一天的去向，但为了填补我从戈尔德格林返回后去办私事的那一段时间空白，我说我去新维克看《永恒的少女》了。之所以这么说，是因为我刚去过,如果他们问起,我能提供更多的细节。我对贝丽尔的说辞也一样,怕她碰巧听到了我跟警察说的话。但几天前我跟她提起过周四要和你一起去新维克影院的事,她似乎很惊讶我为什么隔天又去,所以我只好撒谎,说我们周四那天没去成。你明白了吗?"

贝蒂不敢置信:"糊涂!巴泽尔,这还真是你的作风!你为什么总要把事情弄得那么复杂?这根本没必要。直接告诉贝丽尔,你那天晚上处理私事花了些时间,不是更简单吗?"

"你总是能冷静地分析利弊,但现在为时已晚。你看,其实她已经听我说过两种版本了,我不想再编第三次。事实上,我并不想给她添麻烦。如果贝丽尔不记得周四我和你去看了那部电影,那就万事大吉了。"

"我想起来了,我确实跟茜茜说过不要在弗兰普敦提起我俩一起出去的事,因为我不想彭莱顿知道。茜茜也明白个中缘由,所以应该会守口如瓶。但你的确造成了不必要的麻烦,巴泽尔。你真是个没救了的笨蛋!可是警方根本不在乎你周五晚上在干什么,为何不直接把真相说出来呢?"

"我说了,至少现在来说,我还不想告诉任何人。我答应你,贝蒂,总有一天我会告诉你完整的故事。但是就像你说的,警方不会在意我周五晚上在干什么,我讲的那些经过还挺合理的,所以他们会接受的——其实已经算是接受了。"

"这样就好,"贝蒂说,"你神秘兮兮地来弗兰普敦门口等我,我还以为出了什么了不得的大事呢!"

"还有更糟糕的!"巴泽尔说,"但没时间了。你得回去吃晚饭,我也要去国王十字车站接我父母,他们从约克郡过来,8:05到,今早收到的电报。贝蒂,有件极其重要但很难办的事想请你帮个忙。"

他从口袋里掏出一个信封:"这是尤菲米娅姑妈的东西,很贵重,必须和她的遗物放在一起。其实是一条珍珠项链,值不少钱的传家宝。不,不是我偷的。是她自己给我的,并非送给我,只是递到了我的手里。但这本来应该在她的东西里,我得想办法还回去。贝蒂!"巴泽尔单手搂着她,紧紧抓着她的胳膊,"帮我放回去!你必须帮我!我知道我可以相信你。以后我再跟你详细解释。但要是他们搜查她的东西,发现珍珠项链不见了,就很难解释了!你要相信我,我没做坏事,等时机一到我就会向你解释的。你明白的,对吗?就算发生了不好的事情,我也不会将你牵扯其中?说你愿意帮我。"

巴泽尔刚把信封递给她的时候,贝蒂已经伸出手来,然后又缩了回去,好像在害怕触碰那个看上去危险又神秘的东西。她深深吸了一口气,将目光从他弯腰靠近的脑袋上移开,他的双眼在夜色中热切地注视着她的脸。就这样沉默了几分钟。

"你知道我会为你做任何我能做的事,巴泽尔——虽然我想不通我为什么要这么做——但我不知道要怎么做。这样费尽心机真的有必要吗?你为什么一定要犯傻?"

"我走投无路了,贝蒂……"

"给我吧,巴泽尔,我会尽力,"贝蒂果断地说,"我说了,警察已经搜查过她的房间了。我想他们是在找一份遗嘱,毕丽斯太太说是在她的贴身衣物底下找到的。我是说彭莱顿的。"

"我懂,但你也知道她有多喜欢藏东西。一定还有很多角落缝隙里还没找过。"巴泽尔快速而焦急地插话道。

"可是我怎么知道还有哪里是他们没找过的?"

"如果毕丽斯太太在场的话,你可以旁敲侧击一下。"

"或许吧,但这还不是最麻烦的。他们已经把她的房间又锁起来了,而且带走了钥匙。我不知道还能怎么进去。"

"你得伺机而动。如果真的没办法进去,你想想,她有没有可能藏在那栋楼的其他地方?还是她只会在自己的房间里藏东西?跟你说,我之前是打算下次去看她的时候还给她的——就像上周三和她喝茶的时候。她会不会把它们放在……我不知道。你的头脑比我清醒得多,贝蒂,你会想到办法的!还有,等你弄好了,一定要偷偷告诉我,你是怎么处理的。越快越好。他们可能只是暂时遗漏了,我怕有人来问我。"

"我可以打电话告诉你?"

"可以,但千万小心,楼下的房东老太太也能听到我房间里来的电话。写信更稳妥些,但明天是周日,我等不及想快点知道。相信你能想出最佳方式来通知我,但记住,明天一早我就会出门,和桑德斯一家吃午饭——我父母会住在他们家,大部分时候我应该都会和他们待在一起。所以我现在才这么急着找你。直到今晚我才找到机会来见你。"

贝蒂把信封放进手提包里:"这是最安全的,"她说,"我会随身携带。我得赶紧走了,不然就迟了。我们可以一起走到地铁站。走,塔比。我为什么要对你这么好,巴泽尔?"

巴泽尔什么也没说。他们走回西班牙人路上,匆匆而行。此时一辆公交车从他们身边开过,后面有一辆灰色的双座阿尔维斯缓慢行驶着。

"是贝丽尔和格里,你看到了吗?"贝蒂喊道,"他们可以载我们一程。瞧,公交车把他们挡住了。"

"最好不要。今晚就是他们送我来汉普斯特德的,我不想再打扰他们了。我们还有时间。"

巴泽尔觉得他还得再见一次贝丽尔,还有他父母,但现在为时过早。他此刻不准备再多做解释了。

"希望你能再说清楚一点,"他们走下山时,贝蒂说,"当然不是现在,我们什么时候再见面?"

"明天肯定是没戏了,但一有机会,我就打电话给你。"

贝蒂急匆匆地朝弗兰普敦走去,塔比可怜兮兮地拖着脚步跟在后面,她心想:"彭莱顿会把东西藏在哪儿呢?可能在客厅里?她会把东西托付给斯洛科姆吗?不过这样他就会知道了,不能问他。快走啦,塔比。你不会要吞掉那些东西吧?"

这只可怜的小狻犬可能从未有过体验感如此之差的外出。

第九章

巴泽尔想起手套

巴泽尔跳下电车，跑进国王十字车站，他要接的车次此时已经缓缓驶进站台。他发现要是自己能克服对地下环境的反感，他就会到得更早一些。"但是母亲肯定还在收拾行李，"他想，"她的包，她的围巾，她的毯子和其他东西。他们不会比我更早赶到出站口。"

他想的没错。等他气喘吁吁地来到检票口，他的父母也刚好从另一边向他走来。詹姆斯·彭莱顿满头白发，瘦骨嶙峋，灰白的胡子修剪得整整齐齐。他表情严肃，很像他死去的姐姐，一点儿也不像儿子巴泽尔。显然，巴泽尔是从他母亲那里继承了一副好皮囊，同时还有冲动与迷糊的个性。苏珊·彭莱顿一度容光焕发的脸蛋已经褪了色，身材也变得丰满起来，但一看到她，第一个念头还会是："以前一定是个顶漂亮的姑娘！"她会在保证时髦的前提下尽量穿得宽松,喜欢蕾丝和柔软的面料。

到了出站口,彭莱顿太太把一个塞满杂志和报纸的大购物袋递给已经拿了两条毯子和两把雨伞的丈夫,好在钱包里找车票。最后她在口袋里找到了,之前为了方便拿取放在那儿的,出了站,她冲向巴泽尔,热情地拥抱了他,在这样的公众场合,他有一些尴尬。

他咕哝着迅速说道:"得赶紧叫辆出租车,我们挡到别人的路了,走吧。"

他从父母手里接过各式行李,领着他们出了车站。

"太可怕了,巴泽尔,"母亲脚步匆匆地跟在他身边,低声说道,"糟糕透顶!整个家族还从未遇到过这种事,有失尊严。"

"倒也不至于上升到整个家族吧。"巴泽尔冷漠地说。但母亲没有听到,她正忙着盯着行李员,怀疑他对自己的行李箱有什么不好的企图。

"在斯第顿一切都好吗?"巴泽尔问父亲。

"不好的话就没空过来了,"彭莱顿先生粗声回答,"这是我们叫的出租车吗?你这辆车上坡没问题吧?"他问司机。

彭莱顿先生对汽车的概念还是在30多年前形成的,觉得那不过是升职后的马车夫驾驶的老式豪华轿车,只会在家附近的地势较低的道路上平稳地行驶,对汽车的发展毫无帮助。一头雾水的出租车司机估计这位老先生并不知道目的地,于是将询问的目光投向巴泽尔。

"哈弗斯托克山的贝弗利山庄。"巴泽尔对他说。此时行李终于安顿好了,重放了好几次才让他母亲满意。

"等等,詹姆斯!"彭莱顿太太惊叫一声,倒在座位上,"我给你带睡衣了吗?我当时脑子一团乱,我们又急着要走……"

"别担心,妈妈,"巴泽尔催促道,"没带的话就让爸爸穿我的就好了。家里的狗还好吗?"他问,不希望聊到姑妈遇害的事。

"弗洛斯生了一窝可爱的狗崽,"母亲告诉他,"让我想起了尤菲米娅的小狗。现在是谁在照顾它?"

"塔比在弗兰普敦过得很开心。房客们会轮流带它散步。"巴泽尔解释说。

"这起案件的真相是什么?"巴泽尔的父亲突然问他。

"我也想知道。目前还不明朗。"巴泽尔说。

但彭莱顿夫妇并没有为各种各样的、甚至前后矛盾的让人迷惑的线索所困扰。二人一致认为鲍勃·瑟洛就是凶手,从报纸上看到了有关盗窃和胸针的相关内容后,彭莱顿先生一直维持着一副"我就说吧"的样子。

"我已经警告过尤菲米娅很多次了,不要坏别人的好事,可她就是不听,现在好了吧!她一开始就不该多管闲事。"

"可是，詹姆斯，"彭莱顿太太反驳道，她对自己的大姑子并无多大好感，但还是觉得丈夫的话有些过分，"尤菲米娅发现那枚胸针是偷来的，想做点什么很正常。这一切都太可怕了，只希望能早日结束。在我看来这事已经很清楚了，但是为何没有足够的证据？警方没有发现指纹吗？我以为怎么着都会留下指纹。"

"可能指纹太多了，毕竟是公共楼梯。"巴泽尔说。

载着他们的出租车正驶上哈弗斯托克山，巴泽尔望向窗外，他把手放在窗沿上，然后瞥了一眼自己的和前乘客的手指在抛了光的木质窗沿上留下的脏污痕迹。

晚饭过后不久，巴泽尔设法离开了。他走下山坡，仍旧对地铁站感到反感。尽管吃晚饭的时候他一直坐立不安，迫切地想回自己的住处，可现在他又担心引起那位穿紫色衣服的家伙的警觉。他时而磨蹭时而匆忙，但走到乔科农场路后，他发现晚回去还不如早回去，于是飞奔着赶上一辆刚经过街角的24路公交车。

塔维斯托克广场上一个人都没有，但来不及仔细查看黑暗中是否藏匿着漏网之鱼，他赶紧悄悄进了屋，匆匆环顾一圈，确认没有人后，他走到狭长走廊的另一端，拿起桌子上放着的电话。

"是弗兰普敦吗？奈莉，是你吗？能帮我叫下沃森小姐吗?快点!对。"

他原以为用这里的电话比用自己房间里的分机要安全得多,因为如果用分机,他没办法确定瓦迪洛太太是不是在偷听。但当他在桌子旁坐下,将听筒放至耳边时,他对面的一扇门开了,瓦迪洛太太的半个身子从地下室的门后露了出来。她动作粗鲁地将一个磁漆锡罐、一本书还有一篮子银器往地上一放,走完最后几级阶梯,把门关上落锁。手上还拿着一个热水袋,她慢慢弯腰,嘴里嘟哝着什么,捡起了另一件行李。巴泽尔在心里咒骂自己不该让奈莉"快点",希望她晚点找到贝蒂,但同时又好像听到电话那头传来一阵砰砰的响声,表明她正匆匆跑下楼来。他为什么不去公共电话亭打呢?因为他舍不得用现金——哪怕只有两便士。

瓦迪洛太太颤颤巍巍地走到楼梯下面,嘴里哼哼着,拖着沉重的脚步准备上楼。此时另一扇门开了,楼下的房客斯塔克小姐走了出来。

"瓦迪洛太太,我只是想跟你说一下关于明天午餐的事,我朋友……"

当贝蒂的声音通过电话在巴泽尔耳边响起时,斯塔克小姐正滔滔不绝地描述她朋友的饮食习惯和咖啡的冲泡方法。

"贝蒂,不,当然不是,我知道你还没找到合适的机会。其实我很庆幸你还没有放回去。我有个主意……"他小心翼翼地瞥了一眼楼梯的方向。看样子她们会在那儿聊上几个小时,"要不,手套怎么样?对,手套!不是,我想给你买一副手套——你明白了吗?真聪明!祝你好运!"

他放下电话。"希望她真的懂了。"他一边想着一边上楼,从瓦迪洛太太身边挤了过去。他走过时,瓦迪洛太太转过身来对他说了句"晚安",她再次放下手里的东西,双手得以解放,意味深长地冲他摇了摇手指。

"彭莱顿先生,是生日礼物对吗?我一直都说,要为一位年轻的小姐挑选礼物的话,没有比一副好手套更好的选择了。"

"没错,它们很实用不是吗?"巴泽尔傻傻地表示同意,爬楼回自己房间去了。

第十章

来自塔比的灵感

"今晚我真不知道该拿那可怜的小家伙怎么办了,"毕丽斯太太向贝蒂抱怨道,"你相信吗?它昨天晚上趴在客厅的地毯上,安静又听话,结果后半夜突然起来,四处走动搜寻,最后撕碎了几张纸,可怜的小东西肯定是在找它的女主人!今天早上布兰德先生很生气,估计那些正是他想剪掉的。天哪!真是片刻不得安宁。"

"这么跟你说吧,毕丽斯太太,如果你同意的话,可以让它住我的房间,相信它会愿意的。今晚我带它出去散步了,走遍了希思街,速度还挺快的,它应该没有精力再乱跑了。"

"我相信它跟人共住一个房间会更好。其实它不习惯一个人睡。可能是有点焦虑,他们说狗和人一样,也会焦虑。沃森小姐,如果你不介意的话那就太好了,帮我减轻了不少负担。我让奈莉把它的狗窝和垫子拿到你房间里去。幸好今天警察来的时候,我突然想起来,先一步把东西从可怜的老太太的房间里拿出来了。警察要是知道了,不会同意的,他们似乎还在找什么东西。你也知道彭莱顿女士会把自己的物件藏在各个地方。他们在红木柜第三层抽屉里垫在底下的报纸下面发现了那份遗嘱——上面还堆着她的贴身衣物。她囤积了很多保暖的贴身衣物,还是羊毛的——没有比这更舒服的衣服了。"

"他们是不是又把她的房间给锁了?"贝蒂问。

"是的,钥匙也拿走了,还在桌子和柜子上贴了封条。周一他们应该还会来,彭莱顿先生和桑德斯夫人也会来检查一下她的东西。"

"我猜他们一定已经大搜特搜了一番——找可能被藏起来的东西?"贝蒂问。

"没错,沃森小姐。壁画后面,地毯下面——是我告诉他们的,我自己曾在下头发现过东西,那天彭莱顿女士不在,地毯被拿去清洗了。我永远都忘不了彭莱顿女士是如何大发雷霆,责怪我不该擅作主张,拿走地毯,似乎觉得我在窥探她的私事。我跟她说,地毯只是地毯,又不是保险箱,何况还有柜子书桌,怎么都没有必要把东西堆在地上吃灰吧。那时候我还不了解她的性子。"

"一定让你很尴尬。"贝蒂用安慰的语气说。

"尴尬用得太对了。还有一件事,沃森小姐,现在她的房间锁了,就跟里面还住着人似的,对我来说毫无作用——更不用说在出了这种事之后再找个房客了。我不知道房间的租金该谁来给。除了这位可怜的女士给我带来的冲击之外,这是让我最担心的事了。如果要我来承担损失,也不太合理。"

"这个我就不清楚了,毕丽斯太太。不过彭莱顿先生和桑德斯夫人一定会妥善处理这件事的。我在想,彭莱顿女士会不会不只把东西藏在她房间里——比如客厅里也有?"

"据我所知没有——但谁知道呢?警察还没有搜查别的地方,但估计他们会把整个地方翻个底朝天才算完。天哪,谁曾想到我在有生之年还能碰上这档子事儿呢?!"

几小时后,贝蒂裹着一件蓝色丝绸睡衣,坐在卧室里天然气暖炉前的藤椅上。她手里拿着一把梳子,不时地梳一下她那光滑的棕色头发,当下头发的长度有点尴尬,不过,尽管只到她的肩膀,她还是能够像往常一样利落地扎在脖子后头。她有点茫然,但并不灰心丧气,一双棕色的眼睛望着天空,好看的嘴唇比平时绷得更紧。她放下梳子,点燃了一根香烟。

她身后传来一阵轻微的翻找声,塔比从容不迫地从狗窝里爬出来,嘴里叼着彭莱顿女士亲手缝制的小垫子——

为了给塔比枕脑袋，睡得更舒服些。它将垫子放在贝蒂脚边，然后挪动肥胖的身躯卧在了炉火旁。

贝蒂稍显冷漠地低头看着它。它找到了一样东西，它已故的女主人也经常向公寓里无聊的房客展示这种本领。她本来只是毫无兴趣地看着那个蓝色小垫子，后来突然睁大眼睛。

"塔比！"她叫了一声，但并非责备的语气——而是一种想要分享重大发现的口吻。

她抓起一个指甲剪，将坐垫的一侧剪开了几厘米。幸好里面装满了木棉花。彭莱顿女士理应负担得起绒毛垫——不过考虑到价格，也不一定。而且绒毛垫也更危险，一弄破就会飞得满屋子都是。

塔比不安地看着整个过程，爪子搭在贝蒂光着的腿上。为了安全起见，贝蒂把垫子和外面的套子扔在床上的鸭绒被下面，尽管她知道茜茜已经睡了，没人会来打扰她，同时，她从手袋里拿出巴泽尔在希思街给她的信封。

"该戴手套了！"她自言自语道，"可怜的巴泽尔。估计斯塔克小姐就在附近晃悠，等着去接电话。"

她戴上手套，打开信封，掏出珍珠项链。她忍不住端详起珍珠的乳白色光泽，甚至把它们贴在脖子上，照起镜子来。接着她拿起垫子，小心翼翼地在木棉花中间挖出一个小洞，将珍珠项链塞了进去。她突然害怕起来，担心缝制的棉线和之前不一样，会引人怀疑，但转念一想，要是彭莱顿女士将垫子拆开再把珍珠项链藏进去，也许原先的棉线本来就不够用了。她仔细研究了彭莱顿女士的针法，又重新把垫子缝好。然后她将塔比放回狗窝，轻轻地把垫子垫在它的脑袋下面，关上灯，灭掉天然气暖炉，爬上了床，小声对塔比说："好好保护传家宝，我的孩子。"

起床后，贝蒂的第一个念头就是如何让巴泽尔知道。显然她不能用弗兰普敦的电话，任何人都可能在她打电话的时候从大厅经过，而且他可能会问起藏珍珠项链的具体地方。贝蒂决定吃完早饭后立刻出去打电话，而且必须设法避开茜茜，因为茜茜肯定会主动提出要陪她去。幸好昨晚她和巴泽尔偷溜出去的时候茜茜在楼上，但很难再有这么好的运气了。茜茜准时下了楼。真倒霉！她偶尔会在星期天睡懒觉。

"天气真好！"她冲贝蒂喊道，"我们去希思街上走走吧。"

贝蒂不甚感兴趣地道："我要写信。你找别人陪你去吧。"

"好像在这地方还能找到人似的！"茜茜哼道，"你不能整天愁眉苦脸得待在屋子里，信今天下午再写。你知道的，邮差要到晚上才会来。"

贝蒂满脑子都是电报——要怎么在星期天把电报发出

去？如果收信人不在，任何人都有可能把电报打开来看。不行，电报也不保险。要不她和茜茜一块儿出去，走到地铁站的时候假装突然想打电话。但茜茜的好奇心太强了，她会懒洋洋地靠在电话亭外面，可能会听到一言半语。贝蒂有了另一个主意。

"好吧，我去。但我想先把给巴泽尔的信写好，走下山的时候可以顺道放在桑德斯家里。他会去那儿吃午餐。"

"何不给他打电话？"

"他不在家——他会直接去桑德斯家，他父母在那儿。"

"你的意思是说巴泽尔会在这个点儿起床出门吗？"茜茜怀疑自己听错了。

"没错，他会去桑德斯家和他们吃早餐，"贝蒂简单地回道，"他父母自然希望尽可能多见见他。"

"去桑德斯家给他打电话。"茜茜生气地提议道。

"拜托你，我的事就让我自己处理吧！我写个字条很快的。"

"好吧，"茜茜只好妥协，"但对于那些理智的人来说，你这种想法真的很愚蠢。要再来点培根吗？"

早饭后，贝蒂回到自己房间，给巴泽尔写了一张字条。她希望，即使这张纸落在了别人手里，他们也不会明白上面在写什么，应该不会出什么岔子。

亲爱的巴泽尔（她写道），今早我没能给你打电话，所以写了这张字条。如果你想给我打电话，我今晚就有空。如果条件允许的话，也可以周二一起吃午餐。

（"只是给写信找个借口，"她对自己说，"以防有人读到它，或者问他讲了些什么。父母通常有很强的好奇心。这听起来或许有些杞人忧天，但有备无患。"）

我们还在这里心烦意乱，塔比像迷路的羔羊一般四处游荡。昨晚我让它睡在我的房间里，因为它独自待在客厅里会坐立不安，枕着彭莱顿女士亲手为它缝制的蓝色小枕头（幸好毕丽斯太太将它的狗窝和垫子从彭莱顿女士的房间里解救了出来）平静地睡着了。在它睡觉之前，我将小枕头上的一个破洞给缝了起来。它很喜欢，守护着它，就像里面放了家传珠宝一样！

此致，

贝蒂

"巴泽尔能看出来我已经解决了麻烦吗？他能明白我说的意思吗？如果有人坐在旁边看着我写，一定会认为我是个喋喋不休的白痴。不过应该没事。"

她小心地将它封好，接着戴好帽子，穿上外套。

"我好了，茜茜！"她叫道，从楼梯上跑了下来。

贝蒂和茜茜出门后,普拉希尔先生和贝丽尔开着阿尔维斯来到弗兰普敦。贝丽尔想见毕丽斯太太,只见她穿着一身黑色礼服,显得精神奕奕,正大步流星地走进大厅。

"早上好,毕丽斯太太。很高兴赶在你去教堂之前见到你。"贝丽尔说,脸上露出特别和蔼可亲的笑容,因为她觉得自己肩负的使命颇有难度。

"要不要去我的圣所?"毕丽斯太太郑重地邀请她,然后大摇大摆地穿过大厅,走向后面的小房间。

"是关于塔比的。"贝丽尔解释说,在圣所里一张又硬又滑的沙发上坐了下来。

"那个可怜的小家伙!"毕丽斯太太虚情假意地感叹了一句,"沃森小姐心善,昨晚让塔比在她房间里睡的。我本来想带到我自己房间里去的,但我睡眠很浅,哪怕最细微的动静都能让我惊醒,到了早上就没精神做事了。塔比的呼噜声还挺大的,桑德斯小姐。不过,它是可怜的彭莱顿女士多年来的忠实伙伴,谁能想到她会走在它前头呢!我总说世事难料。"

"是的,毕丽斯太太,"贝丽尔同情地点点头,"彭莱顿夫妇住在我家,我想你应该知道了,我们一直在商量塔比的事——怎么样才是它最好的归宿。詹姆斯舅舅的意思是带它回约克郡,我母亲和它相处得不是很好,所以这应该是最好的安排了。你觉得呢,毕丽斯太太?"

"我真的不知道，桑德斯小姐，而且我也没有立场插手。我会想念这个可怜的小家伙的，但凡能为它做的我都做了，但我并没有那么多精力放在它身上。因为我的宗旨是，住客永远摆在第一位，我愿意付出一切，只为了他们住得舒适。当然，从某种意义上来讲，塔比也是住客之一……"

"我明白，毕丽斯太太，你一直都对塔比很好。我们都很感激你，但是普拉希尔先生正在外面的车里等着。我们直接把塔比和它的狗窝一起带走，可以吗？"

"幸好小家伙在这里，沃森小姐和费恩小姐出去散步了，沃森小姐原本想带上它的，但费恩小姐说不想被打扰，她们可能会坐公交车，塔比会不舒服，所以还是别出门的好。我让奈莉把它的狗窝拿过来，放在沃森小姐的房间里，因为她说最好暂时留在她那儿。"

奈莉拿着狗窝晃晃悠悠地下楼时，贝丽尔和格里都站在大厅里。

"警察应该已经搜过了吧？"格里咧嘴一笑，问道，"我听说他们在彭莱顿女士的房间里大肆搜查了一番。"

"的确如此，"毕丽斯太太同意道，"他们在那些垫子上一通戳刺后才肯罢休。你一定要保管好那个蓝色的小垫子，普拉希尔先生，那是彭莱顿女士亲手做的，塔比也很依赖。"

"我会看好的,"格里向她保证,"你一定很担心吧,毕丽斯太太?"

"是的,警察整天来来回回,地毯、照片和所有东西他们都找遍了。你应该知道她的遗嘱吧?就是在……下面找到的。"

"知道,"贝丽尔急忙插嘴说,"我母亲见过姨妈的律师了。"

"她把钱留给巴泽尔了对吧?"毕丽斯太太试探道。

"是的。"贝丽尔又说了一遍,她不愿意在大厅讨论这些细节,但又不知道该如何让毕丽斯太太闭嘴。

"他们说,"这位固执的女士继续说道,"她时常立新的遗嘱,而且会在她觉得有必要的时候,剥夺巴泽尔先生的继承权。"

"我想她并没有真的这么做。"贝丽尔刚开口,她们就都被奈莉吓了一跳,原本她一直拿着狗窝静静等在一旁,这时突然出声道:"那份遗嘱上周三才写好,还让我和鲍勃把名字写在上面。"

曝出这个惊人消息后,奈莉将狗窝重重地摔在地上,慌慌张张地找她的手帕。

"一定是你弄错了吧,奈莉?遗嘱是挺早之前写的。"大吃一惊的贝丽尔谨慎地说。

"我们没有看具体内容。它是折叠起来的,只露出了写我们名字的地方,我和鲍勃牵着塔比进去的时候,彭莱顿女士说,'现在我要你们俩签一份文件'。鲍勃后来跟我说那是她的遗嘱。"

奈莉的语气相当肯定。

"我觉得他一定弄错了,可能是其他文件,"贝丽尔坚定地说,"别担心,奈莉,"她和蔼地补充道,"普拉希尔先生的律师正在帮助鲍勃。"

"是的,你的鲍勃会没事的。"格里向啜泣的姑娘保证。他捡起狗窝和垫子,去放到车上。

"塔比在哪里?"贝丽尔轻快地问道。

毕丽斯太太不太情愿地朝客厅走去。那里有更多关于这件谜案的线索,但她不知道该如何让贝丽尔加入讨论之中。

塔比在炉火前安静地打了个盹儿,还在香甜的睡梦中神游着,便被贝丽尔抱了出去。毕丽斯太太转过身去,发现奈莉还在大厅里没走。

"你和鲍勃究竟是什么时候给彭莱顿女士签的那份文件?"她问。

"星期三晚上,"奈莉说,"我和鲍勃牵着它去希思街遛了一圈后才回来。我带着塔比一起去了客厅,当时彭莱顿女士一个人在那儿——巴泽尔先生去喝茶了,你还记得吧,太太?——她就坐在布兰德先生用过的小桌子旁,面前放着一张纸。她说：'奈莉，鲍勃来了吗？'我说：'他在外面等着。'于是她就说……"

"知道了，知道了，"毕丽斯太太颇为不耐烦地打断了她的话，"到底发生了什么？"

"就像我跟你说过的那样，她让我们在那张纸上签名，我们就签了。"

"她有说那是她的遗嘱吗？"

"不，她没这么说，但看起来像那么回事，我心想，巴泽尔先生又得罪老太太了。"

"你最好现在就去干活儿，奈莉。"毕丽斯太太对她说。她自己匆匆上楼去了，做礼拜要迟到了。

"可能还有一份遗嘱，"她想，"警察检查过所有抽屉了吗？"毕丽斯太太一边戴帽子，一边在脑子里翻来覆去地想，"手帕、长筒袜、羊毛内衣——那些东西会怎么处理？"她很好奇，"还有其他地方吗？比如沃森小姐提到的楼下。"

在教堂里听牧师布道，毕丽斯太太的思绪时不时地飘远，转而想那些贴身衣物，想她的藏品该补货了，以及不太可能会藏遗嘱的地方。

第十一章

黛摩尔夫人展开调查

案发后的那个星期天上午，老布兰德很忙。他坐在客厅里的小桌旁，面前堆着六本又大又破的剪贴簿。

他不断地为他的剪报设计新的分类系统，但永远都在还没有完成前又转而设计另一种，从而导致这些珍贵的剪报杂乱无章地组合在一起。其中一些随着时间的流逝已经泛黄，大部分剪报的内容都与犯罪有关。在与人相处时，布兰德先生和蔼而宽容，但在看到犯罪细节时，却会显露出一种冷酷，不近人情的喜悦。实际上，他并没有将它们当作生活的一部分，而仅仅是一种艺术形式，就像许多善良之人同样也会沉迷于悬疑小说中的"谋杀之谜"一样。布兰德先生从不看恐怖小说，他甚至没有看过黛摩尔夫人那些令人兴奋的"心理学"故事，与其他房客不同，他们都不敢忤逆黛摩尔夫人。

第十一章 黛摩尔夫人展开调查

布兰德先生会将他在剪贴簿上记录的罪案描述为"一起漂亮利落的小谋杀"或者"一起混乱事件"——他为这种混乱感到遗憾，不是因为血腥，而是作案手法笨拙，或者计划拙劣。他认为彭莱顿女士在地铁站的楼梯上被勒死一案"干净利落"，他不过随口一说，但已经使得毕丽斯太太大为震惊。奇怪的是，像布兰德先生这种平时不修边幅的人，竟然会对犯罪行为中的干净整洁如此赞赏。就像他自己说的那样："我无法成为好的杀手——我太容易制造混乱了。就好比我会在喝茶的时候抽出那把沾满血迹的匕首来切蛋糕一样。"

虽然他在弗兰普敦住了近十年——在细心的妻子的帮助下，他卖掉"烟草零售和新闻机构"的生意后，似乎积累了一笔可观的存款——但毕丽斯太太却不记得有见过他穿新衣服。总是那套深灰色粗花呢套装，裤子的膝盖处已经松松垮垮了，上衣的肘部位置却鼓鼓的。他已故的妻子——弗兰普敦的房客熟知的称呼就是他口中的"我的老萨拉"——一定把她所有的空闲时间都花在了为布兰德先生织领带上了，因为他似乎有用不完的领带，用久了已经有些磨损勾线，凌乱地露在大衣外面，就在他茂密的圆胡子下头。他并非那种会参与装饰客厅，按照毕丽斯太太所说的"高级格调"打扮酒店的房客，但出于和他妻子的深厚友谊，以及只要提醒一声，便会及时支付房租，加上出手阔绰，提升了女仆们的满意度，她也就一一忍了下来。

"细节决定成败，一桩罪案的完美与否就在于这些细节，"他这么说道，"地点和工具的选择很重要，不能在现场留下乱七八糟的指纹。"他认为彭莱顿那个案子没有什么纰漏，对它的兴趣也就到此为止了，他并不关心追查凶手的进度，弗兰普敦其他房客为此有点恼火，因为他既不在意他们提出的猜想，也对警察在做什么不感兴趣。

除了与罪案有关的剪报外，他的剪贴簿中还记录了许多地方法官和验尸官的精辟言论。他很喜欢对其他房客灌输这些老生常谈的道德说教，即便这种行为在他人眼中很愚蠢。毕丽斯太太是唯一的支持者。贝蒂偶尔会怀疑，虽然看上去布兰德先生在说起这些言论时是持赞同态度，但其实暗藏讽刺，比如"女人剪短她们的头发和裙子，可惜的是，这似乎也剪短了她们的道德"。

对于那些引言，黛摩尔夫人通常都以"从心理学的角度来说，它们都是错的"作为回答，对他和他的剪贴簿不屑一顾。因此，他居然把自己在星期天早上的发现告诉她，真叫人吃惊。或许是因为客厅里只有他们两个人。她坐在火炉边，对面是彭莱顿女士那把舒服得多的扶手椅，而它已经被斯洛科姆先生给占了。在弗兰普敦有一个约定俗成的惯例，那就是每把椅子都有特定的主人，这一惯例根深蒂固，所以尽管斯洛科姆先生出门散步了，黛摩尔夫人也不敢坐在那里。她正在为下一本小说起草大纲。

布兰德先生突然举起拳头重重地砸在一本打开的剪贴簿上："原来在这里！"他得意地叫道，"我将它们归为受害者一列——这分类不科学，非常不科学。所幸还是被我找到了，分类也不是一无是处嘛。"

他一边用手抓了抓自己夹杂着银丝的红头发，一边又看了一遍剪报。他经常在看书的时候自言自语，黛摩尔夫人根本没注意到他，只是不耐烦地拨弄着手里那串长长的手绘木珠串，发出咔嗒的声响。但布兰德先生忍不住想找人分享。他打量了黛摩尔夫人一会儿，然后对她喊道：

"黛摩尔夫人，你应该会对这个感兴趣。我知道你瞧不上我的剪贴簿，但我们亲眼看见历史不断重演——或者说，正在以优雅的姿态重演着。"

黛摩尔夫人有些恼怒地看着他："有什么事，布兰德先生？"她冷冷地问道，仿佛对方是个惹人厌的小孩。

"过去的一件小事重新成为热点话题。"布兰德先生在说话时，土气中又夹杂些许傲慢。

"热点话题——你是说跟彭莱顿女士被害一案有关吗？"黛摩尔夫人兴致勃勃地问。

"从某种意义上来说，可能有所关联。"布兰德先生谨慎地告诉她。

"是什么？我现在没法起来。"黛摩尔夫人指了指盖在她腿上的孔雀蓝织物上堆着的纸张，上面记录了角色名单和他们的心理活动速写。

布兰德先生小心翼翼地拿起那本散乱的剪贴簿递给她。他坐在沙发边上，剪贴簿放在他一个膝盖上，将记录了重点的那一页朝她伸过去，用一根沾着烟草的粗短手指指着一处有点脏兮兮的泛黄的剪纸。

"给，这是我最早收集的剪报。从《考文垂全球时报》上剪下来的，得有30年了吧。还是我在那儿做生意的时候了。"

黛摩尔夫人把内容看完了："我不太明白？"

"重要的是细节，"布兰德先生指出，"将那只可怜的狗从你的脑海中赶走，或者把它想象成一个人。这个方法很有趣。一条狗链子——注意，是那家伙自己的狗链——绕着它的脖子，人从后面紧紧拉着。利落干净，连声音都不会有。狗一定没戴项圈，要不就是这个年轻人在上班之前给拿下来了。"

黛摩尔太太发起抖来："令人作呕！真奇怪，他们说彭莱顿女士就是这么遇害的，也是被狗链给勒死的。布兰德先生，你认为是凶手看到过或者听说了这起案子，然后从中得到了启发吗？但这是很久以前的事了，除了当地报纸，其他地方不太可能会报道。我想这只是一次奇怪的巧合。"

"历史上的谋杀案总是充满了巧合,"布兰德先生用一种极具权威性的态度说,"这一小段让我很感兴趣,因为我正在整理'方法'这一类别,我很高兴能把这个案例放在彭莱顿女士事件的旁边。是毕丽斯太太的一句话提醒了我。刚看到老太太被勒死的报道时,我就觉着以前在哪儿听说过类似的事情,但不知道怎么搞的,愣是想不起来。这让我甚是苦恼,我一直把注意力放在狗链上,而不是在狗本身。你看地方法官说的:'真正的人性首先表现在对可怜动物的仁慈上',因为他们在为这个年轻人辩护时极力主张,你瞧,他是一个品行良好,心地善良的人,这么做只是出于自卫罢了。就是因为这句话,我才把它剪了下来。我曾引用过这句话,毕丽斯太太就记住了,在老太太遇害的那天晚上,她旧话重提,这才给了我'动物'的线索,从那以后我一直在找这份剪报,终于让我给找着了。"

黛摩尔夫人没太注意听他在说什么,眼睛一直盯着那张模糊不清的印刷品,突然被一行字吸引住了。

"你注意到这个名字了吗?"她紧张地问道。

"这个年轻人的名字?看到了,名字有点古怪对吧?不过这些地方报纸的记者并不十分严谨。你知道吗,黛摩尔夫人,我可以给你看一篇案例的叙述,就半个版面的篇幅,同一个犯人的名字居然出现了三种拼写方式,而且我敢打赌,那三种还都是错的。让我看看,在哪儿来着……"

他准备翻找剪贴簿,但黛摩尔夫人将一只手按在那页纸上,不让他动。

"不,别动,布兰德先生,这个名字很奇怪,而且不像真名。特别像是……你知道吗?我现在开始觉得这不仅仅是一次巧合了。你准备拿它怎么办?"

"怎么办?还能怎么办,我准备把这份剪报撕下来,再贴到新的剪贴簿上,和彭莱顿女士的案子放在一起,这俩多合适啊!"布兰德先生咯咯地笑了。

黛摩尔夫人十分不安:"我真的不知道。不可能啊,完全不可能。它们不是同一种类型的案件吧。但是我承认,我还没有想出任何能令人信服的理论来解释这一罪行。布兰德先生,"她异常坚定地说,"我真的觉得应该有人跟进这件事。"

"跟进什么!你怎么跟进一条30年前就死了的狗?"

"或许有人追踪那个恶心的年轻人的职业。"

"跟进——我不是很明白你的意思。哦,你是说凶手有可能是同一个人?名字——就像是——我们都认识的某个人?就算如此,然后呢?黛摩尔夫人?"

"那件案子的凶手很可能也犯下了这起罪行。"黛摩尔夫人阴沉着脸说。

"那个,我没那么多闲工夫。当然,如果真的如你所说,那也是警方的事,黛摩尔夫人。如果他们有这个想法的话,会去调查的。"

"可之前那个不是刑事案件,只是一起要求损害赔偿的民事诉讼。还有这个名字——你看,是不一样的。他被安上了另外一个名字,而报道者犯了错却不敢贸然自我纠正,这样正中他下怀。不管怎样,我想警方并未对那位先生的职业多作考虑。"

一起发生于30年前的无关紧要的旧案,其背后的暗示如此可怕和离奇,以至于她无法说出它所指的那个人是谁。

布兰德先生精明地冲她点了点头:"你想跟进的话随意,但我绝对不会参与。"

"能让我打印一份这篇报道吗?我房间里有打字机,很快就好。"

"你想打印多少都可以,只要保管好它们——书脊处已经快散架了,像我这把老骨头似的。"

黛摩尔夫人毫不客气地将她的小说扫进一个扁平的皮箱里,软皮革上的印花是鲜艳又饱满的苹果图案。这个箱子有个名字,叫"我的手稿持有者",有时她还会戏称上面的苹果为知识之树的果实。她虔诚地把剪贴簿搬到楼上,不久后又下来,将它们还给老先生。

"布兰德先生,"她提醒他,"我觉得,你最好暂时别对这里的任何人提起这件事。也最好不要将这本剪贴簿到处乱放。如果你听说我要去中部地区为我的下一本书采风，请不要表现出来我此去有任何特殊的意义。你最好也别提考文垂。幸好剪报里有那个年轻人的房东的名字和地址，或许那里会是我调查的起点。我想你不会愿意和我一起去吧？"

黛摩尔夫人好心提议，这让布兰德先生感到十分惊讶。她提出这个建议，与其说是想和老先生搭个伴儿，不如说是因为她觉得这样正好能将他从弗兰普敦带走。

"真的，夫人，"惊讶过后，又恢复到之前那副冷淡的样子，他说，"我觉得那是年轻人该干的事儿。我腿脚不利索，不能再像以前那样四处走动了。虽然有地址，但不一定能找到那个女房东，你不要把希望全寄托在上面。毕竟过去30年了，她们通常胆子小，有可能换地方了。"他暗自发笑。

"我不知道该带谁去，"黛摩尔夫人沉思道，"可能会有危险，我认为最好有个同伴，正好也能做见证人。"她一屁股坐在扶手椅上，在脑海中将朋友们的名字过了一遍。要找到一个临时愿意陪她去考文垂探寻神秘事件的人谈何容易，而且还得是值得信赖的人，并且甘愿成为附属角色。

"普拉希尔先生！"最后她喊道，"我一直觉得他是个很讨人喜欢的年轻人,冷静理智。"

戴摩尔夫人考虑着该如何说服普拉希尔先生,她在和人建立友好关系方面经验丰富,特别是和男性,她希望将他们作为"类型"加以研究。她想好了计划,穿着一件宽松的手工编织外套,搭配一顶同色系的帽子,直奔距离最近的电话亭。

她得知普拉希尔先生出门了,午饭时分才会回去。戴摩尔夫人在池塘边散了个步,才又返回电话亭。

"普拉希尔先生——我是戴摩尔。你还记得我吗?我们在弗兰普敦见过的。现在我想请你帮我个忙,和这起谋杀案有些许关联。我必须私下和你谈谈。当然,这也与桑德斯小姐有关联,因此我觉得该找你……出来喝下午茶?那下午茶之前呢?但肯定不能在弗兰普敦。那太好了,不过你最好别在弗兰普敦门口停留。我会走下罗斯林山,你在经过我的时候停下就好。对,就在去地铁站的那条路的对面。非常感谢,普拉希尔先生,我就知道你信得过。"

戴摩尔夫人往山上走去,内心欢欣鼓舞。

吃过午饭后,她又换上那件宽松的户外服装,外加一条宽大的羊毛围巾,漫步下山。没多久,那辆灰色的双座汽车飞快地开了过来,停在她所在的人行道旁边。

"戴摩尔夫人!"格里故作吃惊地叫道,"去希思街兜兜风如何?"

"正合我意。"黛摩尔夫人说着,挤进了他旁边的副驾驶座。他们上了山,在沿着西班牙人路缓缓前行时,黛摩尔夫人将布兰德先生的发现及其可能的意义一五一十地告诉了格里。

格里深感意外:"天哪,黛摩尔夫人!真是一桩怪事!可你打算怎么办呢?其他人怎么想?"

"其他人还没有机会就这件事进行思考,"黛摩尔夫人的语气在暗示,就算他们知道了也发挥不了什么作用,"布兰德先生只给我看了剪报,我警告过他,现下不要对任何人提起这件事。他本身就不是那种务实的人,只对把剪纸分门别类地贴到剪贴簿里感兴趣。无论如何他都不会采取任何行动的。我的感觉是:这个线索的不确定性太大,现在还不能贸然告诉警方。要领会它的意义需要动下脑筋。当然,现在也没法肯定,而没有进一步的证据,我们也不愿对任何人提出这样的指控。"

"是的,没错,这可不是什么令人愉快的暗示。而且即便确定了对方身份,我们又能如何呢?这个也没办法当作彭莱顿案的证据吧?似乎没有什么能将他和这件事联系起来。"

"现在还说不准。我一直怀疑彭莱顿女士的过去隐藏了什么秘密,而这些秘密或许就和那件事有千丝万缕的联系。只是目前还想不到明显的动机,这一点让凶手确信自己的布局是万无一失的。"

"会是什么样的动机呢？"格里问。

"谁知道？可能想勒索。以后总会知道的。"

"她把钱给了巴泽尔——当然了，可能还有一份后来写好的遗嘱，目前尚未找到。天哪！可能就是那个。奈莉说，上周三，她和她男人看到了那份遗嘱。"

"我说什么来着！"黛摩尔夫人得意道，"那尚未被发现的遗嘱可能会揭示动机。"

"贝丽尔——桑德斯小姐——似乎认为并不存在这样一份遗嘱，也不希望它被人发现。她觉得——我们都觉得——这笔钱应该归巴泽尔所有，但她曾担心，要是巴泽尔惹恼了老太太，姨妈会把钱留给她。"

在其他任何时候，格里·普拉希尔都不会以这种不加掩饰的方式，向一个不太熟的人讲述他对彭莱顿和桑德斯家族的私人事务的看法。但当下环境特殊，他坐在阿尔维斯上，旁边是憔悴的黛摩尔夫人，这使他忘记了谨慎，喋喋不休地说个不停，好像真的是贝丽尔在他身边似的。

"你这么说我就更有信心了，"黛摩尔夫人说，"我的想法是，这条线索必须跟进，而我打算亲自追查。"

"可如果你私下继续追查，不交给警方处理，他们知道了会不会找你的麻烦？"

"这还不构成线索——只不过是让我这个研究人性的

学子感兴趣的一个离奇巧合而已。一旦真的可以作为证据,我自然会立刻通知警察。我打算明天就去考文垂,就跟弗兰普敦的人说我要去中部地区领略一下当地的风土人情,为我的下一本书寻找灵感。普拉希尔先生,或许你知道我是个作家?"

"哦,那是当然!上一本书就写得相当好……"

普拉希尔先生不知该如何解释他对黛摩尔夫人的新书其实丝毫不了解,正值尴尬之际,幸好黛摩尔夫人急着说明她的计划。

"我不太想一个人去,凶手一定是个凶残之辈。他现在肯定觉得很安全,不过就算他起了疑心,他也会先静观其变。他这种类型的人就是这样——冷酷无情,出手果断。"

"我不太明白为什么会怀疑他,但如果确定了他们是——他是凶手的话,事情就难办了。也许你放手比较好,黛摩尔夫人——就算不想完全放手,但至少交给警方处理。"

"不,普拉希尔先生,我现在还不能这么做。但我需要找一个同伴一起去考文垂,一个可靠而且能随机应变的人。所以我才向你吐露心声。"

等普拉希尔先生反应过来她是什么意思,大吃一惊,吓得他猛地急转弯。

"你不会是说——我吧?"他问。

"正是,"黛摩尔夫人斩钉截铁地说,"你愿意吗?"

"可是,你知道,我不属于大家所说的'休闲阶层'。仔细想想,好像我身边没有谁能够得上这一阶层。我只是一家股票经纪公司的初级合伙人——奥德尔&冈布尔事务所。"普拉希尔先生身居要职的时间并不长,但仍为此感到自豪,"何况还有贝丽尔——桑德斯小姐在,我实在脱不开身去考文垂……"

"是中部地区,请注意。"黛摩尔夫人纠正他道。

"中部地区,而且还不能告诉她我去干什么?"

"我想到了这一点,我当然不知道你会如何向她解释,不过我想这并不难。你们都已经走到这一步了,基于彼此间的信任……"戴着羊毛手套的黛摩尔夫人轻快地挥了挥手。

"贝丽尔当然会相信我,即使我说我要去处理一件重要的事,眼下还不能透露细节。"

这是一次探险的想法显然已经在普拉希尔先生的脑海中扎根了。

"明天的死因审理怎么办?"他问,"我必须拿出证据,证明我在楼梯上看见了老太太。他们可能会在审理结束后逮捕我!太可怕了。"

"胡说!"黛摩尔夫人不容置疑地说,"审讯只需要几分钟。或许他们会延期，以便做进一步的调查——包括你我在考文垂的调查。"

"是中部地区！"普拉希尔先生提醒她道，"可还有事务所那边。好吧，我应该还能再多待一会儿，反正明早要去审讯。再为桑德斯小姐办一点事。老板见过她和巴泽尔，他知道巴泽尔特别——怎么说，不怎么像个商人，还知道她没有亲兄弟，父亲也不在了。应该能搞定。我说，黛摩尔夫人，很感谢你让我参与这件事。我是说，我们能自己展开调查。"

格里已经决定要进行这场疯狂的探险，但他意识到自己居然在安排和黛摩尔夫人的会面，还是有点吃惊。他看了一眼仪表盘上的时间，知道10分钟后就要去桑德斯家里喝下午茶了。他们现在在北环路上，他把车停在路边，两人敲定了最后的细节，并且在各自的记事本里记了下来。黛摩尔夫人在出门之前，就已经查过前往考文垂的火车了。

"好主意！"她建议他俩分别乘不同的车走，她坐9点钟那趟，他坐11:30那趟，他欣然同意了。黛摩尔夫人喜欢把这件事弄得越神秘越好。

"我们可以在同一天晚上返程。"她告诉他。

"看吧，"刚说完格里突然惊叫道，"你的意思不会是我还要过夜……"他克制住自己没有把"和你"说出来，改口为"在郊外"。

"我觉得你不必担心这种可能性,"黛摩尔夫人向他保证,"不过我还是会准备下,以防万一……"

"我们肯定能在一天内完成所有事情,"格里坚持道,"我真的没办法待更久。这可能会惹怒警察。一定不能挑战他们的权威,你明白的!"

"如果有警察在监视你,那的确有风险,"黛摩尔夫人不情愿地承认道,"要是被他们跟踪了可不太妙。你到车站去的时候要注意些。"

"只要我能尽快回来,就不会有事。"格里说。

一切都安排妥当后,格里将黛摩尔夫人送到菲茨约翰大道的尽头,然后向贝弗利住宅开去,心里盘算着该对贝丽尔说些什么。

第十二章

搜寻珍珠项链！

星期天早上，巴泽尔尽可能拖延动身去汉普斯特德的时间，希望不会错过贝蒂的电话。没错，他是跟她说过自己会早点出发，但是，他想，贝蒂知道我的"早"是多早吗？最后等来了他母亲的电话，问他是否"一切都好"，他是不是马上就要来了，因此，他决定不能再等下去了。

他来到贝弗利山庄——贝丽尔·桑德斯和她母亲住的地方，心情烦躁，不满，看到塔比在客厅里嗅来嗅去，也丝毫没有让他感到宽慰。

他们就如何处理可怜的尤菲米娅的东西谈了很久，并做好了决定。

"幸好尤菲米娅没有养猫，否则那猫肯定会随了她的性子！"彭莱顿太太含糊地说，"有只狗已经够了，老天爷，尤菲米娅为什么要叫它塔比——这么滑稽的名字！"

第十二章 搜寻珍珠项链!

塔比殷切地竖起耳朵,但既没得到爱抚,也没有吃到饼干。

"你难道不知道原因吗,苏珊舅妈?"贝丽尔说,"尤菲米娅姨妈相信塔比是名贵品种,好像是别人为了抵一笔小额债务,将这只狗给了她——我觉得她上当受骗了。她怕偷狗贼盯上它,给它起了个名字叫"两便士"(Tuppence)——简称塔比(Tuppy)——意思是不值钱,好让他们别惦记。可怜的尤菲米娅姨妈!"

"幼稚!"詹姆斯哼了一声,"尤菲米娅根本分不清狗的好坏,她只要跟我开口,我一定会帮她选一条好狗。"

"亲爱的贝丽尔,我很高兴尤菲米娅把珍珠项链留给了你,"彭莱顿太太说,"你皮肤白,真合适。不是每个人都能驾驭珍珠项链的——我就从来都没戴过。"

"当初母亲把那项链留给尤菲米娅真是太可笑了,"彭莱顿先生道,"她又不会戴,戴了也不合适。你戴着会好看得多,亲爱的,"他对妻子说,"虽然你肯定会把它们丢得到处都是。"

"可是那样的话,贝丽尔就没办法拥有了,"彭莱顿太太指出,根据平日里的经验,她自动忽略了丈夫的最后一句话,"这样是最好的——我是说珍珠项链的归属。"

"你知道吗?"桑德斯夫人问道,"斯托金斯先生说,他们不知道珍珠项链在哪儿!"

巴泽尔焦急地打量着他的亲人，心想要是贝蒂在这之前给他打了电话就好了！

"斯托金斯这话是什么意思？"彭莱顿先生冷冷地问道。

"应该不是说项链不见了吧，母亲？"贝丽尔试图缓和气氛。她知道桑德斯夫人喜欢将事情戏剧化。

"没有找到，那肯定就是丢了！"桑德斯夫人声称，"为了找遗嘱，警察已经把她的房间翻了个底朝天。有人告诉他们了，她喜欢到处藏东西。"

"可是珍珠项链这种东西，本来就不会放在显眼的地方吧？"贝丽尔说，"尤菲米娅姨妈藏东西的地方往往让人意想不到，而且他们真正寻找的对象也并非珍珠项链，不是吗？"她将探询的目光望向巴泽尔，但他避开了她的目光。

"这个当然，"他母亲说，"那份遗嘱就塞在抽屉里的内衣的下面……是真的，警察也发现了。"

"这倒提醒我了，"贝丽尔说，"我们把塔比和它的狗窝接过来的时候，听到她们说可能还有另一份遗嘱。弗兰普敦的女仆说，她和她男朋友鲍勃·瑟洛在周三那天，看到了尤菲米娅姨妈的一份遗嘱。"

"是那个年轻人！"彭莱顿太太大为震惊，仿佛鲍勃·瑟洛曾为尤菲米娅做过这件事，就让他的罪孽又加深了一层，这位好心的夫人确信他是有罪的，"可那不就是他们找到的那份吗？"

"斯托金斯先生告诉我，奇怪的是，在尤菲米娅的抽屉里发现的遗嘱写于去年4月。"桑德斯夫人澄清道，"而且，有两位当时住在弗兰普敦的房客亲眼看见了这一切，后来他们离开了，这对布雷格斯夫妇人很好。"

"我觉得可能是尤菲米娅姨妈在周三写了一份，但第二天想了想，又把它给撕了。"贝丽尔颇为肯定地说。

"很有可能，"巴泽尔急切地附和道，"她在夏天就这么干过，我看着她撕掉的。"

"可是尤菲米娅为什么要这样胡乱改遗嘱呢？"彭莱顿先生严肃地问道。

"我猜她可能是突然想到了一个很好的主意，"巴泽尔含糊地说，"但第二天又觉得不妥。你没有过这样的时候吗，阿德拉姑妈？"

桑德斯夫人似乎不确定自己的想法会一夜之间改变。

"现在斯托金斯先生手里拿着的两份遗嘱实际上是一样的，对吗？"彭莱顿太太问。

"是的，只是细节上略有不同。"桑德斯夫人肯定道。她没有说出来，其中主要的不同是后面一份遗嘱里还加上了塔比，她机智地认为，就算知道了，彭莱顿先生也不会养这条狗。

"我觉得我们不需要担心还会再冒出一份遗嘱。"贝丽尔说,"我不知道那个女仆奈莉有没有对警察说起过这件事,但是听上去,她是在弗兰普敦向我和毕丽斯太太提起这事儿的时候才想起来还有这么一出。如果那份遗嘱没有出现,那就不必主动去找,因为可能已经不在了。"

午饭好了的铃声响起,巴泽尔才松了口气,将话题转到伦敦的鸡肉价格和约克郡的手工面包有多好吃上去了。

直到格里·普拉希尔来喝下午茶,贝蒂放在信箱里的信才被看到,之前一直孤零零地躺在那儿,无人注意。

巴泽尔一把从女仆手里抢了过来——不过除了他母亲,没人注意到他的慌张。贝丽尔稍稍放松了对表哥的密切关注,准备去迎接格里。巴泽尔迅速把信看了一遍,皱起眉头。他又看了一遍,这次速度慢了很多,终于抓住了重点。他环顾四周,想找塔比的狗窝,最后和他母亲的目光对上了。

"希望不是坏消息,巴泽尔。"她以这种方式委婉地询问信里写了什么,是谁写的。她的话引起了正在和格里说话的其他人的注意。

"不是,不是,"巴泽尔有些怒意地低声说,"只是一些,"他翻开看向开头几段,那里有一些无伤大雅的语句,"只是要去见一个朋友。但这样一来我所有的安排就被打乱了,我没办法计划任何事了。"

"亲爱的巴泽尔，你本来就不擅长计划事情。"他母亲不留情面地说，"不过现在这情况，也没什么为难的。接下来一两周，你所有的安排都得取消，那些朋友会理解的。"

"可工作上说好的事不能就这样取消呀，母亲。你不知道……"

"我一直都觉得，和你来往的那些搞艺术的家伙都不太懂分寸，"他母亲抱怨道，"你之前带来斯第顿的那个人，他的衬衫领子开得那么大……我可是看不过眼。"

巴泽尔把信收好。他现在疑惑的是为什么贝蒂要把珍珠项链还给他。她是在捉弄他吗？肯定不是！可她是什么意思呢？如果他现在表现出他知道珍珠项链在哪里，别人肯定会觉得奇怪。她怎么不早点跟他说呢？

此时，下午茶点被端了上来，转移了众人的注意力。桑德斯夫人觉得，在这种悲惨的情况下，精美的蛋糕在某种程度上并不太适合家庭团聚。一个美味的水果蛋糕和一些可口的三明治散发着诱人的香甜气息。格里·普拉希尔转而聊起彼得·库图佐夫要画的那幅画像。

"贝丽尔得戴她姨妈的珍珠项链，"彭莱顿太太建议道，"是白色的吧，贝丽尔？白色特别衬你。我希望这位俄国画家有真本事，不过俄国人还真说不准。如果约翰·莱弗里会画画就好了……巴泽尔，你可千万不能把贝丽尔打扮得很古怪。"

"贝丽尔这么好看,彼得想画难看都难,"格里笑着跟他们保证,"不过说真的,彭莱顿太太,彼得画画不错,不是那种不着调的人。贝丽尔的画像,他已经有了很好的构思——以浅色调为主,背景是一片浅蓝色天空,颜色没有她的眼睛那么深邃。"

"我还以为背后会是富丽堂皇的蓝色天鹅绒窗帘……"彭莱顿太太插话道。

"完成之后你肯定会喜欢的。"格里向她保证。

"格里,你知道珍珠项链不见了吗?"桑德斯夫人戏谑地说。

"妈妈,别这么夸张,"贝丽尔出声抗议,"又不是真的不见了,只是斯托金斯先生不知道它在哪儿而已。你明天去收拾尤菲米娅姨妈的遗物时肯定就会看到了——你觉得呢,巴泽尔?"贝丽尔的蓝眼睛直勾勾地盯着巴泽尔的灰眸,她似乎话里有话。

"当然啦!"巴泽尔肯定道,"只是我好奇她到底把项链藏哪儿去了?她最喜欢把东西藏在地毯下面,但肯定不会放珍珠项链。"他环视了一下客厅,目光落在塔比身上。塔比正舒服地躺在壁炉旁的狗窝里。

"她不是有时候会把东西挂在画后面吗?"贝丽尔问道。

巴泽尔有些紧张地瞥了她一眼,对方的表情在说:我知道一些事情,我不太明白,但我不会暴露你的秘密。为了掩饰自己的尴尬,他朝塔比吹了一声口哨,塔比慢吞吞地动了动,然后叼着蓝色小垫子过来,放在了巴泽尔的脚边。

"我说!"巴泽尔喊道,"你们觉得项链有可能在这个垫子里吗?塔比可能比我们想象得还要聪明。它的狗窝一向都放在尤菲米娅姑妈的房间里,说不定她把项链缝进垫子里了。"

"虽说尤菲米娅喜欢乱藏东西,但也不至于这么粗心大意!"彭莱顿先生道。

"但是说真的,"巴泽尔继续道,"她的确会将东西放在一些很奇怪的地方,因为她觉得大家越想不到的地方,就越安全。"

"我觉得有可能,"贝丽尔表示同意,"毕竟她也没有那么粗心大意,詹姆斯舅舅。在到处都是陌生人的酒店里,大家自然会觉得哪里都没有自己的房间安全。摸一下垫子就知道了。"

"有一种地方叫银行!"尤菲米娅的弟弟哼了一声。

巴泽尔把垫子扔给贝丽尔,她戳了又戳。但是填充物很厚,珍珠项链被小心翼翼地包在中间,所以贝丽尔什么也感觉不到。

"要拆开很容易。"她建议道。

"我不能容忍这种愚蠢的行为!"彭莱顿先生愤怒地叫道,"明天要是没有在尤菲米娅的房间里找到,我们有的是时间在这些稀奇古怪的地方找。而且为什么偏偏是这个垫子?瞧那家伙的窝,里面全是垫子。"

"尤菲米娅都还没有入土为安,现在就剪开她的垫子翻找珍珠恐怕不合适吧,"彭莱顿太太温和地说,"我是说,你们太心急了。你最好把狗窝先拿到我房间里去吧,亲爱的巴泽尔。这小家伙已经习惯在卧室里睡觉了,虽然我不喜欢这样,但今晚也只能将就一下。等我们回家了,再好好训练它。"

"而且,"格里突然插嘴说,"警察已经搜过垫子了!"

"搜过了!?"巴泽尔倒吸一口气,"什么时候?"

"今早我们去接塔比的时候,毕丽斯太太说的,在允许她把东西从彭莱顿女士的房间里拿出来之前,他们就已经仔细检查过了。你忘了吗,贝丽尔?"

"是的吧,"贝丽尔不确定地说,"她确实提到过。"

"那就是没在里面了!"彭莱顿先生一锤定音。

巴泽尔拿起狗窝和垫子,向门口走去。

"你不知道是哪个房间,"贝丽尔说,"我来带你去。"

她随他出去了。

一起上楼的时候,她低声问:"项链在里面吗?"

"应——应该在,"巴泽尔结结巴巴地说,他怀疑地看着她,"你怎么知道的?"

"昨天我到帘子后头对着镜子戴帽子的时候,灯的开关在镜子后面。巴泽尔,我们要怎么办?只要我能做到,我会帮你的。你为什么不相信我?"

"抱歉,贝丽尔。实话跟你说,我不想打扰你。没事的,真的。我会向你解释一切,但不是现在。"

"但我们现在怎么办?"贝丽尔急切地小声说,"快想办法!"

他们进到彭莱顿太太住的房间里。

"别催我,"巴泽尔抱怨道,"我们最好不要现在找到——爸爸会很生气的。而且你也听到格里说的了,警察都搜过了。所以他们可能会想到项链是事后放进去的,一旦我们在里面找到了,会很可疑。等等,我有个好主意。你能把项链取出来吗,贝丽尔?速战速决。"

"去我的房间——这里不安全。"贝丽尔抢过蓝色垫子,匆匆穿过走廊来到自己房间,抓起一把剪刀,迅速拆开了贝蒂缝的线。

"你确定你的计划万无一失吗,巴泽尔?"

"是的,跟这房子一样牢靠,就是……"

"别告诉我。我还是不知道为好,但如果需要我帮忙,跟我说一声就成。"

"你真是个大好人。还没摸到吗,在不在里面?"

贝丽尔的手在木棉花里摸索着。巴泽尔突然按住她的胳膊:"指纹!戴上手套!"

贝丽尔目瞪口呆地看着他。这下真的给了她一种被卷入犯罪活动的感觉。

"可是没人会来查指纹的,只要——只要你别露馅!"

"你永远不知道他们会找些什么。"巴泽尔懊丧地说,"保险一点好。"

贝丽尔找出一副手套,戴上后又伸进去探了探。

"有了,在这儿!"她小心翼翼地将项链抽了出来。

"拿纸包着,快!"巴泽尔焦急地说。

贝丽尔找来一张绵纸把项链包了起来,巴泽尔将小纸包放进了胸前的口袋里。

"千万小心,巴泽尔。在你告诉我一切办妥之前,我会一直担心的。"

她眨巴着蓝色眼睛恳切地望着他。他现在觉得要是一开始就将这件事告诉她——至少透露一部分——就好了。之前觉得打扰她不好,可现在终究还是来麻烦人家了。她穿着一条黑色的连衣裙,显得既瘦弱又可怜,这条裙子突出了她的白皙皮肤和苗条身材,还有那头光滑的浅金色秀发。

巴泽尔将自己的思绪拉回现实:"好了,贝丽尔,我对你的感激之情难以言表。别担心。我们得下去了。那这个垫子怎么办？"

"我会缝好的，过一会儿再放回去。苏珊舅妈不会注意到它不在狗窝里。"

他们回到客厅。巴泽尔正绞尽脑汁地想要怎么脱身，没过多久，随着电话铃声在房子里响起来，理由自己就找上门来了。

"波蒂太太想找巴泽尔·彭莱顿先生。"女仆对他们说。

"波蒂太太？"这么充满异国情调的名字，巴泽尔的母亲都不太会读了。

"是瓦迪莱托——我的房东太太，你认识的。"巴泽尔示意她放心，自己则兴冲冲地朝门口走去。

瓦迪洛太太古怪的尖细嗓音穿过听筒，在巴泽尔耳边响起："有个年轻人打电话来说要见你，彭莱顿先生，她不愿意透露姓名，我跟她说让她晚点再打过来，但她很坚持，我真的不知道该怎么拒绝她了，所以带她去了你的房间，随便得跟她自己家似的，她说不介意等，因此我想最好还是告诉你一声，先生。"

"非常好，瓦迪洛太太，万分感谢。你可以跟她说一下我马上就回家了吗？对，工作的事，你说她叫什么来着？"

"我刚才说过了,先生,她不愿意透露姓名。如果你问我,那我觉得肯定是什么有意思的生意。"

"的确如此,我马上赶回去。你做得特别好,瓦迪洛太太。"

巴泽尔一脸急不可耐的样子走进客厅。

"非常抱歉,有人在我家等我,是工作上的事。现在就得走了。明早我去弗兰普敦和你们会合——就9:30吧。爸,妈,走了。"

贝丽尔送他到门口。

"没事,"他告诉她,"是真的有人在等我。对,应该是工作上的事。但我先去弗兰普敦看看,你知道,把东西安排妥当。再见,贝丽尔,你真好。"

贝丽尔心想,巴泽尔通常不会因为工作上的急事而如此担心,特别是在周日的晚上。

正好有辆出租车在哈弗斯托克山上等着拉客,巴泽尔一只手忧虑地在口袋里摸着那些硬币,另一只手将车拦了下来。几分钟后他便在教堂路的拐角处下了车——他不希望弗兰普敦里正望向窗外的房客看到是谁坐出租车去了酒店。

太好了,贝蒂在,老天保佑!他说在大厅里等着,过了一会儿,她走到他跟前。他已经将小纸包握在手里了,将她拉到靠近前门的角落处,紧紧地按在她手里。

"贝蒂，亲爱的——你必须得再藏一次！听着，把项链放到她常坐的椅子上——客厅里那把扶手椅，塞进一侧的缝隙里，明白了吗？现在来不及解释，但请你务必再帮我一次。你之前藏得很好，计划失败不是你的错。我现在没法解释，但之后我会告诉你一切的。太谢谢你了，你就是我的珍贵宝石，没有你我都不知道自己该怎么办。有人在我家等着见我——是工作上的事，得马上走了！"

贝蒂保持着理智，只是柔声怪道："我真希望你不要总是那么匆忙——我有一大堆事想问你。不过我会找机会的，今晚应该没问题。"

"太好了，再见。我父母周二早上就会回家，那时候我就有时间了，只要我没被抓起来。再见！我得去该死的地铁站了。"

第十三章

玛米找上门来

瓦迪洛太太显然在找巴泽尔，因为巴泽尔刚走进塔维斯托克广场边的她家的门厅，老太太就从地下室里出来了。

"彭莱顿先生，真高兴你回来了，因为一想到有个年轻人单独留在你的房间，我真的不太喜欢。这几天不停有人打电话过来，还有报社记者，和那些到处搜查的讨厌警察。一直走楼梯上上下下，这是我最难以忍受的，以前从来没有过这种情况。我总是说，偶尔和朋友一起吃午饭或喝下午茶合情合理，可是，最近几天我就没安宁过。"

巴泽尔叹了口气。他知道，瓦迪洛太太一改往日和蔼可亲的态度，说话的语气也带着怀疑，绝不仅仅是因为给别人多开了几次门。

"我真的很抱歉，瓦迪洛太太，我也不想他们打电话来的。不知道那些记者怎么搞的，一次又一次地像这样打扰我们，想知道什么一次性问完不就好了吗？不过，警察又来了吗？"

"是的，彭莱顿先生，不停问我这啊那的，问到最后我真的不知道自己在说些什么了。"

"我希望你跟他们说的都是实话，瓦迪洛太太。"巴泽尔佯装很自信的样子。

"不光是他们，我对所有人说的都是实话。而且我想不出我有什么需要撒谎的理由。"她抬起头，意味深长地望着他，红扑扑的胖脸上挂着的一对小眼睛直勾勾地看着他，"他们想知道周五早上你是什么时候出去的。我把之前跟他们说过的话又重复了一遍，说我当时看的厨房里的钟，但只是快了几分钟而已。如果你问我的想法，很遗憾那天早上你没有在床上多待一会儿，本来没什么不寻常的。还问你戴了帽子吗？什么款式的帽子？我告诉他们，这个广场附近住的都是体面人，你不戴帽子是不会出门的，至于为什么回来的时候不见了——出了这么大的事，人都不清醒了，还指望他记得什么呢？"

"没错，瓦迪洛太太，"巴泽尔赞同道，"简直就是致命一击。我觉得可能是落在戈尔德格林，库图佐夫太太的家里了。你刚才说警察问我回来的时候戴着帽子没？"

"是一个记者问的。问个没完没了。警察还问你会及时交房租吗？我说，算不上及时，我不是故意说你坏话，彭莱顿先生，但你也知道，你经常拖欠一个多星期，不过我也不着急，毕竟我知道你的津贴发放像钟表一样准时。"

"天哪，瓦迪洛太太，我现在还欠你的吗？本来应该周六交的。姑妈的死把日常节奏完全打乱了，我把日子忘得一干二净。"他将一只手插进口袋，似乎是想掏点什么东西出来。

"我不是担心这个，彭莱顿先生，"瓦迪洛太太安抚他道，"虽然已经过了一个多礼拜了，不知道你记不记得。我不喜欢这些窥探打听，以前从来没有卷入过这种事情。还有那些奇怪的人，他们看上去好像不怀好意，总是靠在对面的栏杆上。对了，我还没说完，他们还想知道那封信的内容……"

巴泽尔心中顿时警铃大作，迅速瞥了一眼那位喋喋不休的老妇人，竭力克制自己的情绪："什么信，瓦迪洛太太？"

"周五早上送来的那封信，你看过之后便急急忙忙起床了。我不是那种爱打听的人，租客们的信与我无关，但我总是忍不住想起那天早上我带了一封信给你，上面有汉普斯特德的邮戳和我很眼熟的笔迹，还有你在我离开房间之前就着急地把信封撕开了，然后立马催促着跟我一起下楼去吃早餐，我已经做好了——所以你才能这么早出门。"

"可是,等等,你是说我姑妈写的那封信吗?"各种想法像暴风雪一般在巴泽尔的脑海里肆虐。瓦迪洛确定那封信是彭莱顿女士写的吗?他该怎么消除她的疑虑,跟她打个马虎眼?斯洛科姆建议他说什么来着?

"信是谁写的与我无关,我从来就不是一个好打听的人,"瓦迪洛太太坚持说,"我可不会这么给自己找麻烦。但是我给你送信的时候,你漫不经心地说了一句,那是你姑妈写的。我也没料到她会落得这样的下场!至于信里写了什么,我完全不知,我就是这么告诉警察的。"

"可是,瓦迪洛太太,这还是我第一次听说周五早上我姑妈写信来了。我的确在她去世前不久收到过她的信——我想想……周三我去和她喝茶了,对吧?就是她写信让我去的,在那之后好像又写了,信应该放在楼上房间里。但肯定是周四寄来的?周五我没有去汉普斯特德,你知道的,我去了戈尔德格林见了一位朋友,为了我表妹的画像。"

"你说呢,彭莱顿先生,你去哪儿或者不去哪儿和我都没关系。但是警察问话,我只能如实回答。我记得很清楚那封信就是周五寄来的,只是里面写了什么我就不知道了。"

"我觉得警察直接来问我关于信的事情会更好一些,"巴泽尔说,"恐怕他们很快就会来了。我的访客呢?我最好上去见她。你是说一位年轻小姐是吗?"

"可能也没有她想让我们相信的那样年轻,还把门敞开着,好像要听我们说什么,不过我把门关上了,还再三确认过。"

瓦迪洛太太晃晃悠悠地向地下室走去,巴泽尔则三步并作两步上了楼,嘴里无声地骂骂咧咧。

他走进房间看到来客,果然是玛米·海登。她懒洋洋地躺在最大的扶手椅上,嘴里叼着一根香烟——他发现那是他的烟,打开的烟盒就在她旁边——她将那两条被包裹在粉色丝袜里的肥硕的腿伸到壁炉边烤火。他也不知道为什么他会觉得来的人是玛米,只知道发生了这些错综复杂,令他焦头烂额的事情后,玛米似乎是唯一一个在过去的四十八小时里没有来烦他的人,所以他有预感她快来了。

她扭头看向他,冲他点点头,烟还在嘴里叼着。

"晚上好啊,彭莱顿·布朗先生!我想着得来瞧瞧你过得怎么样,确认下你没有忘记我。你那位房东老太太不让我进来,虽说能理解,但我实在受不了她那态度,所以我对她说:'我是他的一个老朋友,来找他谈一项重要公事,如果你不让我进去,我就直接在门口喊了。'于是我就上来啦!"玛米说话时拘谨的样子让巴泽尔想起了第一次见到她的场景,他在一家电影院门口"捡"到她,就为了找个人说说话。两人熟了以后,她说话便放松自然多了。

"我可不希望看到你!"巴泽尔直截了当地告诉她。说真话让人一身轻松,哪怕只是一瞬间。他注意到玛米气得僵直了身体,甚至抬起一只手想把嘴里的烟拿下来,便急忙补充说,"主要是为了你好,我不想把你牵扯进来。"

"如果不想把我牵扯进来,那你早该想到这一点,聪明先生,当初就不要来求我帮你典当珍珠项链,然后又求我帮你把它赎回来!我想知道我什么时候能拿回我的15英镑?我很穷,不能让积蓄白白打水漂。做那笔交易的时候,我确实使了点不光彩的手段。那珍珠项链可比15英镑值钱多了。我们复刻了一串赝品,所以你永远都不会知道。没有想到这一点吧,彭莱顿·布朗先生?"

"天哪!"巴泽尔吃惊地叫道,"你是说我拿到的不是真的吗?玛米,你不能……"

"别担心,"玛米劝他,"我不是那种人,但你太天真了。不适合把自己卷入这种龌龊事里。"

"可是,玛米……"巴泽尔反驳道。

"别这么叫我。你先冷静一点听我说,我会解释的,你或许在想,我是怎么找到这里的,怎么知道你的真名的。你以为自己很聪明是吗,布朗先生?可你万万没想到你的照片会出现在所有报纸上,你的名字会出现在地下谋杀案受害者的亲属名单里,是她的侄子。还有你那顶滑稽可笑的帽子,想认错都难。"

巴泽尔把"滑稽的帽子"——"切尔西"风格的黑色宽缘毡帽——扔到房间另一头,再脱了大衣甩到椅子上。他走到壁炉前的地毯上,低头看着玛米,在心里琢磨要怎么应对。一向和蔼可亲,善于安慰人的玛米,现在像瓦迪洛太太一样,变得讨厌起来。当然,她们两个都怀疑他和他姑妈的死有关,但完全没有包庇他的意思,都只在乎自己遇到的麻烦事。

"听着,玛米。我跟你说过,在周五晚上看见你的时候,我自己正焦头烂额,你帮了我,我当然记得,我怎么会忘记你,毕竟那也才是前天的事。我还没来得及去拿钱。另外,我刚才说了,我真的不想把你牵扯进来。警察一直在监视我,你也知道,他们还没找到凶手,不管他是谁,在那之前,他们都必须保持警惕,盯着每一个和此事有关联的人,想从中找到线索。这就是为什么我不去看你或者不想你来这里。这房子外面就有个人在看着,你走后,他可能会跟着你,问你一些尴尬的问题。"

玛米摇了摇头:"你是不是想我把你的事情给抖出去,彭莱顿·布朗先生。我当然不会说了!"

巴泽尔将一个软垫矮凳搬到玛米的椅子旁边,坐了下来。她的小手胖乎乎的,手指粗短,涂着艳红的指甲油,搭在椅子扶手上,他把自己的手覆在上面。

"你一直都对我很好,玛米,我永远相信你——相信你现在也不会让我失望对吧?"

"相信我?"玛米哼了一声,"相信到连真名都不肯说。"

"我的名字根本无关紧要啊。周五晚上我遇到麻烦后去找你,你帮了我,我知道你肯定会帮我。"

玛米只是冷冷地看着他,一双绿色的眼眸,睫毛很长。

"可是周五你来找我的时候,你就已经知道那位老太太遇害了,那时候报纸上都还没登消息呢!"

"你为什么觉得我知道?"

"你的心情不是很糟糕吗?我知道你肯定是遇上烦心事了,但后来我才知道到底是什么。在报纸上看到消息和你的照片后,我才把前前后后的事情联系起来。报纸上说你住在塔维斯托克广场。这一片我有朋友,没过多久我就从他们那里知道了你的住址。你瞧,戴着那样的帽子,是个人都会注意到你。和杀人犯还挺相配的!"

"玛米,不会真以为我干得出这样可怕的事吧?再说了,我没有戴——"他猛地闭嘴,"玛米,我向你发誓,这事与我无关。如果是我干的,我为什么要拿回珍珠?如果尤菲米娅姑妈还活着,我现在就能还你钱了。她的死对我没有任何好处。"

"难道不是为了她的钱吗?"玛米问道。

"你为什么会觉得她有钱?就算她有,我也不知道她会留给我还是我表妹。不管怎么说,我还没拿到钱。你可以再多等一段时间的对吧,玛米?我姑妈还没有下葬——日子定在明天,他们会在葬礼后宣读遗嘱的。可就算她把钱留给了我,他们也不会立马给我一袋金子啊。"

"你别以为我是个软柿子,"玛米告诉他,"这些我都明白,但我需要保证。以你自己的名义写一张借条,巴泽尔·彭莱顿先生,这就是我来这儿的目的。"

"我当然愿意写——但你不会把它交给警察吧?这样对你没有好处,而且会让我的处境更加困难。看在我俩交情的份上好吗,玛米?"

"看来这份交情得花我不少钱!"玛米抱怨着,但语气缓和了许多。

巴泽尔走到书桌前,拿出几张纸。他慢慢地拧开钢笔盖,沉思着。这样做有风险,但这样才公平。他能相信她吗?无论如何,如果她起了报复的念头,将他手写的欠条交给警察,与其用杰弗里·布朗这个和写字人不符的名字,倒不如用真名,这样反倒没那么引人怀疑。

玛米把手搁在椅子扶手上,用工具给指甲抛光,正如瓦迪洛太太说的,她不像她希望人们认为的那样年轻。巴泽尔从来就没觉得她年轻过,不过她自己并不怀疑。她的妆容很精致,但略微有些夸张。红色卷发上有一处闪着金属光泽,定睛一看是一个蓝色的针织小帽子头饰,身上那件宽大的兔毛领蓝色薄外套敞开着,露出一件浅蓝的人造丝连衣裙。完全不搭的三种蓝色。

巴泽尔将写好的借条递给她。她瞥了一眼,把它叠好,打开随身带的红色手提包,从里面拿出一张沾了不少污渍的纸,在他眼皮底下打开,然后揉成一团扔进了火里。

"只是想让你看看我可不是小人,杰弗里!"她冲他微笑,眼睛里满是疲倦,"警察或许会对那个更有兴趣,一看就很可疑。"

"我就知道你是个好人!"巴泽尔松了一口气。他拍了拍她的手,她转过头望向他。他弯下腰,毫无感情地落下一个她所期待的吻。

"但你就有点傻了,"她补充道,"你应该在给我新的之前,先问我要另一份的。"她把干净的纸塞进包里,啪的一声关上了。

"这下你知道我不是冷血无情的罪犯了吧,我只不过是一个缺钱的傻瓜!"

"或许吧,但我怎么能确定呢?"

"只要你继续相信我,你一定会连本带利地收回这笔钱的——我发誓。"巴泽尔再次在她身边坐下,"其实'杰弗里'也不是骗你的,这真的是我的名字——我的中间名。"

"你压根就没有骗到我。我从没相信过你是布朗——太容易看出来了。不过要是叫德维尔,我可能还会相信你。我总是对叫德维尔的男孩子有好感。"

"玛米,你真可爱!等我收拾完这些烂摊子,我们再去看电影。"

"等你有了钱,你就会结婚了吧?"玛米有点伤心地说。

"应该吧,希望如此,我不知道出了这些事以后,她……会不会愿意嫁给我。毕竟这也不是什么英雄事迹对吧?"

"女人都是傻瓜,"玛米向他保证,"都很心软——我们就这样。不然我为什么要为你做这一切?"

"因为你是好人,"巴泽尔对她说,"从我第一次在影院外面见到你的那一刻起,我就知道你是这样的人,而你也的确一直都保持着一副好心肠。"

"那天放映的是《燃烧的心》对吗?那电影有些伤感了。我真正喜欢的是喜剧。跟你说,你可以带我去看杰克·休伯特的新电影。因为放映这部电影的大型影院,六岁以下的孩子不得入内——我可以告诉那些小女孩我去过了，让她们嫉妒一下吧。就当是我们告别前的狂欢，再吃个晚饭，喝点起泡酒吧？"

"好主意！但不必告别吧？"

"如果你打算结婚了，那最好还是不要见了，"玛米明智地说，"我知道我们之间没什么，可是谁会相信呢？反正你的女人是不会信的。不管怎样，到时候你也只想带她出去了。"

"你不了解她是什么样的人，玛米。她会相信我的，你对我这么好，她也会喜欢你。"

"你别这么想，也不要告诉她任何关于我的事情，这样只会搞砸的。你们男人都一样，认为所有人都相信你们。只要不是太难接受的东西，她都会选择相信你，但不要冒险！"

"但我还有事情没有向她解释清楚，到时候我不得不冒一点险。不过没关系。你让我开心多了，玛米。这几天我过得很糟糕——简直糟透了！"

"我该走了。"玛米从椅子上站起来，把大衣穿好，系好带子。蓝色布料紧紧包裹着她丰满的身躯，玛米下意识地把褶皱抚平。

"我要照照你的镜子，检查下我的妆。"说话间，她飞快地钻到帘子后面去了。她的声音从另一边传来，"对了，等你回来的时候我四处看了一下，你这房子不错，就是楼下的老太太真难对付。我走的时候，她一定会狠狠地瞪我几眼。只要找到借口，她绝对会上来窥探一番，检查一下这里的床，我敢肯定！"

"她本性不坏，"巴泽尔说，"只是警察一直来打扰她，她害怕窝藏罪犯。"

"这老太婆！"玛米骂道。

"这倒提醒我了，你走之后，外面那个人可能会跟着你，问你是谁，对我了解多少事，和其他七七八八的问题。你打算怎么回答他？"

"我不希望那些人去我的地方乱转。你身上的钱够坐出租车吗？"

"得看你要去多远的地方，"巴泽尔谨慎地说，"不过就算坐出租也没办法甩掉他们。他们会找到司机的电话号码，问他带你去哪儿了。"

"你以为我会傻到让他一路开到我家门口吗？我会在托特纳姆法院路下车，再坐公交车回去。要是他们找上我，我就说我是来找你谈工作的。你妈妈不是想找个陪护吗？"

玛米从帘子后头走了出来，咯咯地笑着，然后矫揉造作地迈着小步子，一副楚楚可怜的样子："我是不是很淑女？现在去叫辆出租车，好孩子杰弗里。"

巴泽尔急忙下楼照做，玛米慢吞吞地跟在后头。她在楼梯口等着，一条腿摆来摆去，一边若有所思地用脚尖点着地面。

"你最好别再来了，玛米，"他跑到出租车停靠站叫了一辆车，回来了，"不过我还是很高兴你今天晚上来。我之前想去见你，告诉你不会有事，但不知道怎样做才安全。"

"你别担心，我会乖乖等你过来。我说，他们并不是真的想抓你吧？我是说，明天就要进行审讯了，这些家伙——如果没找到凶手，他们就会随便抓一个人，以此表明他们并不是毫无作为。"

"我不会有事的。但我希望他们能找到真凶。关键点就是找出谁能从我姑妈的死中获益。这也是他们盯上我的原因，因为我有可能拿到她的遗产。"

玛米用掌心磨着指甲："真有意思，那些促使人杀人的动机，你绝对想不到……那是出租车吗？"

巴泽尔送她出门后匆匆上楼，假装没看到瓦迪洛太太，地下室的门半开着，她就在门后边。

第十四章

贝蒂篡改证据

案发后的那个星期天让贝蒂倍感困扰,这一切源于一个麻烦的计划——她需要连夜把她的行动告诉巴泽尔。然后和茜茜去希思街散步,后者将自己知道的所有关于这个案子的细节和她自己的想象都回顾了一遍,并尝试着将罪责安到不同的人身上,从毕丽斯太太到奈莉,连巴泽尔也未能幸免。回去后,她们听说贝丽尔和格里来把塔比接走了,连同它的狗窝和垫子。这使得贝蒂陷入一种心烦意乱的情绪,但经过一阵慌乱的思考后,她得出一个结论:这也许是个好机会。巴泽尔一到贝弗利山庄就会收到她的信,这样一来他就会想办法"找到"珍珠项链了。

贝蒂性情温和,迄今为止生活给她带来的一些小困难,她都能采取切实可行的措施加以解决。因此,她总是认为任何病症都能通过"做点什么"来治愈。她高兴地想,她已经为了弥补巴泽尔最近所犯的过失成功贡献了自己的力量,现在巴泽尔也一定会完成他的部分,一切都会好起来的。

吃过午饭后,她在吸烟室的一个角落里坐了下来,开始写每周要寄给家里的一封信。不提谋杀案是不可能的,一聊开这个话题,就又想起巴泽尔来。自从星期六晚上和他一起散步,她的脑子里就一直在盘算着一些计划,但她还没来得及仔细思考整个经过。现在,她把他对自己说过的话从头到尾回忆了一遍,试图把一切想明白。

星期五上午,巴泽尔去了戈尔德格林,见那个要给贝丽尔画画像的人。他回家——几点来着?下午?还是晚上?他说了吗?他有一些事情要处理,所以在索霍区吃了晚饭,因为当时太晚了,来不及回家吃饭。他说要处理什么事了吗?是他目前不想告诉任何人的事,听起来好像和他姑妈有关,因为巴泽尔平时除了和编辑接触以外,并没有太多的事情要做,而且也没有任何理由要搞得这么神秘兮兮的。但这和彭莱顿女士又有什么关系呢?啊,珍珠项链!一定和那串珍珠项链有关。可他当时并不知道他姑妈被杀害了,他说在吃晚饭的时候才看到了报纸上的那篇报道。他告诉贝丽尔他和一个朋友吃的晚餐;他告诉警察,他还去了新维克影院看了《永恒的少女》。贝蒂突然想到,他并没有告诉自己那个"朋友",和他共进晚餐的同伴,是否真的存在。这件事从头到尾都很麻烦,巴泽尔为什么要这样拐弯抹角呢?

他被怀疑了,或者他以为自己被怀疑了。其中一定有什么原因。难道他知道谁是杀害他姑妈的凶手?所以他想以某种方式包庇他们?贝蒂真的很喜欢巴泽尔,对他的好感多到能够正视他的缺点,并将它们作为他的一部分来接受。而且她信任他,尽管难得有人和巴泽尔交往甚密,还依然愿意相信他。

她相信,尽管他一再推诿搪塞,不愿把事情的全部真相告诉任何人包括她,他也不会在任何真正要紧的事情上欺骗她。她也确信,他不会犯罪或干出什么残暴的事,但他心肠太好,虽说可能是滥好心——这正是巴泽尔的作风。她越往深了想,就越觉得整个谜团的答案就是巴泽尔通过某种方式发现了——并且很可能是在消息登报之前——他姑妈遭到杀害,还有凶手是谁,然后他决心不惜一切代价要保护那个人。

贝蒂很高兴自己找到解开这个谜底的钥匙,但这并没有消除她的忧虑。她对刑法一知半解,但她想,这样包庇一个杀人犯肯定会受到某种程度的惩罚。可他如此紧张是想保护谁呢?他一定是觉得凶手是因为某种原因而被逼上了绝路,从而狠下杀手。贝蒂只能想到鲍勃·瑟洛。她估计是彭莱顿威胁说要告发他,把他给吓坏了,或许奈莉也受到了威胁，要让她丢掉工作，丢脸出丑。贝蒂从来没有把鲍勃当作是杀人犯——但还能是谁呢？鲍勃是个笨蛋，他担惊受怕，无依无靠，也不认识有背景的能为他伸以援手的朋友，他的困境激发了巴泽尔荒谬的骑士精神。巴泽尔为了救鲍勃，让自己陷入不利的境地，把自己的生活弄得一团糟，贝蒂也因此对他产生一丝同情，但常识又告诉她，这样做很愚蠢。

目前还弄不清楚珍珠项链是从哪儿冒出来的，但鲍勃偷过——或者协助偷窃——一枚胸针，还偷了珍珠项链也说不定，而巴泽尔试图把东西找回来，帮他掩盖偷盗的事实。

鲍勃有可能单纯因为钱财而犯罪吗？这是贝蒂问自己的下一个问题。警察似乎不相信鲍勃有罪。他们好像在找另一个人，但也许这只是因为他们的证据链有缺失——巴泽尔掌握的内容正好可以填补。贝蒂梳理了一遍跟鲍勃相关的情况：他的动机；他在罪案发生前出现在靠近楼梯底部的通道里；他可以通过奈莉得知彭莱顿那天上午的计划；还有那条狗链——据贝蒂所知，这一点尚无定论，狗链是何时被取走的还不知道。

奈莉很肯定，周四晚上那条狗链还在，但周五早上就不见了。当然，奈莉可能是在保护鲍勃，大家都知道在周四晚上，吃完晚饭后不久，鲍勃在弗兰普敦的休息大厅等着见彭莱顿。

贝蒂突然将那张写满自己思路的纸揉成一团,利落地扔进壁炉里。她匆匆写了几句话作为给母亲的信的结束语,然后将信封封口,写上地址。她想起来她把邮票忘在楼上了。

几分钟后,贝蒂从卧室里出来,手里拿着那封贴了邮票的信,此时奈莉戴着帽子,穿好了外套,穿过走廊,从她门前经过。周日晚上是她例行出门的时间。

"劳驾,奈莉,"贝蒂在后面叫她,"能帮我寄下这封信吗?"

奈莉转过身来,返回贝蒂房间的门口拿信。

"真可怜,"她对贝蒂说,"没人陪我一起出去。但我得去看看鲍勃的家人——或许他们能告诉我他怎么样了。普拉希尔先生人真好——我想你一定听说了,小姐——他为鲍勃请律师,帮了他不少忙。"

"真好,奈莉,希望最后平安无事。后来警察还问你别的问题了吗?我记得你告诉过他们,你是在周四晚上,在大厅里看见过那条狗链,周五早上就不翼而飞了,对吗?"

"我是这么说的,他们第一次来问话的时候,他们问得特别细,周三那天的事也是。你知道,我和鲍勃在彭莱顿女士的一张纸上写过我们的名字——鲍勃说那是她的遗嘱，但普拉希尔先生说不是。巴泽尔先生那天来和她喝过下午茶，但在我们遛完狗回来之前，他已经走了。周四好像没人带塔比出去，因为下过雨到处都是湿的，所以也没人特别注意过狗链在不在，但那天晚上我把格兰杰先生的雨伞放在伞架上的时候，的确是看到了。警察还问了很多周四晚上发生的事，我听说他们今晚还会来问更多问题。我真希望这一切赶紧结束，你肯定也这么想吧。"

"他们想知道周四晚上的什么事？"

奈莉有些窘迫："小姐，他们问的不是我。"那姑娘不安地在走廊上东张西望，贝蒂心神不宁地想，她不应该站在门口和奈莉闲聊，但又很想知道她还有什么要说的，于是她退回了房间里面，奈莉也跟着进去了。贝蒂在床边坐下，奈莉摸着她的手提包，打开又啪的一声合上，接着说："小姐，你也知道，周四晚上，你是最后一个回来的。其他人都没有出门——至少晚上没有，门是为你留的。所以，小姐，没人知道那天晚上你回来的时候发生了什么事。"

"奈莉！"尖锐的质问声吓得奈莉抬起头来，和贝蒂的棕色眼睛互看了一会儿，对方困惑地盯着她，还夹杂了一些怒意，"你这是什么意思？什么都没发生。你以为发生了什么？"

"小姐，我没有恶意，不过我只是在想，既然你问起这件事，还是提醒你一下今晚警察也会来盘问。毕丽斯太太问大家，那天晚上是谁锁门的——自然是问你和巴泽尔先生出去的那天晚上。应该是费恩小姐告诉她，周四晚上你和巴泽尔先生出去看电影了，你回来的时候她看到了。小姐，我知道的就这么多了。其他的我什么都不知道，我得赶紧走了。"

"等一下，"贝蒂严肃地命令道，"我不明白你为什么总抓着周四不放。你也知道，警察周五晚上来盘问过我们，问了所有人周四晚上的行踪，是不是看到了那条狗链，所以他们当然知道我很晚才回来。事实就是这样。我没有注意那条狗链，我倒是希望自己看到了。没错，你得走了，都迟了。"奈莉出去的时候，贝蒂柔声补充道，"别担心，一切都会迎刃而解的。"

已经走到门外的奈莉把脑袋伸进来，一只手握着门把手，恳切地说："我也希望如此，小姐。我什么都没说，以后也不会对任何人说的！"丢下这句没头没尾的话，她就溜走了，留下贝蒂独自皱眉思索着，不知道那姑娘脑子里在想什么。

事实上，周四晚上，巴泽尔送贝蒂回来的时候，弗兰普敦的休息大厅里的确发生了一件事，而且对贝蒂来说很重要，但她看不出和这个案子有什么关系，她也不相信，除了巴泽尔和她自己，奈莉或者任何人知道这件事。巴泽尔走进酒店大厅，和她接吻——断断续续地，有点不确定，因为他很紧张，不知道她会不会接受。在那之前，他唯一的接吻经验都来自偶尔和玛米的随意的亲吻，玛米把这当作帮助他的回报，觉得理所当然。但当他意识到贝蒂对这个吻的反应对自己来说意义重大时，那些经验就变得毫无用处了。贝蒂不只是被动地接受了这个吻，而是几乎马上快速地回抱了他一下，之后她把他推出门外，又给了他一个飞吻，才当着他的面把门锁上，然后蹑手蹑脚地回到床上，兴奋得心花怒放。

周五晚上，贝蒂在第一次接受凯尔德督察的询问时告诉他，昨天晚上，她是一个人进来的，锁好门后就直接回房睡觉了，没有注意到狗链有没有在伞架上。她从来没有想过巴泽尔在大厅里出现那么一会儿有什么要紧的，不管怎样，对于别人来说，她就是一个人进来的。显然现在督察会就那天晚上的事对她进行进一步盘问。他显然知道巴泽尔在那天晚上和她一起去了汉普斯特德。巴泽尔自己可能提到过这事，或者毕丽斯太太从大嘴巴茜茜那里听说了，又说给了别人听。

贝蒂觉得，督察心里肯定在怀疑巴泽尔在凶杀案发生的前一天晚上从大厅里拿走了狗链。贝蒂不相信巴泽尔会在提前知晓的情况下纵容案件的发生——更不用说参与犯罪了——除此之外，她很肯定，在那样浪漫的时刻，巴泽尔不可能还有心思从大厅里拿走任何东西。他只是站在门口而已,她很清楚他的双手根本没空干别的,再后来她就把他推了出去,锁上了门。可如何向一位督察解释这一切呢?贝蒂对自己说,维持原来的说法不变——不是故意欺骗,而是这本来就是事实,因为督察和外人听到的说法都是如此——这样不是更安全吗?如果有人问巴泽尔,他肯定会说自己没有进去。他会想到,承认自己的确进去过,不仅代表他自己有嫌疑,还会让人怀疑贝蒂。

"真烦人!"贝蒂嘟囔着,"要是我有更多的时候和巴泽尔谈谈,我就知道怎么说了。"不过一定会没事的。要是她和巴泽尔的说辞不一样,那她早该听到风声了。要不要再打个电话跟他确认一下?不行,这样太冒险了,他在贝弗利山庄,说话不方便。而且一旦警察发现她不停给他打电话,可能会引起他们的怀疑。对,还是咬定他没有进来是最保险的,何况本来就不算真的进来了。

贝蒂下楼去喝茶,随身带着一本新的侦探小说,这是她从穆迪那儿要来的,那时候彭莱顿还没有遇害,侦探小说里的故事离她的生活还很遥远。喝完茶之后,她试着静下心来读这本书,但总觉得不太对。书里有不少打电话的场景——似乎很贴近现实生活——但这些人可以随时随地和别人进行秘密交谈,而且不必担心被人听到。多么幸福啊,贝蒂有些烦恼地想。

贝蒂正看着，巴泽尔一个电话打来，说要再把珍珠项链给她。他俩的这次碰面惊慌又匆忙，直到他再次在教堂巷里飞奔而去时，她才反应过来，应该问问他周四晚上对警察说了什么。来不及了。她现在根本追不上他，就算追上了，也肯定会有人注意到的。她回到客厅，斯洛科姆先生正舒舒服服地坐在那把椅子上——他似乎已经把它看作自己的专座了——黛摩尔夫人坐在他对面的座位上，那里空气流通比较顺畅，茜茜则坐在沙发上，他们有一搭没一搭地闲聊着。

"不知道警察明天能不能找到另一份遗嘱，"黛摩尔夫人沉思着说。她眼神严厉地望着斯洛科姆先生，他正在玩填字游戏，"你应该能想到它可能放在什么地方，"她对他说，"你的脑子已经形成惯性，很容易想出解决办法。但我发现，就算拥有能推算出抽象公式的智慧，也未必就有助于了解人性。"

到目前为止，弗兰普敦的每个人都听说了那天上午贝丽尔和格里来接塔比的事，还有奈莉偶然提到的曾亲眼看见了彭莱顿女士的最新的遗嘱。

正专心看字典的斯洛科姆先生抬起头来："我认为与其说这是一个理解人性的问题，倒不如说是一个偶然事件。彭莱顿女士并没有把东西藏在奇怪的地方的习惯，纯粹就是随手一放。所以如果那份遗嘱真的存在的话，很可能会有人发现它的藏身之处。"

"有可能,"黛摩尔夫人冷冷地说,"当人类的敏锐度下降时,机会就有可能介入。但是如果我们能简化自己的生活,与大自然进行更加紧密的接触,我们就能更好地了解人类,减少对变幻莫测的机遇的依赖。我所有最好的作品都是在科茨沃尔德的一间农舍里完成的,那地方做工精湛,不断提醒着我们人类真正的价值——创造力、勤劳和技能。越简单的东西越好看。"黛摩尔夫人把她那手工编织的孔雀花色丝巾往上扯了扯,把肩膀都包住,轻轻打了个寒战,"但我们的生存技能都退化了,承受不了祖先过的艰苦生活,尽管他们当时并不觉得多苦。我还想说,虽然当代的发明创造充满智慧,但在驱散寒风方面,我们还没有达到完美的境界。"她羡慕地瞥了一眼对面的椅子。

茜茜躺在沙发上,一双脚上下晃动着。她说这是一种锻炼,有利于改善脚踝的形状,这也给了她一个理直气壮的借口,只要她觉得无聊,就会沉迷在这种锻炼中。

"希望我们能找到遗嘱,"她说,"彭莱顿的房间还锁着吧?正好找点事做,如果我们找到了遗嘱,发现她其实把钱留给了大家意想不到的人,那就太有意思了。"

"这猜想根本站不住脚。除了巴泽尔和贝丽尔,她不可能还有别的人选。"贝蒂提醒她,"我听说,她常常写新的遗嘱然后又撕掉,所以奈莉在周三看到的那份,现在可能已经不在了。"

"鉴于巴泽尔·彭莱顿和他表妹桑德斯小姐的关系，我相信无论这笔钱最终给了谁，都不会有什么区别。"黛摩尔夫人脱口而出。她想要大家听她说话，但其他人对工艺和风的话题无动于衷，这让她感到失望。

"你这是什么意思？"茜茜问道，她把脚放下来踩在地板上，这样就能让自己的身子坐直了，"你该不会是说——巴泽尔和贝丽尔——可她已经和格里订婚了，怎么可能？"

"我的意思是，"黛摩尔夫人慎重地说，"桑德斯小姐很富有，而巴泽尔·彭莱顿先生的经济状况却并不乐观，到目前为止，他的著作都没能卖出几个钱，可能是因为他还没有找到自己的风格。据我观察，桑德斯小姐是慷慨大方之人，我认为她不会允许因为她姨妈的反复无常而让她的表哥失去这笔钱的情况发生，毕竟所有人都认为这钱非他莫属了。"

"我觉得那说明不了什么，"茜茜不客气地说，"贝丽尔或许很大方，但谁会愿意放弃自己即将到手的钱呢？即便你很富有，因为没人嫌钱多。"

"巴泽尔也有可能不会要。"贝蒂说，她低估了巴泽尔对这笔钱的执着程度。

"不过，要是周三写的那份遗嘱被找到了，里面的内容可能会大有不同。"黛摩尔夫人意味深长地说。

"难道你以为因为她把这一切留了别人,所以他俩合谋把她给杀了吗?"茜茜问。

"谁知道呢,"黛摩尔夫人说,"但你可以放心,如果周三遗嘱,"她喜欢这个短语,"只将桑德斯小姐指定为继承人,而把巴泽尔先生排除在外,那么这笔钱的最终去向就不会有什么真正的不同。"

毕丽斯太太朝客厅里看了看:"沃森小姐,你今天不出去了吧?你呢,费恩小姐?"

贝蒂摇了摇头。

"我们会好好待在这儿的,"茜茜向毕丽斯太太保证道,"怎么了?"

"警局督察要见你们两个,他很快就到了。他觉得你们能为他解答一些疑惑。他们似乎还没办法把收集到的线索串联起来。我敢肯定这一切依然让人摸不着头脑。关于彭莱顿女士写过的那些信,我想应该是你寄的吧,费恩小姐。她有时候会半夜起来写信——那电肯定是她用的!但我们现在不能怨恨她,可怜的老太太!我知道她经常把信交给你,让你早上帮她寄。"

茜茜张开嘴,伸出一小截舌头。只要她想起让自己良心不安的事情的时候,她就会做这个鬼脸。她失去第一份工作就是因为这个鬼脸,老板觉得她傲慢无礼,但即便如此，她也依然没能改掉这个毛病。毕丽斯太太没有注意到那个表达困窘的动作，因为她走进房间后，一会儿抖抖这里的坐垫，一会儿扯扯那边的窗帘，总的来说就是"各归各位"。

"我很想那只小家伙，"她低声说，"虽然它调皮捣蛋，但一不在了，这栋房子都跟原来不一样了。可怜的小家伙！希望它有一个温暖的家。约克郡的气候十分恶劣，他们说狗和人类一样能感受到变化。它们其实感觉很灵敏，我们应该更加细心地照顾它们。"

"你感受到风了吗，黛摩尔夫人？"斯洛科姆先生突然问道，"窗户那边吹进来的？"

"没事！"黛摩尔夫人温和地摇着头说，"我相信新鲜空气对人体大有益处。"

毕丽斯太太把所有摆设都归整完毕后便扬长而去了。

"怎么了，茜茜？"贝蒂问，"你忘了寄信吗？"

"是的，"茜茜承认道，"但我后来寄出去了。彭莱顿给了我一封信，让我周四上午寄给巴泽尔。应该就像毕丽斯说的，那是她在周三的深夜写好的。你知道，她不会让你去寄信，因为虽然你会更乐意做这个，但彭莱顿担心你会在上面施咒，这样等信到了巴泽尔手里，它的内容就会变得不一样。总之，我把这事儿给忘了，那天晚上回到家，我才在包里看到它。所以我又出去了一趟，趁着还没见到彭莱顿之前把信给寄出去,这样就能理直气壮地告诉她我寄了。"

"别担心!"贝蒂劝她,"他们不会因为你忘记寄信了就逮捕你的。就那一次吗?听起来好像跟这个案子没有任何关系。"

"印象里是只有那一次。我都快把这事儿给忘了,刚刚才想起来。"

"毕竟没什么特别的,"贝蒂直言不讳道,"在那之前,你还忘记过好多次。你确定你包里没有多余的信了?"

贝蒂试图通过强调这封信不重要以及转移话题到其他信件上,来压制自身的焦虑。那封来自他姑妈的信会在周五早上到巴泽尔的手上!她还看不出这究竟有什么特别的意义,但很可能和他在那可怕的一天里的古怪行为有关。

"当然没有了!"茜茜得意地大声叫道。

其他人全都盯着她。

"由于某种原因,彭莱顿在周三那天对巴泽尔很生气——他们两个一起去喝茶,但他不知道怎么搞的,最后让她心烦意乱。于是她立刻重新立了一份遗嘱——就是奈莉看到的那份——并写信告诉巴泽尔。她想吓唬他:倒霉孩子,你休想拿到我的钱!说了一些诸如此类的话。她把信给我的时候,我感觉在她的眼睛里看到一股恨意。所以肯定还有一份遗嘱——而且或许巴泽尔知道它在哪儿！多完美！"

"到底谁会是受益者呢？"黛摩尔夫人严肃地问道。

"我受够了成天聊遗嘱，"贝蒂打断道，"我们就不能想点别的吗？你的新书写得怎么样了，黛摩尔夫人？"

"过去几天的气氛不太利于工作，但进展还算顺利。对了，我明天要去中部旅行，了解当地的风土人情。我对这方面很在意。人们所处的环境对其思想的影响比你们想象得还要大得多，我想了解中部地区制造业城镇的新样貌。那样的地方是犯罪行为的温床。"

"那你认为是布兰德先生杀的人吗？他曾经在拉格比开过店——还是伯明翰来着？[①]"茜茜说。

"我是说当地容易滋生罪犯，"黛摩尔夫人说，"但也并不是所有制造业城镇的居民都容易受到其负面影响。不过，如果我们每天早晨都能呼吸到没有污染的空气，看着树木在蓝天下茁壮生长，我们也会变得美好！"

"这倒更像是天气的问题了。"贝蒂极有礼貌地说，但背后暗含疲倦和恼怒。

就在这时，毕丽斯太太回来了，她说督察要见费恩小姐。

---

① 均为英格兰中部城市。

茜茜叹了口气，从沙发上站了起来。

"我必须坦白了吧？"

"没错，"贝蒂说，希望自己还能给出其他建议，"把你心里藏的事都说出来，很快就会过去的。"

"以我自己在这起案件中被警察盘问的经历来说，"斯洛科姆先生谨慎地说道，"如果你能简明扼要地回答他们的问题，而不是主动提出任何你自己认为有价值，但对他们毫无用处的猜想，这样他们会更高兴。"

"你的意思是，他们问的就说，没问的绝对不要提？"茜茜的一条腿还留在屋内，听完斯洛科姆先生的建议后，大步流星地走了。

贝蒂很高兴斯洛科姆先生提出了这个建议，他总是能说出明智的想法。当然，没有必要向督察灌输那封信可能与罪案有关的想法。她想，下一个就该轮到她了。她紧紧抓住手提包。想着一会儿过去，一本正经地回答督察的问题，但其实珍珠项链就在他眼皮子底下的她的包里，这简直像个笑话。

对茜茜的问话很快就结束了。她叹了口气，又倒在沙发上。"不是很糟糕！他叫你过去。"贝蒂毅然决然地走了出去，一遍又一遍地在心底默念，"巴泽尔没有进来，巴泽尔没有进来。"

她在吸烟室里和督察谈话的期间听到了晚餐铃的声

音,所以等她回到客厅里,看到那里空无一人时,并不觉得奇怪。她站了一会儿,直到听见前门砰的一声关上,她确信凯尔德督察已经离开了。她将那包纸塞进彭莱顿女士生前常坐的椅子缝里,然后就去和茜茜一块吃晚饭了。

第十五章

巴泽尔汇报进展

周一上午9:30后不久,斯洛科姆先生走到教堂巷的拐角处,看到巴泽尔正从汉普斯特德地铁的方向过来,匆匆穿过罗斯林山。

"早啊!"巴泽尔走到近处,气喘吁吁地说,"事情有点发酵了,但也没那么糟。你的建议的确有用。"

"鉴于你把自己困在那么大一张谎言织成的网里,这已经算走运了——非常走运。"他们一起大步流星地朝霍利山走去,斯洛科姆先生严肃地说。巴泽尔发现身边这位同伴毫不费力地便跟上了他的步伐,步履轻松。

"我有六——不,七个要点要告诉你,我在地铁上一直在脑海中反复练习。警察昨晚来了……"

"啊!"斯洛科姆先生说,"去了塔维斯托克广场?"

"你这句'啊',好像是你让他们来的似的!"巴泽尔抱怨道，"没错，去了我的房间。来了两个警察，他们很有礼貌地请我一同回警局，因为觉得我能为他们提供更多信息，或许对破案有帮助。伪君子！我平静地上了警车跟着他们走了。警局里正在进行列队认人——我对犯罪术语很是精通。我和很多人一起站成一排——而且，天哪！看到警察挑出来的那些人和自己的样子差不多，让人很有挫败感。有两个人走过来看着我们。其中一个我完全不认识，对方似乎也不认识我，这让我松了一口气。但我能肯定他是来指认我的，尽管警方没有这么说。他总是躲躲闪闪，不管走到哪儿都斜着眼睛盯着我们，他把自己搞得这么引人注目，我想警察应该都烦了。"

"你确定不认识他吗？或许他在贝尔塞斯公园站见到你了？"

"没错，我也是这么想。不管怎么样，他并没有认出我。然而另一个家伙只扫了我们一眼，就把我给认出来了。原来他是戈尔德格林的检票员。要是昨天理了发就好了——他让我们摘下帽子，发誓说周五早上我离开戈尔德格林站台的时候没有戴帽子。我想他可能就是因为我只有一张去汉普斯特德站的车票才对我格外注意。"

"你的圆顶礼帽，"斯洛科姆先生不带感情地陈述，"你说你把它落在了彼得太太的家里那顶——在那之前就已经不见了。楼梯上？"

"不，不可能！我不会在那里摘帽子的。我回忆过，肯定没有。一定是掉在地铁里了。可这有什么关系吗？没人能肯定那就是我的圆顶礼帽，类似的帽子得有几百顶吧。"

"但不会有几百顶相同的帽子刚好在周五早上被落在开往汉普斯特德站的地铁上。"斯洛科姆先生一针见血地指出。

"我不知道。谁都有可能这么做——脱下帽子，然后忘了带走。"

"恐怕你低估了你的反常行为。"斯洛科姆先生坚持道。

"警察就没有低估，你应该很高兴吧，"巴泽尔告诉他，"他们对那顶帽子异常关心。好像我连一个旧帽子都不能扔掉似的，也不能想不戴帽子就不戴。我告诉他们，我应该是把那东西忘在库图佐夫家里了，反正我也不想要了。接着督察阴阳怪气地说，'我信你这是真心话！'"

"估计我们能指望的最好结果就是，有人把你的帽子捡走了，并且永远都不会戴出来见人。有没有问你是什么时候到的戈尔德格林？"

"没什么印象。很明显检票员并不知道我是什么时候进站的，还有一个人在，但他也没一直盯着时间看。不过我记得我和迪莉娅说过会在10点去她家，所以我告诉督察，我是9:50到的戈尔德格林。很好！"

"还问别的了吗？"斯洛科姆先生问。

"再就是车票的事，督察问我，去沃伦街买的什么票？那时候真得感谢你。我想起了你给的好建议，装作大吃一惊，倒抽了一口气说，'天哪！所以那天早上我搞错了，买成了去汉普斯特德的车票吗？'督察干巴巴地说，'有可能，彭莱顿先生。'于是我就照你说的把故事跟他讲了一遍。以前经常去看望姑妈，经常买汉普斯特德的票，养成习惯了。他应该没有怀疑，只是出言讽刺，说我为什么之前没提。这就是我要说的第二点。回答得还不错吧？"

"至少你没把事情弄得更糟，"斯洛科姆先生容忍道，"第一个人，他没能认出你……啊！接下来是什么？"

"接下来就很奇怪了。他们量了我的鞋！但似乎不是他们想要的结果。估计是在什么地方发现了脚印，但不知道为什么要扯到我身上。这倒提醒了我——瓦迪洛太太告诉我，我不在家的时候，他们曾要求去我的房间看看我的鞋子。"

斯洛科姆先生面露担忧："我也不明白，但显然这一项调查无疾而终了？这是第三点。"

"对，第四点就更尴尬了。他们问了许多关于狗链的问题。首先是，周三我和姑妈喝茶的时候有没有看到它？

我知道当时不在，因为那个女仆和她男朋友把小狗带出去了，我走了之后他们才回来。接着是周四，警察已经知道我和沃森小姐一起出去过了。他们问我和她回弗兰普敦的时候，我进去了吗？过了一会儿，我意识到他们想问什么了——他们怀疑我在那个时候拿了狗链！我没有立刻想到这一点，因为我记得，大家都认为是鲍勃·瑟洛在那天傍晚拿走了狗链，在他找我姑妈说胸针的事的时候。那天晚上我的确进去了，但只是一小会儿。然而过去这两天，每个人都在对我说，我要是不说实话，只会把事情弄得更糟。我觉得他们一定会去找贝蒂，而她特别诚实，所以肯定会告诉他们，我确实进了你们酒店的大厅。于是我承认了，但我发誓只进去了一分钟，还说他们可以去问沃森小姐，她可以证明。可是他们的神情有些奇怪。我估计是因为我的说法和别人的不一样吧！"

斯洛科姆先生嘟囔着："可惜，真可惜！不过这样说也好。很遗憾你之前没有想到这个问题。至于沃森小姐，我不知道！"

"已经尘埃落定了不是吗？"

斯洛科姆先生默默地走了几分钟，然后突然说："彭莱顿先生，我确认我在那天傍晚就发现那条狗链不见了。据我了解，在瑟洛来过之后，没人知道它到底去了哪里。我已经跟督察说了，据我所知，当时狗链已经不见了。那个叫奈莉的姑娘说它在，但她很有可能是为了包庇自己的男友。没错，我能回想起一些细节，这让我更有把握，也能使警察信服。"

"但是这会对鲍勃更加不利，我不想那样做。"

"彭莱顿先生，恐怕你是泥菩萨过江自身难保，所以我觉得不该隐瞒任何一点蛛丝马迹，只为了能证明你的清白。"

"我不喜欢这样。你还是少安毋躁，看事态如何发展吧。现在几点了？我9:30还得去找我爸妈。"

他们绕着羊腿池塘走了一圈，现在正走在希思街上。"我们不能再浪费时间了。"斯洛科姆先生表示同意。

"后面也没什么了。他们还问起周五早上尤菲米娅姑妈寄来的信，似乎对一切都了如指掌，所以我承认自己收到了信，说'就像你说的那样，尤菲米娅姑妈在写信的时候十分恼火，告诉我她立了一份新遗嘱，要把我从中剔除'。还说我受够了她这种话，直接把信给撕了。我觉得他们相信了，虽然对此有点嗤之以鼻，因为'我把这些关键信息藏着掖着'，到现在才说。他们还问，我知道她最新写的遗嘱是对我有利的吗？我告诉他们，我听说了，当时喜出望外。还问我知不知道另一份遗嘱在哪里——塞进烟囱里去了也说不定！我猜他们现在一定是像疯了一样在找另一份遗嘱——处置不了我就要把我的钱弄走！"

"要是找到了,你说不定会人财两空。"斯洛科姆先生说。

"或许可以两害相权取其轻!我突然想到一件事,我第一次向你请教是关于钱的问题,你还记得吗?你给了我一个好建议,让我把钱投资在塔比身上,还说如果我有更多的钱可以投资,你愿意帮我。这周末我又想起来了,如果我真能拿到尤菲米娅姑妈的遗产,我就把这些钱都给你,让你替我给它们找个安全的好去处。"

"也有赔的风险,"斯洛科姆先生谦虚地说,"不过我得说,要不是你姑妈对投资这方面向来保守,不愿意接受我的建议。否则,我不是自夸,她的财富一定会大大增加。我非常乐意在适当的时候帮助你。你现在已经说完五点了,彭莱顿先生,还有另外两点?"

"是的,我想想。最后他们问了我很多周五晚上的事——就是我都做了些什么。我小心翼翼地重复了一遍之前说过的故事,加了一些在新维克影院的细节——看的什么电影之类的。他们都已经懒得听了。那什么,我跟贝丽尔串好了,她的说辞会和我的保持一致。还有关于周五早上的老生常谈的问题——我什么时候出的门,等等。我觉得我说得挺好,没有露破绽。他们听完之后就没说话了。"

"那位督察满意了吗?"

"当然了,他本来就不是很喜欢我,但我觉得他也没抓到我的把柄。"

"这就是第六点？也算不上是一点……"

"就当是第六件想告诉你的事。现在说第七点，和我自己有关。那个笔记本呢？周六在我的房间里，我跟你说了那么多，你都记在本子上了还记得吧？你说你会把记录销毁的。"

斯洛科姆先生干笑起来："看来你学到了谨慎行事的必要性。在这一点上你不必担心，我年轻的朋友。你可能意识到了，整件事都不寻常，非比寻常，我不想让人觉得我在试图欺骗警察。这样的事我最讨厌了。你应该没有跟别人提起过你向我吐露过秘密吧？"

"当然没有了！"

"如果别人说我们在一起密谋什么，那就真的跳进黄河都洗不清了。"又是那干巴巴的笑声，"可以这样说，除了我对你姑妈和你全家的尊重，再加上我对你当下处境的同情，以及我完全相信你是清白无辜的之外，我和这件事没有任何关系。"

"当然，我非常感激你所做的一切，我永远也不会忘记。"巴泽尔向他保证。

"我没有忘记那个笔记本。我可能还用得上，但一定会在合适的时机销毁它的。而且里面的内容也没什么大碍，关于事情发生的时间，我只是草草写了几句。到地铁站了。我觉得没有必要过分焦虑，目前的形势似乎正朝着我们希望的方向发展。早安，彭莱顿先生。"

巴泽尔大步走下罗斯林山，感觉自己将事情处理得特别妥当。

第十六章

格里引起恐慌

周一上午,判决还未公布,贝丽尔和格里便偷偷溜出了法庭。天空灰蒙蒙的,细雨斜斜,而灰色的阿尔维斯就停在位于圣潘克拉斯的验尸审理法庭外面,被车罩包裹着。贝丽尔穿着一件皮大衣,衣领扣到最上面一颗,低着头跑出法庭,穿过一片老旧的墓地,像只兔子似的钻进了车里,后面紧跟着格里。不一会儿,他们就开上了人潮拥挤的大路往尤斯顿路去了,驾驶座上是贝丽尔。

有两个女人没能在旁听席找到位置,只好站在门口等,同时朝里面张望,看着彭莱顿事件的主要人物,以满足她们残忍的好奇心,因而恰好目睹了贝丽尔和格里匆匆离去。

"天哪!这就是我们昨天在北环路上看到的很古怪的那辆车。"其中一人说道。

"很古怪？我怎么没印象。它怎么了？"

"它当时在我们前面开着，接着突然毫无征兆地减速，停在了路边。"

"没错！你还差点撞上去！"

"我可没有！我注意到它的不寻常，所以巧妙地避开了。司机应该非常感激我。但我仔细看了一眼。"

"我是没法肯定就是那辆车，虽然确实很像。你看到车牌号了吗？"

"不敢说我把车牌号背下来了，但如果写给我看的话，我肯定能认出来，但那是DV——我很确定，因为感觉很像。而且就是那个人！"说话者显然觉得这一发现有重大意义。

"但是我好像没有注意他的样子。"

"我有。他把车停下之后，和那个女人拿出笔记本，开始在上面写字。很不寻常的举动！"

"是刚才那个姑娘吗？"

"不是——这也是奇怪的地方。那不是个姑娘，而是中年妇女，穿着做工粗糙的针织衣服。有点像那种装文艺的风格。"

"你觉得她会是谁？"

"说不准，但肯定还有很多事是我们没看到的。那个年轻人和这位老太太的外甥女订了婚，不仅如此，他还承认周五早上,他在下楼梯的时候从老太太身边经过。在那以后,就没有人见过活着的她了。我搞不懂为什么他还能这么自由自在。你看他——在审讯结束前就匆匆离开了。我要把这事儿告诉警察。这是我的责任!"

说话人对于自己的提议很满意,尽管错过了审讯,但她还是在这场戏里为自己创造了一个有台词的角色,便真的去找警察了。

此时,阿尔维斯正慢慢地驶向尤斯顿路。贝丽尔是一个聪明但相当鲁莽的司机,她驾驶着汽车在拥挤的车流中穿行,显得漫不经心。格里表过忠心,称完全相信她的驾驶技术,尽管他在这上面吃过不少亏。

周日的时候,格里已经和贝丽尔商量好了,由她开车送他去尤斯顿路,然后再把阿尔维斯开回贝弗利山庄。"有要紧事,"他这么对她说,"而且是机密。去车站的路上我再给你解释。"

"要紧事都成传染病了,"贝丽尔想,"先是巴泽尔,现在又是格里。"

"是公事,"开车去尤斯顿路的途中,格里对她说,"但和奥德尔&冈布尔事务所无关。而是和这件谋杀案有关,但又和我一点关系都没有,很难解释清楚,我也不想搞得这么神神秘秘,贝丽尔。经历了巴泽尔的一系列麻烦事之后，我想你大概再也不想掺和这类事了，但我没办法全盘托出，因为还关系到另外两个人。"

"既然不想说，你就不用告诉我。我相信你。"贝丽尔向他保证。但她听起来的确有些厌倦了，他想。

"我大概给你描述一下吧。事情是这样的：有个人，我们叫他X，偶然发现了另一个叫Q的人做过的一些事情，可能与犯罪有关。但其中的联系很牵强，甚至没法作为证据报告给警察，特别是从表面上看，Q根本就和此事无关。"说完这番话后，他好像听到贝丽尔发出一声轻叹。

"X决定展开调查，或许能找到答案，"格里继续道，"我只是帮个忙。如果我们得到任何更确切的消息，就会将其报告给警方。"

"如果你们的调查成功了，那是不是就意味着你们知道谁是凶手了？"

"这可说不准。老实说，我觉得这就是白费功夫。我觉得X一开始抓错了方向。"

"值得跑这一趟吗？"

"从某种意义上来说，也许不值得，但我觉得最好别让X单独前往。我打算今晚就回来。我今天找冈布尔请了一天假，说是为了你的事。很抱歉拿你当借口了，我本来不想找理由请假的，让他猜测我是想参加葬礼，但冈布尔没发表任何意见,毫不犹豫地同意了。"

"如果你今晚没能回来,我能知道你在哪儿吗?"贝丽尔问道。她的语气里透着一丝抱怨,格里担心她胡思乱想,尽管他知道她不会无理取闹。

"我一定会回来的。我什么行李都没带。如果我回来得迟了——虽然不可能——我会打电话给你的。别担心,亲爱的贝丽尔。不会有任何危险,等我回来就把所有事情都告诉你。我真的希望你今天不会很不开心,也希望我缺席葬礼这事不会在你心里留下不好的印象。你难过,我心里也不会好受。"

贝丽尔踩下刹车,车子在尤斯顿站外的人行道旁停了下来。

"再见,亲爱的,你就是天使!"格里进行了一番心理建设后,终于下定决心下了车,飞快奔向购票大厅。贝丽尔发动车子离开,这说明成为天使的主要条件就是随时准备好为心烦意乱的年轻人服务,而且不要问太多问题。

她返回圣潘克拉斯的审讯法庭,想着万一还没结束。她把车停在那片墓地外面,发现法院门口聚集了一群踟蹰不前的人,大衣全都一丝不苟地扣好,手里举着雨伞。她从拥挤的人群中穿过,进到一片愁云惨雾的大厅,看见她母亲、苏珊舅妈和詹姆斯舅舅站在一个角落里,正心神不宁地东张西望,嘴里还说着什么。贝丽尔明白过来,肯定又是苏珊舅妈在"大惊小怪"了。

"亲爱的贝丽尔,"苏珊舅妈向她打招呼,"你终于回来了。警察想再见见杰勒德,可你俩突然就不见了,他们很生气。"

詹姆斯舅舅冲他的妻子发出"嘘"的声音,她的尖嗓门,语气中还带着轻微的焦虑,已经吸引了门口那一群人的注意,其中一些好事者转过身好奇地望向贝丽尔和她的亲人,其他人则对着停在路边的那辆沾满泥点的灰色小车指指点点,一边交头接耳。

"是死者的外甥女。"

"开着那辆车和普拉希尔走了——就是那个说他在下楼梯的时候遇见了老太太的年轻人。"

"又快又帅的车……"

"要我说,开车的人也挺帅的……"

"不过警察没法开,款式太休闲了。他现在去哪儿了?"

那些议论声就像一个个小飞镖扎在了贝丽尔的身上。她将瘦削的身子靠在了母亲身上。

"我们走吧,妈妈。我开了格里的车,我带你回家,詹姆斯舅舅和苏珊舅妈可以坐出租。"

"格里去哪儿了？"桑德斯夫人问。

一个高个子男人不声不响地走近他们。贝丽尔认出来他就是负责此案的凯尔德督察。

"不好意思，桑德斯小姐，你能告诉我普拉希尔先生在哪里吗？我们想向他求证几个问题。"

"恐怕你今天见不到他了。他出差去了，不过可能今天晚上就会回来。"

凯尔德督察刚才那一瞬间的眼神是什么意思？贝丽尔好奇地想。仅仅是意外？还是有一丝惊慌和愤怒？他不动声色地冲她做了个手势，示意她跟着他到大厅的一个空房间里去。

"你能告诉我普拉希尔先生去哪儿了吗？我们需要了解一些关键信息，他听完马上就能回答。"

"抱歉，我没法告诉你，我也不知道。"贝丽尔慢条斯理地说。她看了看凯尔德督察，又看了看他身后墙上的一张沾了蚊子血迹的黄色布告。

"我不是要制造恐慌，桑德斯小姐，但我得提醒你，如果你能帮助我们和普拉希尔先生取得联系，会节省很多宝贵的时间。毕竟刚才是你开车把他从这儿带走的。"

"我敢肯定普拉希尔先生并不知道你还有话问他，"贝丽尔疲倦地说。格里留她一个人应对这种状况，真烦人。

她在满是灰尘的桌子旁边坐了下来,好像意识到了想要离开,还得给出一番充分的解释才行。

"这事怪我,我不该放他走的。我们的一个警员正等着告诉他我要找他,但他溜出去的时候,大家都没有很在意。我们都以为他只是带你出去透透气,桑德斯小姐。你的脸色很苍白,这对你和你的家人来说是一场非常痛苦的折磨。相信我,我也很同情你们。但我们必须知道普拉希尔先生在哪儿。"

正如她所希望的那样,贝丽尔已经赢得了一点时间,她心里明白想要瞒住她把格里带去哪儿了不现实,因为很容易就能追查到。她为什么要隐瞒?只因为她知道的太少,所以她的故事听起来可能会很单薄。但她也没办法。格里一开始就不应该撂挑子走人。而且据她所知,他并不想对警察隐瞒他的行动。他催她离开法庭,不过是着急赶火车,还有不想被那些讨厌的记者拖住。

督察执着地站在她面前,等着她开口。

"说真的,凯尔德督察,我也说不出太多东西。我们离开得很匆忙,因为普拉希尔先生要赶火车。我开车送他到尤斯顿,然后我就走了。他今天晚上就会回来,最迟明天。"

"你能告诉我他在赶什么火车吗?桑德斯小姐,他打算去哪儿？"

"他没说具体的地方，也没打算告诉我，因为他准备今晚就回来，也没带行李。他好像提过切斯特，但我不太确定。只知道是公事。"

"啊！"凯尔德督察似乎松了一口气，"那毫无疑问，他的事务所能给我提供更多信息。"

"恐怕不能。我觉得问他们肯定没用。这跟他们没关系，是一个朋友的私事。除此之外，我什么都不知道。我们是在11:20～11:25之间到达尤斯顿的。"

凯尔德督察在心里回忆列车时刻表，但贝丽尔一无所知。他认为她知道的比她告诉他的或者打算告诉他的要多一些，但他确信她真心相信杰勒德·普拉希尔会在当天晚上或者第二天回来。但他自己就不那么肯定了。

"谢谢你，桑德斯小姐。现在我想问一件关于你的事情。星期天下午你和普拉希尔先生开车出去了吗？"

"星期天下午？没有，我在家。那天上午我和普拉希尔先生开车去弗兰普敦接我姨妈的狗。你是要问这个吗？"贝丽尔的语气很冷静。

"早上你们只在贝弗利山庄和弗兰普敦之间来回？没去北环路附近？"

"只在贝弗利山庄和弗兰普敦之间来回。"贝丽尔冷漠地重复道。

凯尔德督察谢过她之后,替她开了门。

她出来的时候,注意到离房间很远的一个黑暗角落里的两个人影。一个男人无精打采地站着,头戴一顶宽沿黑色毡帽,虽然背对着她,但她很确定那就是巴泽尔。他把双手插进口袋里,一副不安的样子。那个女孩是谁?贝丽尔厌恶地皱起鼻子。那人矮矮胖胖的,穿着一件略微紧身的蓝色外套,闪闪的粉色丝袜包裹着两条粗壮的腿。巴泽尔就是有这样的小毛病。居然在这个时候,这种场合在角落里和那个女人聊天。

贝丽尔犹豫了。找个借口跟他说话把他带走的话,会不会太明显了?

那女人注意到了她,对巴泽尔说了些什么,巴泽尔迅速转过身,看到了贝丽尔不耐烦的神情。他的脸唰的一下就红了——贝丽尔知道,如果他意识到自己在干什么肯定会生气——然后转过身去,无奈地摇了摇头。贝丽尔走到母亲身边,她一个人等在门口。

"詹姆斯和苏珊乘出租车走了。你看到巴泽尔和那个女人在说话了吗?刚才她在那儿等着,看到他出来,就朝他扑了过去——真的是扑了过去——他们在那儿聊了好久。我真的想不明白巴泽尔会和她有什么关系。他的朋友都太可怕了，不过她看起来不像是他那群艺术家朋友中的一个。你觉得这会和尤菲米娅的事有关系吗？"

"我不知道，妈妈。可能是弗兰普敦来的人。"贝丽尔胡乱敷衍道。

"我可不这么觉得，亲爱的。毕丽斯太太很挑剔的，我相信那里的房客都是很好的人。才不会像这个样子。我也不知道怎么形容，反正就是她看上去一点都不体面。瞧她的嘴巴，还有她的睫毛！"

"可现在大家都化妆呢，妈。我没在附近见过她。我们可以回家了吗？巴泽尔应该会跟过来的。我知道那人是谁了——鲍勃·瑟洛的某个亲戚，或许是他姐姐。"

"我怎么没想到……但谁也说不准……"桑德斯夫人含糊地嘟囔着，跟着贝丽尔上了车。

"我不喜欢她，"玛米对巴泽尔说，"我很高兴你的女朋友不是她。你能保证很快给我钱吗？我一定得拿到——真的——要不然我也不会现在急着找你要了。"她揪住他的衣领，"你就不能找你爸要一点吗？"

"我会尽力而为，玛米，你应该知道，我现在处境艰难，你在这儿揪着我不放，让所有人都看着，这只会让事情变得更糟。"

"我怎么了？"玛米气愤地质问道，"难道警察盯上的不是你吗？被人看到我一个女孩子和你这样有嫌疑的人说话，对我可没什么好处。"

"你为什么觉得我受到了怀疑？"

"你自己这么跟我说的，杰弗里，星期天我去看你的时候，你说有个警察在屋子外面监视。难不成还能是什么好事不成？！"

"我已经尽力为你着想了，跟你说过不要再来。我不能再留在这儿和你说话了。全家人都会好奇我去了哪里。"

"不，他们不会的。他们看到你站在这里！每个人都会觉得你是个小学生，瞧你和朋友说个不停的样子，别人对你在说什么毫无兴趣。但我不会耽误你时间的，杰弗里，我不想给你添任何麻烦，但我想确保你不会忘记我。"

她放开了他，他匆匆告别，把她留在那里，飞快地离开了法庭。

玛米没有马上走。一个干瘦的中年男子在法院大厅里的维多利亚风格的窗户边小心翼翼地徘徊着，等巴泽尔一走出门口，他就突然出现在了玛米面前。

"我是《每日访谈》的记者，"他自信满满地告诉她，"你能帮帮我吗？"

玛米扬起下巴："如果你觉得我和这件事有关系，那你就错了。我只是来旁听一下——对这种事情感兴趣很正常——但我知道的不比你多，甚至要少得多，鉴于你喜欢四处打听。"

《每日访谈》的记者并不气馁。与这个案子有关的主要人物都超乎寻常的沉默寡言，詹姆斯·彭莱顿脾气很不好，他那位心软的妻子本来很好突破的，结果被他牢牢挡在身后。格里·普拉希尔倒是彬彬有礼，但也只是带着歉意说"无可奉告"。巴泽尔则像一匹胆怯的小马，躲得远远的，唯一的回应就是："这事就是一团乱麻，我不会帮你把局面搅和得更糟糕。"贝丽尔·桑德斯一直都很高傲。所以找这个拖着巴泽尔·彭莱顿在角落里谈了10多分钟的年轻女人似乎更有希望。

"小姐，我知道你是彭莱顿先生的好朋友。你也知道，我算是个陌生人，所以这种时候不好去麻烦他，虽然他已经帮了大忙了——很大的忙。他和他的家人都意识到，在解开这个谜团的过程中，媒体可以为警察提供有价值的帮助。我相信你能告诉我们一些事……"

"我可以告诉你很多事，"玛米不耐烦地承认，"但你不太可能感兴趣，关于这件事我什么都不能告诉你，所以你最好不要浪费时间了。"

"你和巴泽尔·彭莱顿先生是认识的，对吧？这事对他来说很可怕。"

玛米点点头，稍稍松了口："我和他时常见面。告诉你，我没说他姑妈死于非命对任何人有好处，但这事的确与他无关。他真的是个好人，你可以把这句写进稿子里。连一只苍蝇都舍不得捏死！你自行判断吧，本来就没他什么事儿。你最好去盯着普拉希尔——就是承认在楼梯上看见过老太太的那个年轻人。"

"你也认识普拉希尔，对吗？"

"今天第一次见他。"

"我还以为你就是昨天下午，他带去兜风的那位小姐呢。"

"你这么想？"玛米生气了，"你这话是什么意思？我才不是那种看到路边来了一个年轻小伙子，就随随便便上人家车的人，即便普拉希尔先生很绅士。"

"我明白，"《每日访谈》的记者安抚她道，"作为他家人的朋友，或许你知道昨天和普拉希尔先生出去的人是谁？"

"你最好去问他自己！我就是人太好了才跟你废话这么多。"玛米扬长而去，把郁闷的记者留在原地。

此时，凯尔德督察派手下的警员四处去收集线索，好让他能找到格里的踪迹，或者至少能了解到他的目的地和意图。这位督察马不停蹄地把格里的详细特征分发给西海岸所有港口的驻守警员，下令说只要见到类似这种长相的准备出海的人，一律扣留。他还想到找英国广播公司播报格里的特征，并向他喊话"和警方沟通"才是明智之举，但最终决定将这一步推迟到下午。

格里从验尸审理的法庭上突然意外消失之前，凯尔德督察一直都没怎么注意过他。他所阐述的在周五早上与彭莱顿女士的相遇过程似乎没有破绽，也没有前后矛盾的地方，尽管督察想过，这可能是格里在玩大胆的犯罪游戏，故意这么说来扰乱视线，还派了一个人去盯着格里，并私下进行了一些调查，但他并未过多地思考这个可能性。那个人报告说，没有任何迹象表明格里有机会拿到那条狗链；没有证据表明他缺钱，或者通过任何渠道得知彭莱顿女士在周五早上约了牙医。他和那位老太太更是无冤无仇。当然了，他和贝丽尔·桑德斯订婚了，桑德斯有可能继承彭莱顿女士的遗产。而且目前看来，她继承这笔遗产的可能性还很大，除非那份在周三立下的遗嘱被老太太本人或其他人给撕毁了。督察刚开始认为是巴泽尔发现并毁掉的，但他担心永远都找不到证据。格里谋杀彭莱顿女士的动机是想通过他和贝丽尔的婚姻间接获得她的钱财，这一说法似乎有些牵强，尤其是在没有证据证明他知道她在周三那天写了一份遗嘱，以及具体内容是什么的情况下。

格里的突然离去引起了凯尔德督察的警觉和怀疑。他冲那个本应该监视格里的人大发雷霆，发泄一通过后，他的焦虑减轻了几分。在过去两天里，格里的行为举止明显很正常，而且他也很配合，要求提供什么信息他都照说不误，他的警惕性因此大大降低。督察心想，如果他们让真正的罪犯这样将他们玩弄于股掌之间，他的职业生涯就毁了。但是那天上午，在警察进行了一番地毯式的搜索后，没有迹象表明格里有做过任何逃亡的准备，没有给自己准备一大笔现金，没有带行李，连护照都没办。关于他失踪的唯一线索就是有敏锐观察力的米格斯小姐提供的情报，她说，星期天下午，他开车载着一位穿着面料粗糙，造型文艺的衣服的中年妇女出现在北环路上，然后还停车，在笔记本上记了什么东西。进一步的调查发现，黛摩尔夫人不在弗兰普敦。周一一早她就动身去了一个未知的地方，只背了一个皮质背包，里面装着待几天会用到的物品。黛摩尔夫人的特征描述也被发放了下去，和格里的一起。

督察糊涂了。这次突然的逃跑是因为害怕吗？如果真是这样，到底发生了什么事让他这样惊慌失措呢？还是事先计划好了，小心翼翼地将钱以别的名字存入其他地方的银行，需要的物资也已经存放好了，然后在途中取走？那样的话，谋杀的动机是什么？珍珠！彭莱顿女士有一条珍珠项链，到目前为止还没能在她的遗物中找到，虽然大家都以为它会在某个意想不到的地方被发现。可是要么彭莱顿一家受到了欺骗，要么他们欺骗了督察，不知道它的真实价值，否则这条只值50～100英镑的珍珠项链，怎么着也不足以构成杀人动机吧？这条珍珠项链根本没有大家想象的那么值钱，格里也应该清楚这一点。

假设真的是因为珍珠项链，凯尔德督察开始推测格里是凶手的合理性。楼梯上的脚印似乎属于一个穿着一双尖头鞋的身材矮小之人，不是格里，或许是个女人。黛摩尔夫人和格里的失踪绝对有关系，那个脚印有可能是她的，而且她住在弗兰普敦，有条件帮他取走狗链。周日下午，一位名叫琼斯的男子向警方报告称，周五上午9:25左右，他在贝尔塞斯公园站看到了一个瘦削的男人，中等个子，身穿深色大衣，头戴圆顶礼帽，"偷偷地"从与楼梯底部相连接的通道离开了。督察立刻安排了一次列队认人，满怀信心地希望琼斯能认出巴泽尔，但结果却让他失望了。琼斯的描述很模糊，他没有看到那人的脸，但他声称只要能再次看到他的背影，肯定能在两秒钟内认出他来。督察没有想过那个"偷偷摸摸"的人会是格里，他身高一米八，肩宽，穿了一件浅色大衣，据他们的人观察，他没有深色大衣。

巴泽尔更符合描述，他有时候走路会无精打采的，看在琼斯眼里，可能就成了"偷偷摸摸"，而且他肯定是在周五早上戴着圆顶礼帽从塔维斯托克广场出发的，因而当时督察觉得琼斯就是个捣乱的傻瓜。可现在他开始怀疑，琼斯有没有可能看见的是格里。如果真是这样，那格里一定在楼梯上待了十几分钟——他是怎么磨蹭那么久的？凯尔德督察觉得这个问题的答案就是整个谜团的答案。周五早上格里是几点到的办公室，督察在脑中回想，但并没有得到一个明确的时间，而鲍勃·瑟洛当时害怕极了，加上担心真相会对他不利，脑子肯定不太清醒，所以他所提供的和格里交谈的时间很可能有偏差。

督察查了查黛摩尔夫人周五早上的不在场证明，她独自一人在弗兰普敦的吸烟室里进行"文学创作"，但没人仔细调查过。督察认为只要琼斯能指认格里，整件事就能合理串联起来了。但现在要去哪儿找到格里呢？

第十七章

发 现

那个阴冷潮湿的星期一是贝丽尔一生中最倒霉的一天。警察让她不得安宁。显然,他们对于格里毫无缘由的失踪十分紧张。警察检查了他的房间,询问了他的房东,是贝丽尔亲自打的电话,怀着一丝渺茫的希望他会在那里留下更确切的信息。贝丽尔的心情由烦恼变成愤怒,最后转为沮丧。难道他真的打算借机逃跑,再也不回来了吗?她气愤地打消这个念头,却又禁不住一次又一次地想起。她想起了星期天早上她和格里在弗兰普敦听到的,关于还有另一份遗嘱的说法。如果真有的话,很可能对贝丽尔有利。警察当然不会放过任何一个可能。他们会认为,尤菲米娅的钱将由贝丽尔继承,而这就为格里提供了动机去……贝丽尔拒绝说出那个罪名,就算只是自言自语也不行。

这种想法自然荒谬至极。贝丽尔自己的经济条件并不差，格里的股票也涨势良好。至少他看上去过得很好——他从不缺钱，也不像巴泽尔那样经常担心交不上房租。但确实也听说过有人表面上看着很富裕，突然就破产了。但不可能，格里又不是好赌。而且他们讨论了很多次结婚的相关事宜，甚至已经开始找房子，计划蜜月旅行了。很难想象格里一直在欺骗她，很难想象他其实非常需要钱，以至于到了……她拒绝用语言将这种可能性表达出来，即便只是在心里想一想也不行。

她真希望能把自己和凯尔德督察的谈话写到那份可能存在的遗嘱上，并且明确表示，即使这份遗嘱剥夺了巴泽尔的继承权，受益人是她，也依然不成立，最后还是巴泽尔的。全家人早就默认了这笔钱会在他姑妈去世后归他所有。

因此整整一天下来，贝丽尔都在胡思乱想，自我折磨，为了抑制自己的情绪，她不停地和家人说话，而且说话方式和她平时宠辱不惊的状态截然不同——她的冷静有时会被人恶意地描述为冷漠。桑德斯夫人注意到贝丽尔口不择言，惹恼了她的詹姆斯舅舅，这让她有些恼火。

詹姆斯·彭莱顿不喜欢离开家。他的生活习惯几乎和斯洛科姆先生一样规律，坐在陌生的皮质扶手椅上，睡在不是自己的房间里就会很不开心，因为要是在自己家里，他就能找到他想要的任何东西。他急于将事情解决，好早日回到约克郡去。尤菲米娅这事让人头疼，但就算他们待在这里也无济于事，所以最好低调地将葬礼办了，悄悄地回家去。

彭莱顿太太本想在汉普斯特德多待几天。但现下要说服詹姆斯留下不太现实，而且出门在外既劳累又费钱。当然了，现在也的确不是购物观光的好时机，然而还只住了两天就要回家，未免太可惜了，毕竟来一趟伦敦不容易。苏珊·彭莱顿是不会在这样一个被悲伤笼罩的时期毫无感情地把这番心事说出来的，要是把这种想法印在纸上，她自己瞧见了也会大吃一惊。但是虽然尤菲米娅·彭莱顿是她的大姑子，可实际上和陌生人并没有什么两样，她们连面都很少见，这似乎是上天的安排。苏珊一直觉得如果两家就挨在一起，她会很难和尤菲米娅亲近，但隔得老远，保持普通的姐妹情谊倒是有可能。

至于巴泽尔，他在审讯结束之后就赶来和其他家人会合了，一整天都处于摇摆不定的状态，觉得应该处理一下珍珠项链，但又不知道应该做什么或者能做什么。

因此，苏珊和詹姆斯·彭莱顿，巴泽尔，贝丽尔和她母亲各自怀着不满、愤怒和不快的心情，挤在一辆租来的车里，跟在尤菲米娅的灵车后面，开上被大雨冲刷的斜坡，向海格特公墓驶去。众人都为这一天里所发生的恼人事情感到身心疲倦，而因为格里，审讯和葬礼上的气氛更为压抑，让贝丽尔焦虑不安，她已经精疲力竭了。但是到了晚上，她的詹姆斯舅舅要她陪自己去弗兰普敦处理尤菲米娅的遗物，她心想就算那差事再无聊，也比在家里焦躁不安的气氛中干坐着为格里担心要好。于是他们开着阿尔维斯上了山，直到他们动身离开，巴泽尔也没想好该怎么跟贝丽尔说珍珠项链的事。

"在我们走之前，你的未婚夫还会来吗？"驱车上山时，詹姆斯舅舅问贝丽尔道。

"我说过了，舅舅，我不知道。"贝丽尔不耐烦地回答。

"看来手头有不少秘密差事。"詹姆斯舅舅咕哝着说。

"大家都很难过。"贝丽尔回答得很快，但和没说一样。

凯尔德督察和彭莱顿女士的律师斯托金斯先生在弗兰普敦等着他们，人到之后立马去了彭莱顿女士的房间，已经有警探把门打开了。

斯托金斯先生带来了一张列了彭莱顿女士的贵重物品的清单，在他们开始检查前，彭莱顿先生递给他一包用橡皮筋捆扎得整整齐齐的信件。斯托金斯先生是个胖胖的小个子男人，秃头，眼神忧郁，他不解地看着彭莱顿先生。

"这些是我姐姐的一部分信件，是这几年写的，我一直保存着，因为内容涉及她的投资。或许对你们有所帮助，我相信她在这方面还是很有条理的。可能凯尔德督察想看看，不过我估计里面找不到什么线索。里面写的是我姐姐的一个朋友时不时给她提的投资建议，但她并没有付诸行动。"

凯尔德督察从斯托金斯先生手里接过纸包："这个案子的麻烦之处在于，线索太多，而且全都指向不同的方向，"他抱怨道，"不过，彭莱顿先生，我并不是说我们会放弃追踪罪犯。我想我有必要看看这些信。"

凯尔德督察想，作为贝丽尔的舅舅，这个罪犯可能是他并不想看到的人，他庆幸这位老人家会在12个小时后安全到家。他在壁炉旁的一把藤椅上坐下，开始看信。其他人正有条不紊地检查彭莱顿女士的珠宝箱和衣柜的抽屉。

"彭莱顿先生，你认识这些信中提到的这位先生吗？他似乎很急着给彭莱顿女士提供投资建议。他也住在这所酒店，叫斯洛科姆。"

"我从来没有见过他，而且他那些秘密建议，我姐姐说得也不是很清楚，没人知道到底是怎么一回事。她选择的投资向来稳健保险，所以我劝她不要乱花钱。她自己也对高风险的投资没什么兴趣，不会有赌一把、大赚一笔的想法。"

"我到时候会把这些还给你的，斯托金斯先生。"督察把它们放进了皮包里。

彭莱顿女士的贵重物品基本都清点完毕了，可是没有珍珠项链的踪影。贝丽尔很担心，她觉得不可能在这个房间里找到，但又有一个大胆的想法，巴泽尔可能就是放回这里来了。她打开一个看似有可能找到这类饰物的小盒子。里面是空的，除了一团粘在盖子上的棉絮。贝丽尔把它扯掉，一张折好的纸条飘了出来，有一部分露了出来，所以贝丽尔看到了上面有她姨妈的亲笔字迹。"巴泽尔"三个字首先映入眼帘。她竭力不让自己发出声音，一边装作在翻看另一个盒子，一边偷偷地瞄上面写了什么。凯尔德督察就在她身后，她不敢回头，也不敢捡起那张纸放回盒子里或者塞进口袋。她又拿起一个盒子，压在那张纸上，但没有完全盖住。

"我可以进来吗？"巴泽尔的声音传来，她转身看见他站在门口。他母亲想要确认他没有结交"不受欢迎的朋友"，经过半小时的斗智斗勇，他赶紧从贝弗利山庄逃到弗兰普敦，以寻求片刻的安宁。

凯尔德督察不紧不慢地朝贝丽尔旁边的衣柜走去，她无可奈何地看着他将手伸向她刚放下的皮盒子。

"不好意思，桑德斯小姐，你没有漏掉什么东西吗？"他拿起那张纸，贝丽尔屏住呼吸，满眼哀求地看着巴泽尔。凯尔德督察饶有兴趣地看了看纸条，然后也朝巴泽尔望去。

"你来得正是时候，彭莱顿先生。你能解释一下这个吗？"他将纸条递给巴泽尔，后者疑惑地接过。

"读出来，"凯尔德督察命令道，巴泽尔拿着纸条站在那里，瞪大眼睛看着众人。他们都觉得这是一个重要时刻，尽管说的都是些稀松平常的话。

"哦！就是尤菲米娅姑妈的一张便条而已。她经常写这样的小纸条，将其称为备忘录，把要做的事情有条理地记下来。但对现在的状况没什么帮助对吧？"他不安地环顾四周，只看向自己的亲人，避开了督察冷冰冰的目光，后者严厉地说：

"纸条上说，大约三周前，将这条珍珠项链交给了你，让你去换线。"

"没错。上周三我已经还给尤菲米娅姑妈了，我来这儿和她喝茶的时候。我不知道她为什么不把项链放回去，撕掉那张纸条，不过我觉得她应该是将项链藏到别的地方去了。"

"很有可能，"贝丽尔迅速帮腔道，"她经常干这种事。"

"巴泽尔，这是怎么回事？"他的父亲厉声问道，"以前怎么没听你提起过？"

"纸条吗？我不知道啊。"

"别想糊弄我们，小子！你知道我们一直在猜测珍珠项链的下落。你为什么不告诉我们上周三之前，项链都在你手上呢？"

"我没说吗？我的意思是，我以为这个不重要，"巴泽尔赶忙掩饰道，"我还以为你们都知道。我把项链还给了她，就算它不见了，也是在那儿之后不见的，所以我说不说似乎没什么区别？"

一阵尴尬的沉默后，詹姆斯舅舅突然说道："星期三？就在那天，那个年轻人瑟洛在你离开后见到了你姑妈，据他和跟他在一起的年轻女人说，看到了一份遗嘱。"

"告诉你们，"巴泽尔说道，"尤菲米娅姑妈不希望那两个人进来看到珍珠项链，所以她把项链藏在楼下了——就在客厅里，她平时坐的地方。我们去那儿看看吧！"

"难道……"他父亲问道，"她会把项链留在那儿一整夜，到第二天晚上都不拿回来？"

"或许吧。"贝丽尔急忙插嘴道，"尤菲米娅姨妈的记性不太好了，如果她真的写了遗嘱，可能就把其他事抛诸脑后了。我们最好还是先去看看，你觉得呢，凯尔德督察？"

"没错。"督察冷酷地表示同意。

贝丽尔在前面带路。客厅里只有布兰德先生在，督察轻声请他出去。他在腋下夹了几张散乱的报纸,拖着步子走了出去。他们都茫然地环顾四周。

"那就是她常坐的椅子,"巴泽尔指着斯洛科姆先生从周五起就一直占据的位置说,"找找缝隙里面有没有,人们通常都会将东西藏在那里。"

"那估计就在那儿了!"贝丽尔附和道。

凯尔德督察用怀疑的目光迅速扫了她一眼。他小心翼翼地走近那把椅子,仿佛那是一只脾气古怪的动物。他将一只手从椅子的一边——坐在椅子上的人的右侧——伸进扶手和座位之间。他摇了摇头,又摸向另一边。他的手再次举起来,多了一个长方形的浅黄色信封。

"那不是珍珠项链。"巴泽尔脱口而出,惊慌失措。

"没错!"凯尔德督察打开信封后说。

"估计是失踪的遗嘱。"斯托金斯先生猜测,看上去十分忧郁。

詹姆斯·彭莱顿走上前去,伸出手,但督察并未理睬,而是小心翼翼地将信封放在壁炉架上,又在椅子的一侧探了探。所有人都盯着他,张大嘴巴等待着结果。传来一阵轻微的沙沙声,他掏出一个小纸包。

"对了!"贝丽尔和巴泽尔异口同声地叫道。

"这个看起来像多了,"巴泽尔补充道,"就是像这样包起来的。"

凯尔德督察坐在沙发上,小心地拆开纸包。里面躺着一条光泽夺目的精致项链。

"这店家包得也太随意了吧。"他说。

"是尤菲米娅姑妈拆开来看过又包起来的。"巴泽尔急忙解释道。他现在很好奇,有没有人能通过肉眼仔细观察——就像凯尔德督察现在做的那样——来判断珍珠项链是否在近期换过线。

"她打算把项链送给贝丽尔,作为结婚礼物,"他补充道,"所以她才想要换线。"

"你姐姐是左撇子吗?"凯尔德督察问彭莱顿先生。

"不是。"老人回答道,他被刚才那几分钟里发生的令人吃惊的事情弄得晕头转向,还无法理解这个问题的意义。

督察又把珍珠包了起来,塞进口袋里。所有人都注意到了他的动作,但没人打算开口。他从壁炉架上取下那个长长的信封,抓住它的一角:"我觉得我们最好看看这个,斯托金斯先生?如果你不反对的话,我就打开了。"

他先是仔细地检查了一遍,然后用小刀划开一道整齐的口子,捏住信纸边缘将其抽出。他将信递给了斯托金斯先生,后者同样小心翼翼地接了过来。

"没错,没错,"斯托金斯先生语调悲伤地嘟囔,"彭莱顿女士的遗嘱日期是3月14日星期三,也就是上个星期三，由罗伯特·瑟洛和埃莉诺·福斯特见证。我认为毫无疑问，这份遗嘱将取代今天下午宣读的那份。也许我还是念出来比较好，彭莱顿先生？"

"当然了，念吧。"詹姆斯·彭莱顿果断地说。

这份遗嘱将遗产分成了很多份，留给塔比的钱和之前没有变化。"一串珍珠项链，以前是我母亲的财产，在立此遗嘱的时候在我的侄子巴泽尔·彭莱顿手上，他会在给项链换完线后立马还给我，这串珍珠项链将遗赠给我的外甥女贝丽尔·桑德斯。我把5000英镑遗赠给约瑟夫·斯洛科姆先生，以答谢他一贯的仁慈和有益的忠告。我的侄子巴泽尔·彭莱顿让我极为不悦，除了他祖父的金表，我什么也不会留给他。剩余的财产交给我的外甥女贝丽尔·桑德斯。"

"不规范，太不规范了，"斯托金斯先生读完后低声说，"应该由一名律师起草才是——但这份应该也算数。"

没人注意他。他们听到斯洛科姆先生的名字都吓了一跳。巴泽尔吃了一惊，立刻意识到了里面提到珍珠项链的那一句的含义。巴泽尔本应该在立遗嘱之前把项链还给他姑妈的。不过巴泽尔此时更感兴趣的是从外面大厅传来的说话声和脚步声，甚至压过了他被剥夺继承权这个可怕的事实。

"稍等一下，"他低声道，"我想和贝蒂说话。"

他没有注意督察悄悄跟着他走到门口。

贝蒂在经过大厅时停了下来，想对正在摆放餐桌、做餐前准备的奈莉说些什么，她脸色苍白，黑眼圈都冒出来了。但她对着巴泽尔笑了。

"今天过得不开心是吗？可怜的老伙计！我头疼得厉害，所以早点回来了。怎么了？"

"没事！他们找到了珍珠项链——在椅子缝里！"他小声告诉她。贝蒂一点都不惊讶。"还有尤菲米娅姑妈的遗嘱，"巴泽尔继续道，"在同一个地方找到的——我被剥夺了继承权！"

"也在椅子缝里？！"贝蒂倒吸一口气，"但这不可能——我是说它不会……"

"事实胜于雄辩。"

"那只能是在那之后放进去的！"

她朝巴泽尔走去，在对着客厅门口的位置停下。有什么东西吸引她往那个方向望去，她看见凯尔德督察站在门口，怀疑地盯着她。她抓住巴泽尔的手。她到底有没有把事情搞砸？

凯尔德督察走上前来："巴泽尔·彭莱顿先生，我想我得请你去局里聊一聊，有些问题需要说清楚。沃森小姐应该也能提供一些信息？"

贝丽尔从客厅里走出来，后面跟着詹姆斯舅舅和斯托金斯先生。泪水在她眼眶里打转,她拼命眨眼睛,不希望别人看见。

"我先把舅舅送回家去?"她不确定地对凯尔德督察说,声音里带着疑问。他点点头,于是他们便出去了。詹姆斯·彭莱顿看上去有些茫然。他渐渐明白过来,尤菲米娅在遗嘱里提到的关于珍珠项链的话究竟是什么意思,但他无法解释清楚。他感觉自己年纪又大又派不上用场,只想赶紧离开这个奇怪的房子。

凯尔德督察示意巴泽尔和贝蒂到客厅里去,他跟在后面,小心地把门关上。他们并排坐在沙发上,他则坐在刚刚泄密的椅子上面向他们。贝蒂坐直了身子,看上去很坚定。

"如你所知,沃森小姐,我刚才听到了你在门外说的话。'那只能是在那之后放进去的',我想你应该有话要说。你可能知道,我们的调查因为有人瞒而不报而迟迟没有进展。你还有什么想告诉我的吗?"

贝蒂恢复了镇静。她皱起眉头,无辜地看着他:"我没有什么特别的意思,只是说彭莱顿女士肯定是在周三下午和巴泽尔喝过茶,拿回珍珠项链之后,才塞进椅子一侧的,而奈莉和鲍勃是遗嘱的见证人,那遗嘱自然就是在那之后放进去的了。这事大家都知道,很明显不是吗?"

"明白了,"凯尔德督察慢慢点头道,"而且你事先知道项链在彭莱顿先生那里，也知道他还给他姑妈了。过一会儿可能得麻烦你做一份笔录，大约一个小时之后，我来这里找你可以吗？"

"当然，我今晚不出去。现在你还有什么想知道的吗？"

"这得看你了。"

门被轻轻地打开了，斯洛科姆先生走了进来，现在已经6:30了，他通常都会在这个时候回到弗兰普敦。

"凯尔德督察！真巧！"他亲切地叫道，"我刚好在想该怎么跟你汇报。有一些信息可能对你有用，但不知道是不是和这事有关。能占用你一点时间吗？不是什么机密。"他瞥了贝蒂和巴泽尔一眼，补充道。

凯尔德督察似乎叹了口气，但他站了起来，走到角落里的布兰德先生的专用桌子旁。斯洛科姆先生也走了过去。

"你也许还记得，周五晚上你找我谈话的时候，我告诉过你，我觉得把彭莱顿女士勒死的那条狗链，在周四晚上，年轻人瑟洛来过之后，就不在它平时存放的位置上了。"

督察点点头。

"我现在确定它当时不在那里。因为我记起一件小事，让我不再怀疑，所以想着得赶紧告诉你。周四晚上，我正好要写一封很重要的信给朋友——关于生意上的事——于是我去了吸烟室……"

督察再次点点头,已经有了不耐烦的迹象。

"写完出去的时候大概10点钟,我突然想,那天晚上有人带彭莱顿女士的小狗出去散步吗?因为到了冬天,彭莱顿女士不太愿意在大晚上的时候出门,这里的房客都习以为常了,而且我们是一个友爱的大家庭,督察,所以大家会在它睡觉之前轮流带它出去散散步。因此,我经过大厅时,特意看了一眼伞架。通常只要看狗链在不在,就知道那小家伙在哪里了。"

斯洛科姆先生用探寻的目光望着督察,以确保他有听进去来龙去脉。

"那你看到……"督察问道,显然很感兴趣的样子。

"它不在那儿。"

"那斯洛科姆先生,你有问过别人,是谁把狗和狗链带走了吗?"

"我没问。我以为是有人用狗链拴着小狗出去了,所以直接上楼去睡觉了。"

斯洛科姆先生知道,督察询问了弗兰普敦的每一个人他们在那天晚上的去向,还有是否见过或接触那条狗链,而大家都知道那晚没人带小狗出门,因为下过雨到处都是湿漉漉的。塔比只能在后花园里自娱自乐。

"你没出去寄信吗?"凯尔德督察问。

"没有。虽说很重要,但也没有那么紧急,所以我打算第二天一早出门晨练的时候再寄出去。"

"斯洛科姆先生,你一定知道,奈莉·福斯特小姐很肯定地说过,那天晚上她上床睡觉的时候,那条狗链还在伞架上,当时刚过10点。"

"我听说了,督察,"斯洛科姆先生爽快地承认道,"但她那样说很可能是出于某种动机……"

"好了,斯洛科姆先生,我觉得你大可放心,我们能判断每位证人的可信度。"督察简略地说。

"那是自然。"斯洛科姆先生没有反驳。

"星期五的时候,你不确定有没有看到过那条狗链是吗?"

"我想那天晚上你来问过话后,大家都有点心烦意乱,督察,"斯洛科姆先生温和地说道,"本来那件小事被我完全忘记了,不是我自夸,其实通常我的记性还是不错的。我今天收到朋友的回信,看到他在信里提起我写信那天的日期,才又想起来。就像你们警察平时习惯了顺着思路往下想那样,我突然想起,给朋友写信的那天恰好是谋杀案发生的前一天。我回想起我们那时的生活是多么的平静,我还记得自己拿着信离开吸烟室的场景,记得想起彭莱顿女士的狗然后找它的狗链的场景,真的可以用戏剧化来形容了。"

  那边对话还在继续,贝蒂和巴泽尔并排坐在沙发上,生怕说出彼此都想问的问题,一个字都不敢说,怕引起督察的注意。贝蒂猜想到巴泽尔肯定把事情搞砸了,到了难以收拾的地步,她在大厅里向巴泽尔解释的那番话也没起到什么作用。她鼓起勇气,用轻到几乎听不见的声音说:"你必须说实话——全部。"巴泽尔没有表态,甚至连头都没点。他们手牵着手,沉默地坐在那里,直到凯尔德督察要带巴泽尔去警局。

第十八章

考文垂的蛛丝马迹

细雨蒙蒙的周一，下午1:07，黛摩尔夫人在考文垂的站台上等着格里。她蓬头垢面，穿了一件粗糙的棕色外套，衣摆长到垂至脚踝处，一顶廉价的棕色帽子盖住了乱糟糟的头发。她透过夹鼻眼镜看着下车的旅客，兴奋地挥舞着她的皮质背包，冲格里打招呼。

"你来了，我真的很高兴，"他们随着人流往车站外走去，她说，"我好怕你被留下来接受审讯，光是想想……结果怎么样？"

"就像我们想的那样，"格里气喘吁吁地说。黛摩尔夫人从人群中挤了过去，丝毫不理会其他旅客的反应，周围的人敢怒不敢言地给她让路。格里只好跟着左躲右闪，不断抬帽致歉。"我说，"他喘着气，"叫辆出租车先去吃顿午饭怎么样？这里一定有不错的餐馆……"

"我看到一间感觉很不错的茶室。"黛摩尔夫人挑剔地说。

格里无奈地冲向一辆等在那里的出租车,猛地打开车门,把黛摩尔夫人推了进去,着急地对司机说:"去一家好餐馆。"随后也上了车。

"其实这是不必要的开支,"黛摩尔夫人嘟囔着表示抗议,"在雨中轻快地走一走,能让你的身体恢复活力,大脑清醒如初。"

"车钱我付,行了吧。"格里坚定地说。

"当然不行!"黛摩尔夫人澄清道,"我最反对非得男人请客的那套惯例了……"

"但是你看,我容易胸闷气短,"格里急忙找补道,"消化系统也不太好,受不了这些便宜的咖啡馆。而且你身上一定都打湿了吧。"

"我不要紧,"黛摩尔夫人语气轻松地向他保证,"我的衣服都是纯羊毛面料,纯手工制作的,没有任何破坏性的机器加工过程。这种面料保留了绵羊的天然油脂,不沾水。至于我的脸,我从来不用化妆品,你看……"

格里偷偷地闻了闻。他开始还奇怪为什么考文垂的空气中弥漫着一股农场的味道,现在他怀疑那是绵羊的天然油脂的气味。

吃午饭时,格里将审讯过程一一讲给黛摩尔夫人听,满足了她的好奇心。法庭上出示了证明身份和发现尸体的证据。医学证据表明，彭莱顿女士是被站在她身后的人给勒死的，他熟练地用狗链绕过老太太的脖子然后收紧，加上她向前倒下楼梯，身体的重量正好给凶手帮了忙。法庭没有要求巴泽尔站上证人席，也只是让格里简短描述了一下他在楼梯上偶遇老太太的详细经过。

"他们似乎对我一点都不在意，"格里向黛摩尔夫人保证说，他对自己的失踪所引起的混乱场面还一无所知，"陪审团里有位老太太狠狠地瞪了我一眼，但警察好像对我不太感兴趣。不过，倒是发生了一件怪事。星期六警察去了我家，要看我的鞋子，但看完之后便没了兴趣。不会还留下了脚印吧？"

"血迹？"黛摩尔夫人若有所思地说，"应该不会。真后悔错过了审讯。"

"很残忍的！贝丽尔非常伤心，我很高兴能有借口把她带走。"

他想贝丽尔了，伤心又焦急，和一个穿着奇怪的强势女人进行奇妙的探险完全不能激起他的热情。他忘了问黛摩尔夫人在警察问话时都说了些什么，但她在打听到审讯的全部过程之后，就主动地将她所知道的部分都说了出来。她发现那位房东科平太太已经去世了，但是她找到了一个以前的邻居，那邻居把房东太太的女儿的地址给了她。

她快速翻阅了一下笔记本："在这儿，莫德·伯特尔夫人，住在戈迪瓦别墅区8号，也可能是18号，到时候问一下就好了，街坊都知道。"

"戈迪瓦别墅区？！"格里笑着哼了一声，"那他们肯定不会欢迎你吧，黛摩尔夫人？"

"毕竟我们现在在考文垂，"她厉声说，"我对莫德·伯特尔夫人寄予厚望。他们过去住的那条街和我想象的一样——单调、死气沉沉、脏乱，犯罪的幼苗不受抑制地在这种地方萌芽生长。"黛摩尔夫人甚至舔了舔嘴唇，可见她有多喜欢。

"那我们现在应该去见见莫德太太？"格里急忙提议道。

外面下起了倾盆大雨，他们冒雨出发，格里还没来得及让行李员叫辆出租车，黛摩尔夫人就已经飞奔出去了。

"回去之后，我感觉应该尝试着写一本犯罪小说，"黛摩尔夫人羞涩地想，"当然，要从心理学的角度来剖析，而不是像大多数犯罪小说家那样仅仅浮于表面。"

格里吃过午饭后本来兴致高了不少，可现在冰冷的雨水顺着领口流进衣服里，又让他郁闷起来。黛摩尔夫人在绵羊的天然油脂的保护下，安然地大步向前走去。

"走到大概第三个路口再向左拐，"她语速缓慢，努力回想一些方位，"约翰逊街——还是汤普森街？"她摇摇晃晃地单脚站立在人潮拥挤的人行道中间，边把背包顶在抬起的膝盖上边抽出笔记本，道上行人打着伞，遮挡住视线，只顾着往前冲。"没错，约翰逊街，往右是费尔维尤排屋，往左是戈迪瓦别墅区。"

"给我吧！"格里伸出一只手去拿笔记本，赶紧在黛摩尔夫人把包里的东西倒在潮湿的人行道地面上之前结束她的单脚站立姿势，省得自己还得手忙脚乱地去捡资料，化妆盒——不对，她不用化妆品的，这算好事还是坏事？——可能还有她的睡衣，天知道泥泞不堪的路面和行人的脚下还有些什么东西。

所幸，她把笔记本交给他保管了。

"到了那儿，我们怎么跟莫德太太说？我的意思是，介绍我们是谁？"格里问。

"得看她属于哪种类型了，但我早就习惯和不同的人打交道了。"黛摩尔得意地安慰他道。

"那她一定能和黛摩尔聊得很投机。"格里心里想。

戈迪瓦别墅区坐落在市郊，是一排维多利亚风格的房子，肝红色的砖墙，蓝色石板瓦屋顶。地址模糊不清——不知道是8号还是18号，说不定是78号或108号呢，格里想——让他更加讨厌街道两旁无穷无尽的山墙房屋，随着距离的拉长，景象逐渐缩小，最终交汇成模糊的一点。他再一次诅咒自己的愚蠢，正是这种愚蠢促使他跟着黛摩尔夫人来到考文垂，原本以为会是一趟欢乐的旅程，现在他只觉得自己像个傻瓜。

戈迪瓦别墅区的8号房子的凸窗上挂着一张脏兮兮的大卡片，卡在窗户和劣质的蕾丝窗帘中间，上面直截了当地写着俩字："公寓"。

"应该就是这儿了，"黛摩尔夫人兴奋地说，"听人说伯特尔太太会招一些绅士来住，为他们提供生活服务。"

一个50岁左右的小个子女人来开了门，一双闪烁的小眼睛，鼻子又尖又挺，嘴型宽大，上嘴唇尤其长，长得像蜥蜴。这位就是莫德·伯特尔太太本人。黛摩尔夫人出示了她的名片，伯特尔太太仔细地看了一遍正面，又翻过来，好像想在背面找一些真正有意思的东西，但呈现在眼前的只有一片空白，她失望地把名片还回去，探寻的目光在黛摩尔夫人和格里之间来回移动。

"我相信你能帮我一个大忙，伯特尔太太，"黛摩尔夫人开口道，"只要你告诉我很久以前在考文垂发生的一件事的经过，你应该知道的。是特里格斯小姐让我来的，她是你母亲的朋友对吗？"

"朋友！"伯特尔太太哼了一声，"或许吧。她以前是我们的邻居，我那可怜的母亲总是觉得应该和邻居们和睦相处。"

"我跟特里格斯小姐不太熟,"黛摩尔夫人急忙解释道,"我只是在打听你们的下落的时候才遇见她。我是一名作家,目前正在研究关于残忍和变态行为的实例——当然是指心理方面的研究。我偶然得知了一个很吸引人的案子:有个年轻人勒死了一只狗。从当年的报道来看,他当时住在你母亲家里,我希望你能讲一讲与此案有关的东西。当然,除非你愿意,否则你的名字不会出现在任何我所写的相关文章里。"

伯特尔太太显然被这长篇大论的解释给弄糊涂了,但最后几句她听明白了,于是直接忽略了其他内容。

"我真的不知道。"她斩钉截铁地说。

"那狗被勒死的部分呢?能跟我们讲讲吗?"黛摩尔夫人问。

伯特尔太太想了想。"好吧,"一阵紧张的沉默后,她说,"虽然过去很多年了,但我依然记得,真是个噩梦。你们不进来坐一坐吗?"

"你真是太好了,"黛摩尔夫人热情地说,"我就知道你会帮我们的。"

伯特尔太太领着他们穿过狭窄的门厅来到客厅。闻到客厅里弥漫的气味,格里猜测她为那群绅士做的菜里有腌鱼和洋葱。黛摩尔夫人坐在一张硬沙发的一头,沙发上垫着绿色的毛绒毯子,格里则小心翼翼地坐到一把扶手椅上，扶手上搭着蕾丝花纹的装饰布料。

"我不太清楚你想知道什么，"伯特尔太太开口道，"和虐待动物有关的，是吗？"

"我不否认这个也是我感兴趣的地方。"黛摩尔夫人支支吾吾地说。

"如果我没记错的话，他们当年经过调查后说，这种行为太残忍了。我想说，就算你有权处置一只狗，也不该用如此泯灭人性的方式。"

"正是如此，"黛摩尔夫人表示同意，"我听说是你母亲将他告上法庭的，因为他杀害了一只很名贵的狗？"

"事实就是如此，他还得赔偿买狗的费用，不过，当然了，再多的钱也无法弥补黛朵的死给母亲带来的伤痛。真有意思，你居然今天跑来问我这件事，我还清楚地记得案发当天，雨下得很大，就像今天这样。仿佛回到了过去！那时候我还是个年轻的小女孩呢。"伯特尔太太腼腆地瞥了格里一眼，补充道。

"你还记得那个勒死黛朵的年轻人吗？"黛摩尔夫人同情地问道。

"记忆犹新，"伯特尔太太说着，将黑色碎发捋到脑后的发髻处，"他是个很聪明的年轻人，而我那会儿还小，正是渴望浪漫的年纪，因此心里经常想着他，直到黛朵出事。没想到这么一个谈吐文雅、文静温和的年轻人竟然做出如此残暴的行为,我真的大吃一惊。"

"从那以后他就没再和你在一起了吧?"

"没有了!但他在考文垂待了一段时间才离开,而且在那期间,他四处散播说,他是出于自卫才勒死那只狗的。用心险恶!但有不少人都相信他的话,因为他的嘴特别甜,而且就像我刚才说过的那样,他很温柔,又会装可怜,简直让人难以相信他是坏人。我那可怜的母亲生前受尽了磨难,但直到去世那天,她都从未抱怨过谁。医生一直没办法正确诊断她的病因,我觉得黛朵的死对她造成的精神冲击才是痛苦的根源。"

"很有可能,"黛摩尔夫人赞同道,"精神冲击对身体的影响才刚刚得到它应有的关注。后来你还有听说些什么吗?你刚才说他叫什么来着?"

"他的真名叫乔·斯洛科姆。有件事很有意思,估计你不知道,毕竟你不认识他,也对他的名字不感兴趣,如果你懂我的意思的话——报社将他的名字印成了索卡姆,提交给法院的也是这个名字,所以他是顶着这个名字接受审判的。当然,认识他的人都知道他是谁,但直到报纸刊登出来,我们才发现这个错误。我父亲很是愤慨,他说,'这就是名声坏了的后果,你可能因此被押上法庭'。母亲说,'现在一切都结束了,就这样吧'。于是就这样不了了之了。但我的想法是,要么乔一开始就故意给了一个错误的名字,要么他的确报了真名,但对方弄错了,他知道后也并未纠正。"

"你刚才说他的真名是……"

"斯洛科姆。和那个搞错的名字有点像,但拼写完全不同。而且不光是姓,他的名也不对。我们都叫他乔,作为约瑟夫的简称,但他却在法庭上说自己叫约拿[①]!你听说过这么无厘头的事吗?那天我们从法院回来的时候,我记得很清楚——我有跟你们说过那天的天气怎么样吗?"

"说了,倾盆大雨!"格里忙不迭地插嘴道,早就想说一说这个词了。

黛摩尔夫人严肃地皱了皱眉头,但伯特尔太太似乎很高兴。

"没错,黛摩尔先生……"

"我们只是朋友。"黛摩尔夫人急忙打断她的话。

"没错,就是那样的一天——我说到哪儿了?哦,对了,我们从法院回来的时候,因为赢了官司,我父亲一路上都很开心,不停开着玩笑,他从来都是遵纪守法的好公民,所以这还是他第一次扯上官司。我父亲用诙谐的口吻说,'约拿,约拿,这名字还真适合他。就像是吞下了一条鲸鱼似的'。当然,那只是他开的玩笑,毕竟他对圣经一窍不通。"

[①] 约瑟夫(Joseph),简称乔(Joe),《圣经》中的约拿(Jonah),指带来厄运的人。

"'笑'果不错。"格里特意强调说。

伯特尔太太冲他微笑。"绅士们喜欢幽默的玩笑,"她说,"有位年轻的绅士……"

"你还记得这个年轻人——索卡姆还是斯洛科姆——是怎么勒死那只狗的吗?"黛摩尔夫人打断她的话。

"黛朵是大型犬——那种看家犬,不知道你知不知道。就算到了如今,我还是觉得乔嫉妒那只狗,虽然直到最后他才将自己的情绪通过那种卑鄙的举动表露出来。有一天,我母亲出门了,他把黛朵引诱到他房间里去,房间的窗子下面是一个斜面屋顶——那是洗碗间的屋顶——上面覆盖着瓦楞铁皮。他肯定先把黛朵的项圈取了下来,拿狗链套在它的脖子上,再将它推出窗外,顺势下滑,这样一来狗链瞬间就会收紧,快到来不及发出任何声音。"

"他是怎么处置狗的尸体的?"黛摩尔夫人急切地问道,仿佛期待听到他把尸体抛在了地铁站的楼梯上。

"这就是他最狡猾的地方!他就是这么蛇蝎心肠!他将狗链的一头拴在窗户的钩子上,让现场看起来像是可怜的小家伙自己把自己给勒死了。然后他就出门散步去了,假装无事发生。"

"你们怎么知道是他干的?"黛摩尔夫人问。

"这可以说是天意吧!案发的时候,有个小男孩正在爬篱笆,恰好抬头目睹了整个经过。他当时什么都没说,害怕别人问他爬篱笆要干什么,而且还不是他自己家里的篱笆。但过了一两天,他无意间听到大人们在谈论,可怜的黛朵把自己给勒死在窗外了,他说'不是它自己不小心——是有人故意的'。这话传到了我们的耳朵里——尽管我们难以相信,乔对于黛朵的死也表现得悲痛万分——老天都看不下去了。"

"这对你们一家子来说肯定都是一个很沉重的打击,"黛摩尔夫人说,"你后来再也没听说过那个年轻人的消息了吗?他应该比你年长吧?"

"也大不了几岁。他那时还很年轻,也就二十出头,现在大概能有五十了。说来也巧,我们后来的确听说过一次他的近况。当时我妹妹朵莉和一个叫帕森斯的小伙子在外面散步,他为人正派,虽然可惜两人最后没成。朵莉很会过日子,存了一点积蓄,她在格兰德大酒店当服务生,有时还能收到一点小费,而且她住在自己家,花销并不大。朵莉想把这笔钱存放到安全的地方,帕森斯和乔是同事,告诉她乔知道一个好项目。起初朵莉并不喜欢那个提议,但汤姆·帕森斯说服了她,最后乔拿了钱,让朵莉签了几份文件,这是她最后一次见到那笔钱。"

"你的意思是他把那钱吞了?"格里问。

"我没这么说。他说这全怪运气不好,他自己的积蓄也遇到同样的问题,他也是受害者,或者假装是受害者。

朵莉告诉我，他没有推卸责任，还说她最终能拿回自己的钱，连本带息，可是没有。直到现在我都觉得这就是汤姆·帕森斯和朵莉分手的原因。她没有原谅他，虽然我认为不是那孩子的错，据说他自己的钱也没了。"

"你妹妹起诉斯洛科姆了吗？"黛摩尔夫人问。

"她的确找过律师，但情况有点尴尬，因为朵莉不敢告诉父亲他和乔有来往。她不敢让别人知道，律师说打官司需要花不少钱，还不一定能赢，因为没有证据表明钱进了乔的口袋，尽管我自始至终都认为肯定是他拿了。而且你敢相信吗？仅仅是这么跟她说了几句，那律师就寄了份账单找她收钱。有些人真的不可理喻！"

"他的建议也不值什么钱，"黛摩尔夫人附和道，"这是很久以前的事了吧？"

"就在乔离开我们家后不久。朵莉还听说，他骗了更多人的钱，但没过多久，他就离开了那家公司，去伦敦发展了。朵莉嫁给了弗雷德·史密瑟斯，他是个布料商。父亲对此很满意，他总说，虽然我们家不做生意，但做衣服是绅士干的事情。弗雷德现在在沃里克街开了一家自己的店，生意不错。"

"伯特尔太太，非常感谢你将那件不幸的往事告诉我们。那个叫斯洛科姆的年轻人，他应该不是本地人吧？你知道他是从哪儿来的吗？"

"我不记得了。他自视颇高,但我敢说,他的家庭并不像他表现出来的那样显赫。"

"那这个乔·斯洛科姆长什么样子?我这么问并非纯粹出于好奇,这些细节对于我研究有过这种极端行为的人群至关重要。"

"极端这个词用得好,"伯特尔太太说,"即便是黛朵先挡了他的路——它真的是条好狗,我有跟你们说过吧?而且经过训练,知道去室外大小便——也不是干这种事的正当理由。你刚才问他长什么样,他平时衣冠楚楚的,个子不高,他的脚是我见过最小的。他特别在意自己的外表,总是把自己弄得光鲜亮丽。肤色记不太清了,但印象中,他是个十分英俊的小伙子,只是身体可能有些单薄。在家时的修养也很好,他说话总是斟字酌句,爱说长句,这不是在讽刺他,因为我总觉得长句听起来很文雅。"

"要不要来杯茶?"伯特尔太太提议道。

"我们不应该再麻烦你了。"黛摩尔夫人说,但格里却积极地接受了邀请。他似乎被伯特尔太太的叙述迷住了。

"一点都不麻烦,"伯特尔太太说,"我喜欢边喝茶边聊聊过去的时光。"

大家品着茶,伯特尔太太继续滔滔不绝地回忆她的家庭往事,格里全神贯注地听着,甚至喝了两杯她端上来的略微发紫的混合液体。两位调查人员没能进一步收集到有关乔·斯洛科姆的重要信息,朵莉的资金去向依然成谜,只记得乔当时承诺说"会投入一家公司"。

黛摩尔夫人和格里赶去车站坐5:20的返程火车,一路上格里还沉浸在伯特尔太太的魅力之中。

"我从来不知道世上还有这样的人。她就是宝石——梦幻般的人物!天哪,幸好我来了!"

他的欣喜在到达伦敦后就被彻底浇灭了。

第十九章

阴 谋！

贝丽尔和她的舅舅从弗兰普敦开车回到贝弗利山庄，一路沉默，一到家，他们站在门厅面面相觑，想到詹姆斯的妻子和贝丽尔的母亲还在等着他们，肯定会问很多尴尬的问题。人的性格似乎总是在发生变化，贝丽尔想，詹姆斯舅舅以前总是一副很吓人的样子，现在却成了一个需要人保护的可怜老人，而和蔼可亲的唠叨的苏珊舅妈反而变得让人有些招架不住，不能让她去烦詹姆斯舅舅。

贝丽尔把手搭在舅舅的肩上。

"舅舅，你先去书房待一会儿吧。别担心，等会儿我就去找巴泽尔，看看到底是怎么回事。这事没有看起来那么糟。现在我得去跟妈妈和苏珊舅妈谈谈。"

老人低着头，犹犹豫豫地朝书房走去，贝丽尔深吸一口气。关于那条珍珠项链，巴泽尔能给出一份让人满意的解释吗?

她母亲听到她走进客厅的声响,高兴地抬起头来。

"亲爱的?珍珠项链没丢吧?"

贝丽尔含糊其词地讲述了一遍在弗兰普敦发生的事,试图把她们的注意力集中到在她看来微不足道的细节上。

"真的假的!"她的舅妈叫道,"就藏在椅子里!警察真是没用,那位督察恐怕也是个草包。我希望詹姆斯是去给《泰晤士报》写投稿了。他们应该已经发现了这起凶杀案的罪魁祸首是谁了,而且他们把那个人抓了起来,没有给大家造成不便。"

"巴泽尔在哪儿?"桑德斯夫人问道。

"跟着凯尔德督察去了警察局,把这些乱七八糟的事情理清楚。"

"要是巴泽尔还能把什么事情理清楚,那我可真是太惊喜了,"他的母亲坦白地说,"那小子随我,满脑子主意,一要他做生意就不灵了!彭莱顿家的人可都是出色的商人。多可惜!"

贝丽尔听着舅妈漫无边际地发表她对此事的看法,时而打个岔避免话题往更尴尬的方向跑偏,就这样漫长煎熬的一小时过去了。此时响起电话铃声,她立马飞奔过去,庆幸自己可以暂时逃离,同时期待着新消息的到来。

"贝丽尔,是你吗?"格里的声音传来。

"格里!亲爱的!谢天谢地你回来了!你在哪儿?"

"尤斯顿。抱歉,亲爱的,我回来晚了。一切还好吗?"

"不好!"贝丽尔的声音里透着绝望,"一点都不好,今天真是糟糕透顶的一天,你到底去哪儿了?凯尔德督察在找你。因为你突然不见了,他很不高兴。他心里肯定认定了你打算逃跑。"贝丽尔的声音开始颤抖。知道格里至少安然无恙后,她如释重负,差点哭出来。

"那我最好马上去见他。我想知道……"

"汉普斯特德警察局,巴泽尔也在那里。我们找到了尤菲米娅姨妈的珍珠项链和另一份遗嘱,但珍珠项链的事没那么简单,还有巴泽尔的解释也不能让人信服。处理完了就到这儿来。亲爱的,我很想见你!"

"我是也,"格里急于表明心迹,连语法都错了,"你没事吧?你的声音听起来怪怪的。"

"只是隔着电话的缘故。"贝丽尔低声说。

"我会和黛摩尔夫人一起去汉普斯特德警察局,所以不要担心。"格里继续说道。

"黛摩尔夫人?为什么和她?"

"我晚点跟你解释。总之一切都好!再见,亲爱的。"

此时,巴泽尔和凯尔德督察一起坐出租车从弗兰普敦前往汉普斯特德警察局。途中周遭一片沉寂,督察在心里将整个经过回想了一遍。真是棘手！他想。所有线索都指向不同的方向：胸针、珍珠项链、遗嘱，更不用说巴泽尔和格里的异常举动，以及看似八竿子都打不着的格里和黛摩尔夫人居然一起行动。还有巴泽尔和斯洛科姆先生也是，他手下的侦探报告说他俩秘密交谈过三回，现在斯洛科姆以遗产继承人的身份出现在了新遗嘱里，他是怎么掺和进来的？

督察把不利于巴泽尔的证据在脑子里过了一遍，不得不承认巴泽尔自己的反常举动才是让他惹人怀疑的主要原因。但有一点巴泽尔还不知道，他在发现尸体的地方——贝尔塞斯公园站的旋转楼梯的扶手上留下了指纹。周日晚上督察找巴泽尔谈话的时候，他请他抽烟，指了指桌子上的一个银盒子。巴泽尔伸出手，毫不犹豫地抓住了表面光滑的烟盒。经过一番周折，指纹被辨认出来，和楼梯扶手上某个指纹完全吻合。督察将这一证据暂时保留，想着万一巴泽尔再露出什么马脚，但看着巴泽尔那副正直老实的模样，又觉得说不定是他以前搀扶他姑妈走楼梯时留下的。

那个脚印是警察无意间发现的，但到目前为止还没起到多大作用。鲍勃·瑟洛当时一直在站台上张贴告示，不小心把桶子里的糨糊洒了一些到靠近楼梯底部的一个阴暗的角落里。有人——大概就是凶手——踩到了，留下了一只尖头鞋的脚印，那个男人脚很小，在最下面一阶，鞋头朝上。不是鲍勃的，也不是格里的，有可能是巴泽尔的，但在他的住处并未找到符合条件的鞋。但是他扔过一个圆顶礼帽——他会再扔掉一双鞋吗？有可能是在离开塔维斯托克广场到行完凶后前往戈尔德格林这段时间内扔的，但具体时间不好确定。

可是最新的遗嘱又怎么解释呢？督察想。它剥夺了巴泽尔的继承权，从而也就消除了他的杀人动机。可这似乎无关紧要，因为这笔钱的去向始终不确定，而且有证据表明，他的姑妈在世时经常会给他现金。

他的思绪转向格里。他和贝丽尔订了婚，贝丽尔是新遗嘱指定的继承人。他们无比确定继承人不是贝丽尔就是巴泽尔。一丝灵感从督察混乱的思绪中迸发出来。整件事情就是一个该死的阴谋！他总结道。在椅子里发现的珍珠项链，很可能是贝蒂·沃森放在那儿的，是故意的；周三那天巴泽尔没来得及把它交给姑妈，还有那封信——对了！那封信！——周五早上，巴泽尔收到了姑妈的来信，他从信中得知她和牙医有约，这让他有机会在楼梯上遇见她，并且促使他立即采取了行动。普拉希尔去把真正的珍珠卖了——可是为什么突然选在这个节骨眼儿呢？

不过，一切都渐渐明朗起来。信中还告诉巴泽尔新遗嘱的存在，以及它可能放在什么地方的线索。团伙中有一人打了岔——那个黛摩尔夫人是在这时候参与进来的吗？他们在弗兰普敦还需要一个同谋，因为他们不敢让贝蒂·沃森知道全部。贝蒂能够用她身上特有的人情味影响督察对这件案子的相关人员的客观态度。他情不自禁地对那个可爱的小姑娘产生好感，此时的巴泽尔懒散地坐在后座的另一边，一想到这个可恶的家伙把贝蒂卷进了这桩肮脏的勾当，他就恨不得把他抓起来。她受到指使，把假的珍珠项链塞进椅子缝里——她已经参与其中，并且会一直忠于巴泽尔。正因如此，她才撒谎说周四晚上巴泽尔没有进弗兰普敦。事实上他不但进去了，还拿走了狗链，只是贝蒂没有注意到他后面的动作。她现在可能猜到了，但仍然试图为他辩解。

督察想，在巴泽尔遭到怀疑后，这伙人打算让警察找到最后一份遗嘱，这样就能洗清他的嫌疑。放遗嘱的差事本来应该由那个叫黛摩尔的女人完成，结果没串通好，不知道贝蒂把珍珠项链放到哪里去了，最后撞一块儿了。

督察的心思又转回斯洛科姆先生身上，也许他也是其中一员，心思活络，很有可能是他们的军师。脚印可能是他留下的——可他们为什么要让三个人都去楼梯上呢？除非他们认为人多安全，混乱的线索会让警察束手无策。格里一开始就承认自己走了楼梯，也许是故意扰乱警察视线，他的角色可能是在其他人到来之前和老太太说话，借此拖住她。他大胆地向鲍勃暴露自己，表现得像个无辜之人，好掩护其他人悄悄逃走。斯洛科姆主动提供关于狗链的证据来澄清巴泽尔的嫌疑，还十分急切。督察瞥了一眼他的笔记本。斯洛科姆有时间去贝尔塞斯公园吗？他之前颇为得意地告诉警察，周五早上，他在跟往常一样去汉普斯特德坐9:40的地铁之前，去做了个简单的体检。他的确在那个时候出现在了汉普斯特德站，这一点有认识他的人可以证明。但是9:05～9:30之间他在哪里呢？他的说法是，他走下唐谢尔山，在希思街的街边走了一段距离，但没有人能证实。这似乎合情合理，一个人走在路上，有什么好引起旁人注意的？可要是他根本没去走那段路呢？

贝丽尔·桑德斯也参与了一些，只是可能不多。她很明显地想要掩饰关于珍珠项链的那张纸条，她拒绝说出格里的去向，而且她希望珍珠项链能被找到。这样来看她也有可能牵涉很深，督察想。

至于可怜的鲍勃·瑟洛，他现在正提心吊胆地在监狱里等着，凯尔德督察认为他比任何其他还在逍遥法外的人所犯的罪行都要轻。督察让一些下属密切关注彭莱顿的动向，他们一定觉得他疯了，放着鲍勃这边这么明显的犯罪证据不管，却把时间浪费在寻找其他罪犯上。他见过太多撒谎的罪犯了——狡猾的、愚蠢的或者大胆的谎言；也听过许多无辜之人说的真话——显而易见的、羞于出口的或者难以置信却是事实的真话。他个人深信鲍勃·瑟洛的故事属于后者,但目前的证据不足以说服陪审团同意他的观点。

巴泽尔和督察到达汉普斯特德警察局后,巴泽尔被要求在外部办公区等着,一名警员目不转睛地盯着他,另一个警员则随着督察走进一间内室。

"长官,失物招领处打过电话了,说他们找到了一个圆顶礼帽,与我们的描述相符,是周五早上在艾奇韦尔的地铁上发现的。那趟车会在10:15到达戈尔德格林,是城际列车,长官,不是从沃伦街来的,走的另一条路线。"

"城际列车?我想凶手已经浮出水面了。"凯尔德督察的语气逐渐冷酷起来,"但很难解释他是如何在9:30从沃伦街出发,又搭乘另一条线坐到戈尔德格林的,而且10:15才到,这期间他有充足的时间。有普拉希尔和黛摩尔的消息吗?"

"还没有,长官。"

"真不该让他们溜掉!听着,把这些拿好,"他小心翼翼地把包好的珍珠项链和装了遗嘱的信封拿出来,信封外面又包了一层纸,"交给佩林,让他检测指纹,特别是遗嘱上的指纹。再把珍珠项链拿去检验,看是不是假货。等下,还有另一个家伙的时间。他可能到过那里。派个人做下测试:从弗兰普敦出发,走去汉普斯特德站,坐地铁去贝尔塞斯公园，再走楼梯到发现尸体的地方，在那等个10分钟，然后下楼去站台，坐地铁返回汉普斯特德，到了之后再去上行列车月台等车。他动作要快，但不要快到引人注目的程度。要他仔细计算从弗兰普敦出发到返回汉普斯特德站，登上查令十字站的车的时间。让他一做完测试就马上来这里汇报。现在去叫彭莱顿先生过来。"

第二十章

奈莉听到的动静

巴泽尔和凯尔德督察跟贝丽尔和她舅舅相继离开弗兰普敦后,贝蒂回到自己的房间。她焦虑了整整一天,不知道巴泽尔的事情进展如何,正当她和茜茜有望早点下班的时候,她的老板杰米森先生拿着一篇很长的稿子进来了,说是必须马上打印出来。茜茜知道贝蒂身体不舒服,也希望杰米森先生能考虑让她在复活节之际度过一个长周末①,于是爽快地揽下额外的工作。贝蒂得以早点回去,而奈莉在7:45把贝蒂点的第二道菜送到她房间去时,茜茜还没回来。

贝蒂让她把晚饭送到楼上来,因为她的胃口通常不会受到情绪的影响,她觉得要是头痛了,吃顿饭就会好了。但这次她几乎没怎么动。

---

① 三至四天的周末长假。

"你最喜欢的蜂蜜慕斯,小姐。"奈莉把盘子放下,同情地说。

"奈莉,我一直在想你和你的男友,还有胸针。"

奈莉吃了一惊,脸瞬间红了。

"别紧张,不是坏事,"贝蒂安抚她道,"但有些奇怪的地方还说不通。我不明白为什么那天早上彭莱顿女士会把它带在身上。"

"没想到你会问我这个问题。"奈莉说,"我也觉得很蹊跷,周四晚上我看到胸针在斯洛科姆先生手里,还以为他会留着呢。"

"在斯洛科姆先生手里?为什么?我以为在出事前,他对此一无所知呢。"贝蒂太过惊讶,以至于忘了在和奈莉谈论其他房客时,自己本该特别谨慎才是。

"这事你告诉过其他人吗?"贝蒂问道。

"没有,怎么了,小姐?警察没问这个,而且斯洛科姆先生人很好,我不想把他牵扯进来,再说,我本来就不应该知道的。"

楼下的服务铃响了。"小姐,我得走了……"

"等下记得来收盘子,再帮我泡杯咖啡,要特浓的,谢谢。"

贝蒂默默祈祷凯尔德督察不要在这时候回来找她。没过多久，奈莉就又上来了。

"告诉我为什么胸针会在斯洛科姆先生那里。"贝蒂问道。

奈莉站在那儿，手指缠在一起，双脚来回挪动，很不自在的样子。

"这件事很重要，而且不会让鲍勃的情况变得更糟。"贝蒂催促她道。

"小姐，我知道我不该那么做，但彭莱顿女士把胸针拿走了，还威胁说要告诉警察，所以我想我可以把它拿回来，再让鲍勃还给原来的主人——到那时他会愿意的，这样就能让一切恢复往日的平静了。所以周四晚上，趁她在下楼的时候，我到她房间里瞧了瞧。但那天她想早点上床睡觉，因为第二天要去看牙医——她原本说的11点，但斯洛科姆先生改成了10点。她上来的时候，我正在她的针线盒里翻找，她当时心情不错，说，'孩子，你这样找偷来的珠宝没用的，因为我已经把它交给斯洛科姆先生了，他会好好锁起来的'。小姐，你不会告发我吧？毕丽斯太太会很生气的！"

贝蒂似乎没有注意到奈莉的痛苦。"斯洛科姆先生，"她在想，"如果在他手里的话？"

"可是，奈莉，你并不知道胸针是不是真的在他那里对不对？彭莱顿女士这么说，有可能只是为了防止你再去找它。"

"她知道放在他那里很安全，"奈莉说，"她还会征求他的意见——她自己跟我说的——问她该怎么做之类的。她经常把他挂在嘴边，也会听取他的建议，我们都知道这代表什么不是吗？"

贝蒂开始觉得至少他自己知道那代表什么。

"奈莉，我不知道这事对这个案子究竟有什么影响，不过我觉得你应该告诉警察。我们必须协助他们破案，把我们知道的一切都说出来。"她脸不红心不跳地说出这番话，但希望对方不必听从自己的劝告。或者干脆就让她去说，自己就不用再作任何"解释"了，从而可以松一口气？

"我得下去了，小姐，不然毕丽斯太太要找我了。"奈莉不安地说。

"好，但麻烦等下再来取走咖啡杯，别跟任何人说。"

过了一会儿，奈莉又上来了，督察依然没有露面——谢天谢地！贝蒂想。

"奈莉，我很肯定帮助鲍勃的办法就是把一切都告诉警察。他们不会在意你到彭莱顿女士的针线盒里找过东西这种小事的。"

"你确定吗,小姐?我还以为他们会因此惩罚我呢。"

"我百分百确定他们不会。但除非你还有所隐瞒——所以最好是把周四那晚发生的事情全都交代清楚,明白吗?我想……"

奈莉一脸歉意:"小姐,我不会告诉任何人的。难道你不怕吗?"

"奈莉,你这话什么意思?你必须告诉我!"奈莉会不会在下楼的时候看到了巴泽尔吻她?那又怎么样?接吻又不犯法。当然了,她跟督察说的是巴泽尔没有进来过,然而巴泽尔现在可能已经承认他进来过了。她得把这事解决了。至少她必须知道奈莉都知道些什么。

"真的,小姐,我不认为这有什么不对,但男人——唉,真傻,不是吗?凭什么那条狗链被拿走的时候,巴泽尔在大厅里,他就有嫌疑了?"

"我想,"贝蒂语速极慢,竭力不让自己失态,像个有不轨行为的女学生似的,"我想你的意思是说,你看见我和巴泽尔先生在周四那天晚上进来了?"

"不,小姐,我在房间里,什么都没看见,但我听到了。"

贝蒂的尴尬瞬间消失散尽。奈莉睡在二楼楼梯口的一个小房间里,就在她们现在所在的贝蒂房间的走廊尽头。

"那你听到什么了？"

"小姐，我当时睡不着，睁着眼躺在床上，担心鲍勃和胸针。我听到你们进了前门，然后我听见有脚步声从我门前经过，我心里想，'贝蒂小姐要回房睡觉了'。"

"事实就是这样，还有别的吗？"

"过了一会儿，在你回房后不久，我又听到下楼的脚步声。接着再次听到上楼的声音。我以为刚才下去的只有一个人，只听到一阵踩到木板的咯吱声，但是当我再次听到有人上来时，我突然好奇到底怎么回事，随后想起了前门——我早上下去一看，果然从里面拴住了。所以我想，'应该先是两个人上来，然后一起下去，最后一个人独自上来'。我知道你和巴泽尔先生出去约会了，所以忍不住猜测究竟会是谁。"

贝蒂看着她，等反应过来那姑娘在想什么时，她的脸和脖子都涨得通红。那是巴泽尔的脚步声，这就是奈莉得出的结论。

"奈莉，凭空猜测可不好，何况你猜错了。我现在明白为什么你之前守口如瓶了，你听到的并不代表事实，不是你想的那样。你说我们——我进来时，你听见前门关上了。你没听到插门闩的声音吗？你应该知道那动静有多大对吧？"

"的确,小姐。你进来的时候我听见栓门闩的声音了。你说得对,那动静确实不小。早就应该找人看看了,但我相信毕丽斯太太喜欢这样,晚上有人进来她就能听到了。"

"后来,你再次听到下楼的脚步声的时候,你听到栓门的声音,还是只是关门的声音?"

"不,小姐,什么声音都没有,不过只要前门有人进出,我在房间里就能听到,更不用说动门闩了,我都听着呢。"

"奈莉,我不知道你都听到了谁的脚步声,但我只上来过一次,就是你听到我回房睡觉的时候。没人和我一块上来,我也没有再下去。巴泽尔先生走了之后,我就关上了门,插好了门闩。"

"天哪!贝蒂小姐!你是说那根本不是你?"奈莉难以置信地看着她,"当然,我也分辨不出脚步声是谁的,那声音很小,像是有人在地上爬,发出咯吱咯吱的声音。"

"是你想象过头了才一直觉得那是我,"贝蒂厉声指出,"说到其他脚步——这层楼现在只剩下一间房还有人住了……"

"斯洛科姆先生的房间。"奈莉几乎以耳语的音量说道。

"你好像对什么事都不会大惊小怪,"贝蒂声音轻快地说,"斯洛科姆先生可能下楼有事。不过我觉得你应该把这事告诉警察。"

斯洛科姆,贝蒂想,他半夜三更去楼下拿什么呢?什么东西被人从大厅里秘密地拿走了,而且没人知道是什么时候,又是怎么拿的?狗链!会是狗链吗?

奈莉满怀期待地站在贝蒂面前,手里拿着空咖啡杯,等待着更明确的指示。此时走廊上传来脚步声——不是微弱的夜间爬行的那种,而是急促而沉重的脚步声。茜茜闯了进来,还穿着白天出门的衣服,手里抓着一份晚报。

贝蒂开始胡思乱想:"巴泽尔一定被捕了!"

"贝蒂!"茜茜兴奋地叫道,根本没注意到一旁的奈莉,"胸针是在彭莱顿的包里找到的,不是口袋里!"

"天哪!你傻了吗?这有什么区别?"

"都是在审讯的时候问出来的,"茜茜挥舞着那张报纸,"法官——不对,他不算是法官——不管了,他说他想澄清这件事,因为报纸上写错了。"

"可是难道不是本来就应该在她包里吗?其实我都没觉得她的衣服上有口袋。"贝蒂生气地说。

"你还不明白吗?她出门的时候胸针并不在她的包里!"

"什么意思?你怎么知道?肯定在啊!"

茜茜猛地坐到床上，"不在！我可以发誓！那天早上，我回房间拿帽子和衣服的时候，经过了彭莱顿的房间，里面传来一阵哗啦的响声，彭莱顿喊道：'茜茜，是你吗？麻烦进来帮我一下，包里的东西全掉出来了，真烦人！'你知道她那个总是随身携带的巨大的手提包吧？她的包不小心勾到了门把手，翻了个底朝天，硬币、手帕、笔记本、铅笔、面纱，还有一些乱七八糟的东西全散落在地板上。她坐下来，把剩下的东西倒在她大腿上，然后说……你也知道她喜欢大惊小怪——'我们得把这些都捡起来'——'们'当然是指我——'按照正确顺序放回去。'我只好一个一个捡起来递给她，她再放回去，但我肯定里面没有胸针！"

"胸针放在一个信封里吧。"贝蒂怀疑地说。

"没错，上面还写了鲍勃的名字。那堆东西里啥都有，唯独没有信封。她还检查了一遍她要带的东西，以确保没有遗漏什么。我看报纸上说胸针是在她的口袋里发现的，当时没太在意，但现在想起来了，你说得对——她的衣服上没有口袋——对吗，奈莉？"茜茜总算注意到了站在她后面的姑娘，她茫然地张大嘴，咖啡杯还在手里端着。

"是没有。"奈莉轻轻摇了摇头，一脸刚睡醒的样子。

"彭莱顿重新收拾好她的包便走了，"茜茜继续道，

"我看着她下楼的。"

"没错,"贝蒂慢慢地说,"你记得不,我在前门等你,你下来的时候,彭莱顿刚好从我面前经过。她肯定没有再返回。你知道这代表什么吗?"她的言下之意呼之欲出,"一定是有人在彭莱顿死后把胸针放进了她的包里。也许就是杀害她的凶手,拿着胸针的那个人!"

奈莉倒吸一口气,用手捂住嘴巴,好像要掩盖什么秘密似的,"可是是谁……"

"你还跟别人说过吗?"贝蒂厉声问道。

"没有!我一忙完就回来了,因为快饿死了!一回来就赶紧过来告诉你。"

"那你之前没跟警察说她包里的东西被倒出来过吗?"

"我没说。我打算说更多关于弗兰普敦的住户和彭莱顿的事情的时候,那个督察总是嗤之以鼻。再说了,我根本没太在意那个。有那么多事需要操心——哪里想得起来!"

贝蒂站了起来,拿起她的帽子。她快速而精准地把帽子戴好。

"你现在就去汉普斯特德警察局,奈莉也是,把这一切告诉督察。奈莉,快换衣服!"

"可是,"茜茜抗议道,"我还没吃晚饭呢。现在都

8点多了,我打了好久的字,都快饿死了。"

"事关重大。你说的和奈莉说的刚好神奇般地相互印证了,我们不能再等。把这些饼干带上,你可以在路上垫垫肚子。"

没有人问奈莉是否吃了晚饭。几分钟后,三人匆匆下楼往警局赶去,留下一脸疑惑的毕丽斯太太,贝蒂连珠炮似的解释将她的自信一举击溃:"奈莉必须马上跟茜茜和我去警局一趟,去见凯尔德督察。"

"说真的,现在谁还当我是这儿的女主人?"毕丽斯太太悲哀地想,"也没人在意我的情绪。"

第二十一章

"有价值的线索"

7:45，黛摩尔夫人和格里坐出租车到了汉普斯特德警察局。门口的欢迎阵仗把他们吓了一跳——却不知暗藏汹涌。

"我有事要跟凯尔德督察说，越快越好，"黛摩尔夫人郑重其事地对一名警员说，"事关彭莱顿一案，我手上有一些有价值的线索。"

"我从没想过还会受到警察如此热烈的欢迎。"格里说。波茨警员去通知督察他们到了，路遇一位同事，跟他说普拉希尔先生和黛摩尔夫人来了，而且"完全不慌张"，黛摩尔夫人还有"有价值的线索"要提供。

"要我说，"沃特警员回道，"在这个案子上，大家七嘴八舌说得太多了。没有这些'有价值的线索'，说不定我们破案还能更顺利。"

巴泽尔正坐在凯尔德督察的办公室，竭力解释"珍珠项链"的事，他不能把贝丽尔扯进来，又要尽可能地为贝蒂开脱，还要避免提到玛米，更不可以承认周五早上他走过那个楼梯，但依然在不经意间透露出一些真相。

波茨警员进来报告，黛摩尔夫人和普拉希尔先生到了。巴泽尔没有听清他在说什么，但猜到是有人想见督察。

"这样吧，督察，"他提议道，"我自己坐这儿把一切写下来，这样我的思路能清晰一点。"

凯尔德督察考虑了一下，心想这样也好。

"可别漏掉什么，"他厉声告诫巴泽尔道，"我知道的比你以为的多得多，而且我不像你想的那么容易上当受骗。"

"那是当然。"巴泽尔同意道。他被领到另一个房间，那里准备好了纸，有沃特警员负责盯着，他只是呆呆地坐在一边，眼神失焦，一副不认识巴泽尔的样子。由于没戴警帽，这位警员并不像个警察，但不知怎的，反而显得更吓人了。巴泽尔觉得他的存在不利于自己进行文学创作。

督察说他会先见见格里，但当他听到门开的声音转过身来时，看到的却是黛摩尔夫人。因为不能使用武力，所以波茨警员根本压制不住她，而他也无权使用武力。不过，他希望督察能下令将她立即逮捕。

凯尔德督察从忧虑中缓过神来，看了看她的脚。他的希望破灭。黛摩尔夫人对特鲁托兹风格的鞋真是偏爱有加——鞋头又宽又圆，一点都不高雅——不过这次倒是起了点正面作用。

"晚上好啊，督察，"她亲切地跟他打招呼，"我必须认罪，"督察吓了一跳，波茨警员不由自主地准备掏出手铐，"因为绑架了普拉希尔先生，但我们是在进行一项小调查，现在是来向你报告结果的。"

她坐在巴泽尔刚腾出来的椅子上，一双让人看一眼都恼火的脚分得很开，开始讲起她的故事。

"30年前，"黛摩尔夫人用爽朗的声音说，"一个住在考文垂、来历不明的年轻人用狗链勒死了房东太太的狗。"

"说真的，黛摩尔夫人，"督察打断道，"我们现在忙得很，除非你要说的东西跟彭莱顿一案有关，否则就请你晚点再讲你的故事，或者跟别人说去。我有要事得处理。"

"我得从头说起，你才能明白这其中的关联性。"黛摩尔夫人厉声说道。格里也进来了，就坐在她旁边，她转向格里，希望他帮自己证明。

"我承认这一切听起来很古怪，督察，"他不安地说，"但我向你保证，二者绝对有关联。"

黛摩尔夫人继续讲述，好不容易才说完，因为督察不断提出质疑，她一次又一次地解释，让他不得不承认，至少她的调查很到位，而且他能得到两个女人的证词，莫德·伯特尔夫人和她妹妹朵莉·史密瑟斯，地址她也说了。

凯尔德督察诧异地看着她。他不怀疑她和格里在考文垂所经历的一切，正如她描述的那样。他希望他能怀疑，他希望他能相信她在从事某种不法职业，从而能够逮捕她。如果已故的彭莱顿女士的好朋友约瑟夫·斯洛科姆和30年前在考文垂勒死了一只狗、还贪污了一个年轻女子的积蓄的约拿·索卡姆之间真的有联系，那还好说，虽然严格来说这不能算是证据。不过黛摩尔夫人是在出卖同谋还是真的发现了什么？

他叫来一个警员，让他打电话给苏格兰场，请求调取约瑟夫·斯洛科姆的档案，或者约拿·索卡姆的档案，以前在考文垂，特别注意有没有不正当金融交易的内容。交代完，他又转向黛摩尔夫人。

"你知不知道，在没有任何真凭实据的情况下，指控任何人犯有谋杀罪——哪怕只是暗示，都是一件很严重的事情？"

"我可没有提出指控，"黛摩尔夫人神气十足地回道，

"我只是报告我所了解到的事实,其余的事都是警察的问题,接下来就交给你们了。晚安!"

黛摩尔夫人站起来,大步走出房间。凯尔德督察的怀疑并没有消除,他重新坐回椅子上。

"希望你别以为是我教唆那个女人这么做的,督察。我也只是任她摆布。我不知道该怎么解释,但我可以告诉你,我就像个喋喋不休的白痴似的,在考文垂待的一整天都追在她屁股后面。"

"我能理解,普拉希尔先生。"凯尔德督察严肃地说。他接着询问格里,格里比较靠谱的,应该没有隐瞒什么。阴谋论说不通。

与此同时,贝蒂和茜茜还有奈莉已经赶到了警局,一个个上气不接下气的。门口的警员都能听到她们三个的喘气声。

"我们现在就要去见凯尔德督察,"贝蒂用命令的语气说,"这两位小姐知道一些有价值的新线索。"

"今晚从汉普斯特德来了不少提供线索的人。"警员嘴里嘟囔着,领着她们穿过走廊。

黛摩尔夫人也在贝蒂和她的伙伴们待的房间里,呼出的气息都带着一股绵羊的天然油脂味。

"怎么是你!"贝蒂惊讶地叫道,都忘了注意礼节。

她以为见到的会是巴泽尔。

黛摩尔夫人冲她们冷笑道:"我刚听你说,你们知道一些有价值的线索?为了避免失望,你们最好先给自己做好心理建设,警察不一定能明白它们的重要性。我给他们提供的线索个个都价值连城,可惜他们对此并没有多少感恩之心。"

"什么?"茜茜脱口而出。

"我想我们最好别问。"贝蒂明智地说。

"我懒得再等了,"黛摩尔夫人边起身边说,"督察正和普拉希尔先生谈话。转告一下我先回去了,希望还有东西吃,虽然根据我以往的经验来看不太可能。"

"那你把我的晚餐吃了吧。"黛摩尔夫人离开时,茜茜有些不舍地说。

但格里还独自在房里待着,饿着肚子想,为什么还不让他回家。督察还没想好要让他再次离开自己的视线,他正在消化从格里那儿得到的一些信息,想和自己的记忆对应上。没错,斯洛科姆就是中等个子,身材瘦削,他有一双小脚,穿了一套深色西装加上大衣,戴着圆顶礼帽。

那个警员回来了,他被派去测试斯洛科姆先生在周五上午外出所需的时间,报告说,"等一趟车半个小时,而且早上的车次更多。"

"半个小时！我们的朋友可是有35分钟。"

波茨警员紧跟其后，不慌不忙地说："长官，有三位从弗兰普敦来的女士想见你，说能提供有价值的线索。沃森小姐也在。"

"三个？"督察满脸不相信地问道，"弗兰普敦的女人是不是全来了，波茨？"

原本一脸严肃的警员咧嘴一笑，权当是反问句，而不是真的在问话。

"我的确想找沃森小姐，"凯尔德督察承认道，"把她带进来吧。就让彭莱顿先生待在那儿，让沃特警员看着，到时候我自然会去叫他，但如果他想见我，随时跟我说。普拉希尔先生肯定也在等。琼斯还没来对吧？"

"还没，长官，不过接他的车应该快到这儿了，除非他不在家。"

尖锐的电话铃声吸引了督察的注意力。

"等我接完电话，就把女士们带进来。"凯尔德督察对波茨警员说，随后拿起听筒，得知苏格兰场来电找他。

"约拿·索卡姆——对，有理由相信，他和住在弗兰普敦私人酒店的、开斯洛科姆商业代理公司的约瑟夫·斯洛科姆为同一人。你知道索卡姆？"

凯尔德督察手握铅笔快速记录着，眉毛越翘越高。

"不，半小时前我还不怀疑斯洛科姆。但现在一切证据都指向他了。我们刚刚拿到他的逮捕令，准备以杀害彭莱顿的罪名将其逮捕。动机和时机都有了，本来证据链上有几个缺口，但我想我们已经填补上了。你是说，你没有怀疑过索卡姆和斯洛科姆之间有联系？哦，千万别这么说，"督察变得十分谦虚，"我们也是瞎猫碰上死耗子了——一个格外谨慎小心的罪犯往往会在某些细节上粗心大意。你会立即调查那家商业代理公司吗？但他是个十分精明的家伙，你可能查不到什么漏洞，这也算是他值得尊敬的一面了。你也会调查考文垂那件旧案对吗？拿到那两个女人的住址了吗？考文垂的其他线索？那就太多了！你应该很高兴我们帮你认出他了吧？是的，我有证据表明，他在彭莱顿女士生前就一直觊觎她的财产，企图让她给他留下一笔遗产，估计还想从她那个傻乎乎的侄子手上再捞一笔更大的。"

"那个黛摩尔，真有她的，"他放下听筒，嘴里喃喃道，"她的确没有保留！她的调查方向是对的，要不是她在考文垂偶然发现了那个证据，我们不知道要到猴年马月才能发现斯洛科姆和他那'替身'之间的关系。奇怪的是，他居然顶着一个和自己如此相似的名字躲过了这么久，可能他觉得越危险越安全吧，名字相似反而能起到掩饰作用。"

波茨警员拿着指纹专家的报告进来了:"珍珠项链上什么都没有,长官,但是那封信似乎被打开过,然后又封上了,手法很专业,但里面的信纸上有一个指纹——打开信封的人的手好像是湿的。还在确认当中,但不是死者侄子的,晚点他们会给出一份完整报告。"

"很好,可以让几位女士进来了。"凯尔德督察在脑海中回想着证据,总结道,"我想再了解一些事实,不过现有的线索已经比较充足了。"

第二十二章

斯洛科姆先生意想不到

"沃森小姐,谢谢你把前因后果讲得这么清楚,让我松了口气。要是你能早点说服这个年轻人把实情说出来就好了,这样我们就能免去很多麻烦。你们应该也很开心,毕竟心里的一块大石头终于落地了。我已经派人去弗兰普敦盯着了,会不惜一切代价阻止他逃跑,但我感觉他一点也不慌,逃跑的可能性不大。你回去之后不要打草惊蛇,如果可以的话,也叮嘱一下大家。希望黛摩尔夫人还没有把她的探险历程写成歌四处传唱。我们会尽快行动。记住,不要再撒谎了!"

凯尔德督察一脸慈祥地对贝蒂和巴泽尔笑了笑。他对贝蒂大加赞赏,因为她从奈莉和茜茜那里拿到了他没能打探到的重要线索。不过他内心很满足,得以把一个受过教育、没有过任何犯罪前科的年轻人从失足的边缘拉回来,重新变回"善良的姑娘",因此,他的职业自豪感并没有因为这些打击而过分受损。

贝蒂挽着巴泽尔走回弗兰普敦,在路上,他将自己最后被迫透露给凯尔德督察的那部分故事告诉了她。

"你能理解的对吗,贝蒂?我是个十足的可怜虫。尤菲米娅姑妈把珍珠项链交给我的时候,我手头已经非常拮据了,所以就想着拿它换点现钱。我还以为十拿九稳会是我的,并且能从我写的故事《对牛弹琴》中得到更多。我想讨个好兆头,结果却恰恰相反,那个故事一点用处都没有。千万别想着篡改兆头!"

"也不能拿着传家宝瞎胡闹!"贝蒂补充道。

"我知道尤菲米娅姑妈死了之后的头一个想法就是从当铺里把珍珠项链赎回来。当初是玛米帮我当掉的——带我去当铺,跟老板商量交易,都是她一手包办——我以为她也能原样帮我弄回来。她的确是个好人,贝蒂。你能理解的,对吗?"

"我不理解的是,你本可以来找我,为什么偏偏要去找她,找那种姑娘。你知道我会帮你的,巴泽尔。"

"可是你还不明白吗?你不熟悉当铺,我也没法开口找你借钱,我根本不想把你牵扯进来!"

贝蒂突然爆发的笑声让走在前面不远处的茜茜和奈莉吓了一跳。她高兴得不得了,连玛米都不在意了。她很庆幸巴泽尔平安无事,就算现在往她嘴里塞进六个玛米,她也依然能笑出声来。她没来由地有一种感觉,以后玛米不会再出现了,并且对此颇有信心,虽说这种自信可能有些草率。

"还有很多事情我不明白,亲爱的巴泽尔,但你现在最好别说了。我没办法承受更多。"

"难得我现在有倾诉的欲望,想把一切都说出来,"巴泽尔对她说,"下次就不知道什么时候还会有这样的心情了,要不我还是继续说吧?"

"不行,已经到教堂巷了,没时间了。我明天和你一起吃晚饭。等下的场面估计很可怕。"

巴泽尔捏了捏她的手。奈莉站在弗兰普敦的门口犹豫不定。她心神不宁,刚才她们上山的时候,茜茜就一直在跟她解释现下的情形,她大概明白了,毕丽斯太太最看重的房客斯洛科姆先生处于某种肮脏勾当的旋涡中心。

"我真不想进有他在的地方,"她抱怨道,"吓得我直哆嗦,谁能想到呢?"

贝蒂紧紧抓住她的手臂:"直接到厨房里去,奈莉,"她命令道,"去吃点东西,别跟厨师或毕丽斯太太说话。你只需要说去给警察提供狗链的线索就行了,现在还不能跟他们说太多。他们很快就会知道的。"

"费恩小姐的晚餐怎么办?"奈莉问。

"天哪!"茜茜哀泣道,"我已经前胸贴后背,站都站不直了。"

"你得给我等着!"贝蒂说,"还有你,巴泽尔,要是你错过了晚饭,那也是你自找的。"

他被安置在休息大厅的藤椅上,贝蒂和茜茜则去了客厅。

这一幕让他们有种岁月静好的错觉,让人难以相信可怕的事情即将发生。

斯洛科姆先生坐在彭莱顿女士生前坐的椅子上,面前摆着填字游戏。黛摩尔夫人坐在对面的椅子上,用一根长长的绣花针大力地戳着手里的一条亚麻布,不时抬起头来,怀疑地瞥斯洛科姆先生一眼。布兰德先生坐在远处角落的桌子旁,愉快地用铅笔在《新闻晚报》上写写画画。格兰杰先生温顺地坐在黛摩尔夫人旁边的沙发上,偶尔帮她递一下剪刀或者丝线。

贝蒂和茜茜在沙发上落座,无视黛摩尔夫人询问的目光。

"你头痛好些了吗,沃森小姐?"格兰杰先生关切地问。

贝蒂心里一惊。她头痛吗?当然有,几年前的今天,晚上6点多的时候。"好多了,谢谢关心。"她对他说。

布兰德先生站起身,在房间里来回踱步,不时拿起一张纸,又把书翻得沙沙作响。在一片令人厌烦的噪音声中,他迂回地接近黛摩尔夫人。

"我真是个不安分的老伙计,"他喃喃地说,"今晚好像怎么都静不下心来!黛摩尔夫人,你采风采得怎么样?风土人情都了解了吗?不过那里没什么好采的——就是个破旧的老地方!"

黛摩尔夫人皱着眉头看着他,他不好意思地赶紧回到他的桌子旁。突然,斯洛科姆先生的字典从他的膝盖上滑落,重重地摔在地板上。猛地把三个女人的话匣子都打开了。

"该死!该死!"他恼怒地叫着,"我一定是打瞌睡了!毕竟到了我这个年纪——也可能是房里太封闭了?"

"那你应该当心点儿,斯洛科姆先生,"黛摩尔夫人提醒他,"不然可能出危险。"

"这倒不会……"但他似乎也被躁动不安的情绪所感染,跷起二郎腿又放下又翘起来,眉毛皱到一块儿,嘴角往下撇,但是填字游戏依然毫无进展。

"尴尬的问题?"茜茜突然问道。

他还没来得及回答,这时门开了,巴泽尔走了进来。听到大厅传来的似有似无的声音,贝蒂屏住呼吸,心提到了嗓子眼儿。茜茜跳了起来,挣开贝蒂抓着她的手。她无法放过这个绝佳的表演机会,尽管凯尔德督察在布局时已经尽力劝阻过她了。

"巴泽尔！"她喊道，"有件事挺奇怪的，今天早上的审讯上，我听到说那枚胸针是在你姑妈的包里发现的，而不是在口袋里！我这么说是因为我知道刚开始她的包里并没有胸针。她把包打翻了，里面的东西还是我帮她捡起来的。太离奇了，你不觉得吗？是谁把它放进去的呢？"

她那双天真无邪的蓝色眼睛直勾勾地望着斯洛科姆先生，其他原本一直盯着她看的人也顺着她探寻的目光转移了方向。

他们都注意到了斯洛科姆先生慢慢从椅子上站起来的样子十分奇怪。

"我得再去拿本字典。"他嘴里咕哝着，朝门口走去。

"我正要告诉你，斯洛科姆先生，"巴泽尔站在门口说，"大厅里有人等着见你。"

斯洛科姆先生霎时停住脚步，把手伸进胸前的口袋里，平日里他的动作一向果断敏捷，现在却变得软弱无力，捉摸不定。他掏出一个黑色的小笔记本扔进了火里。

"够了——没必要把它带在我身边了。"他念叨着，走向巴泽尔打开的门。

巴泽尔看着斯洛科姆先生的一举一动，嘴张着，手举着，但似乎一句话也说不出来，一个动作也做不出来了。茜茜、黛摩尔夫人和格兰杰先生也都呆呆看着斯洛科姆先生的动作,仿佛被施了催眠术一般,只有贝蒂反应了过来。她立刻跪在壁炉边的地毯上,来不及拿火钳,直接抓住笔记本封面的一角,迅速把它拎到炉边,用火钳把火苗和火星子给扑灭了。巴泽尔松了一口气。

斯洛科姆先生用怀疑的目光迅速看了他一眼,随后谨慎地走向大厅。巴泽尔把他自己和众人都关在了客厅内。

凯尔德督察和两位穿制服的警员站在大厅里面向斯洛科姆先生。

"约瑟夫·斯洛科姆,又名约拿·索卡姆,现在我以蓄意杀害尤菲米娅·彭莱顿的罪名逮捕你,提醒你,你所说的每一句话都将成为呈堂证供。"

斯洛科姆先生身形微微一晃,抓住了身后的门把手。

"一定是误会。彭莱顿女士遭到杀害的那天早上,我的去向都一清二楚。还有目击者看见我上了开往汉普斯特德站的地铁……"他的声音逐渐减弱。

督察将斯洛科姆先生从头到脚扫视了一遍,从苍白的脸庞到短小的双脚,若有所思地点了点头。他朝警员打了个手势。

斯洛科姆先生坐的那辆车戒备森严,停在了警察局外面,另一辆车放慢了速度,在它后面停了下来。大门两侧写有黄色的"警察"字样,头上是两盏蓝色大灯,通往门口的那条两旁插着旗子的小路反射着月光,尽管雨已经停了一段时间,但路面积水依旧不浅。斯洛科姆先生不可避免地把鞋子弄湿了,在干净的台阶上留下了几个完整的脚印。督察停下来给一个等在过道的人下指示。

"趁脚印还没干,赶紧拍照,测量尺寸。"他迅速吩咐道。

此时,第二辆车里的两个人也朝门口走来。

"当心!"被留下来看管脚印的警员提醒他们道,"别走这里!"

从门口进去是一条笔直的过道,里面灯火通明,可以看见斯洛科姆先生在尽头处转进了一个房间。蓝白相间的瓷砖使人联想到一个地铁站。

"就是他!就是他!"刚才那两人中有个人兴奋地叫了出来,他其实就是目击者琼斯,在耽搁了许久之后,被人从他的飞镖俱乐部里给拉了出来,"就是那个家伙,我看见他从贝尔塞斯公园站的楼梯上溜走了——就像刚才那样!他化成灰我都认识!"

至此,凯尔德督察得以结案。

第二十三章

弗兰普敦的住户众说纷纭

"这整件事表明，"黛摩尔夫人解释道，"我们有多迷信日常习惯。我一开始就怀疑过斯洛科姆，但在案发当天，他表现得依然和往常一样，警察都没想起过这号人，还是我把他们拉上了正轨。"

茜茜不甘示弱："我和贝蒂也是帮了大忙的。"她指出。

"没错，"黛摩尔夫人承认道，"你们是提供了有用的线索，但是……"

但是考文垂历险记已经在弗兰普敦讲过太多遍了，就连最老实的格兰杰先生都不愿意再听。于是他赶忙插嘴道：

"那天早上斯洛科姆先生提前了这么久去汉普斯特德站坐地铁，不会太冒险吗？那个车站的人应该都认识他吧。"

"是9:40和他一起坐车的人基本都认识他,但他提前了半小时。至于检票员,斯洛科姆很聪明,他猜到他大部分时候都在看票,并没有特别注意进入电梯的乘客的脸,因此不太可能注意到斯洛科姆来得这么早。不,其实最大的风险是他有可能碰到普拉希尔先生,斯洛科姆偷偷爬上楼梯的时候,普拉希尔先生大概正在过道里和鲍勃·瑟洛说话。"

"那事后,他为什么不直接从贝尔塞斯公园站坐车去莱斯特广场呢?"格兰杰先生问。

"这是他最聪明的举动之一,"黛摩尔夫人解释道,"他马上返回汉普斯特德站,赶在他平时坐车的时候从那儿上车,说不定还和几个能一眼认出他的人聊了几句,这样他们就能记得他在那儿——加上他引以为傲的十年如一日的晨练习惯,这相当于给他提供了不在场证明。"

"我想他可能早就把这件事计划好了,"格兰杰先生推测道,"在他知道她终于写下了将他梦寐以求的遗产留给他的遗嘱,他就已经准备好了,而预约牙医正好给了他机会……"

"胸针的事简直是他的天赐良机——可能稍有夸张,但就是让他有机会栽赃给别人。我估计他以为鲍勃会上楼,接着发现尸体,然后偷走胸针,最后被警察抓住。"

茜茜描绘了一番。

"你还记得她包里的东西，真的太厉害了，"格兰杰先生赞赏地说，"但我还是不明白遗嘱是怎么回事——是他发现的吗？"

"这事儿可能永远也不会有确切的答案了，"黛摩尔夫人神秘地说，"你们也许没有注意——但被我看在眼里——就在彭莱顿女士遇害的那天晚上，他马上就把她常坐的那把椅子给占了，多狡猾。当然了，我当时第一个想法是觉得他不够绅士，但转念一想，便怀疑其中暗藏了某种动机。"

"你的意思是他知道或者猜到遗嘱就藏在那里？"茜茜说，"我觉得那时候遗嘱已经在他手里了。彭莱顿很可能把遗嘱交给他保管。此外，他还在上面留下了指纹，所以他或许在杀死她之前就打开过了，以确保钱真的留给了他。说不定在发现剩下的财产全都留给了贝丽尔后——他原本打算从巴泽尔身上把这部分也给挖过来——他就等不及了。也许他还等了一阵子，看是否还会出现其他版本的遗嘱，将遗产留给他和巴泽尔。在希望破灭后，他把遗嘱塞进了椅子缝，至少先确保自己的那份。当然，那时候他肯定已经听到我们说，这笔钱无论如何会落入巴泽尔之手。"

黛摩尔夫人要说的话被人抢了先，很不高兴。"当然,"她神气活现地说,"我在这个案子上所起到的小小作用永不会被外人所知道,但我依然心满意足。"

其他人似乎对她的大度不以为然。

"真是好笑,"茜茜喋喋不休地说,"波特夫妇终究还是牵扯了进来对吧?他们装腔作势,好像什么都不知道似的。周四晚上,斯洛科姆蹑手蹑脚地下楼去拿大厅伞架上的狗链,奈莉听到了他的脚步声,而波特先生则是亲眼看见了他,因为波特夫人听到有人鬼鬼祟祟地走来走去,很怕是贼,便叫波特先生开门看看。当时他还以为斯洛科姆是去拿书或者别的东西。"

"太没有洞察力了!"黛摩尔夫人评价道,言下之意就是如果她碰巧在半夜看到斯洛科姆先生,她一定能察觉出对方有阴谋,"但即便最敏锐的人也可能犯错误,就像斯洛科姆在他的笔记本上写的那样。"

"对,那个笔记本!贝蒂反应太快了!但是为什么那东西这么重要啊?"格兰杰先生问,他就是那种一刻不停地问问题,却还是比别人知道得少的人。

"依我看,"黛摩尔夫人说,"在彭莱顿先生跑到斯洛科姆面前坦白时,起初斯洛科姆并不太相信,还以为他被人看见了,这是个圈套。这些笔记或许是个测试,甚至反圈套。又或者只是吃了一惊,但相信自己没有被逮捕的危险,于是放松了警惕。当然,这些笔记本身并不能证明什么，尽管这并不像是无辜之人会记录的东西。"

"这上面透露了不少信息，"茜茜指出，"首先，记录了谋杀的时间，接着是斯洛科姆自己的去向，他很贼，故意抛出烟幕弹。他装作从来没去过贝尔塞斯公园，写下又划掉，改成汉普斯特德。但别人还是都能看到。"

斯洛科姆先生的笔记

大概早上9:20————巴泽尔·彭莱顿离开塔维斯托克广场

9:30————沃伦街站

大概9:45————到达贝尔塞斯公园

早上9:00————尤菲米娅·彭莱顿离开弗兰普敦

9:05————约瑟夫·斯洛科姆离开弗兰普敦

9:15以后————尤菲米娅·彭莱顿登上贝尔塞斯公园的楼梯

9:16～9:18————格里·普拉希尔到贝尔塞斯公园的楼梯上

9:22～9:25————谋杀

9:40————约瑟夫·斯洛科姆离开~~贝尔塞斯公园~~汉普斯特德

大概10:00————巴泽尔·彭莱顿离开贝尔塞斯公园

大概10:10，就当是9:50 —— 到达戈尔德格林

大概10:30，就当是10:00 —— 到达库图佐夫家中

周四————狗链

晚上8:30————鲍勃·瑟洛在弗兰普敦大厅

11:20—————巴泽尔·彭莱顿在弗兰普敦大厅
8:30后狗链就不见了

"一个聪明的罪犯往往会在毫不起眼的地方粗心大意。"黛摩尔夫人一脸经验丰富的样子。

"你们有听说鲍勃的消息吗？"茜茜问，"巴泽尔已经说服他的父亲让鲍勃去约克郡给他们家打理花园，奈莉就在那儿做女佣，最后让鲍勃娶了她。这都是贝蒂想出来的，她太了不起了。"

"我认为地铁站的工作经历并不会让鲍勃·瑟洛学到多少园艺知识。"黛摩尔夫人毫不留情地说。

"大多数园丁懂得太多了，"茜茜向她保证道，"他们总说你错了。不如来个啥也不知道的人。"

"巴泽尔·彭莱顿会继承他姑妈的遗产吗？"格兰杰先生问，或许是因为担心园艺这个话题会让黛摩尔夫人发散到她最爱的自然主题上去。

"会，作为他的新婚礼物，"茜茜解释道，"贝蒂运气真好——那可是3万英镑！不过她值得——你们不觉得吗？"

"我倒觉得巴泽尔才是幸运儿。"格兰杰说。

巴泽尔也会同意的。他深信自己的运气比任何人的都要好。至于贝蒂，他确信她所有的幸运都是她应得的。

一个春日早晨,他们走过希思街,去库图佐夫家看贝丽尔的画像画得怎么样了。软绵绵的云朵在淡蓝色的天空中飘过,大地的颜色则显得苍白而单调。贝蒂大步走着,步调轻快,手里挥舞着一顶水仙花色的贝雷帽。

"你还记得我们上次来希思街的情景吗?"巴泽尔问,斜眼看她。

"不记得,怎么了?是什么时候来着?哦!对了,我们坐在肯伍德路附近的一棵圆木上。那时候你真是个十足的混蛋!"

"也没有那么混蛋吧。"他又小心翼翼地看向她,心想,她真可爱,"你知道吗?那天晚上在圆木上,我差点就抱住你了。我很想那么做,因为当时心里难过,希望得到一点安慰,但我又想,是我求你帮我,把你卷进了我的麻烦事,还要跟你亲热,未免太卑鄙无耻了。所以我忍住了。你知道吗,贝蒂?"

"是的,我知道。"贝蒂那双棕色的眼眸里闪烁着快乐的光芒,她伸出一只手牵起他的手。

"你会介意吗?"

"我当时很生气,我讨厌被蒙在鼓里。"

"可那不能怪我,你知道当时情况多么紧急,我根本没时间解释。再说了,你知道得越少,牵扯得就越少。"

"你个白痴!"

"贝蒂,你一直都相信我对吗?"

"对。我愿意付出一切来帮你,巴泽尔,当然了,我从没想过你会杀害尤菲米娅姑妈,但我十分好奇你都做了些什么,程度有多严重——不至于犯罪,但也并不合法。"

"贝丽尔肯定以为我什么事都做得出来。"

"她可没有!贝丽尔和格里都是好人。可怜的格里!你还记得那个周一晚上,直到斯洛科姆被逮捕,格里都还等在警察局,因为大家都把他给忘了。他只好安慰自己,警察一定是去逮捕他了!可怜的贝丽尔费了好大的劲才安抚好一大家子,以为警察毫无预兆地先把你关了,再把格里关了!"

"总之整件事就是个可怕的骗局。你还记得在弗兰普敦的时候,斯洛科姆和督察在客厅里谈话,我们坐在旁边的沙发上的情景吗?"

"当然!"贝蒂紧紧握住巴泽尔的手,"你知道吗?我们在沙发上坐下的那一刻,你似乎陷入了最艰难的境地,但我突然无比确信,我特别特别爱你,爱你的一切,永远不变!"

"只是那一刻吗?说来奇怪,就在那时,我幡然醒悟,这件糟心事一定会有一个好的结果,因为我真的很在乎你,我不允许就此葬送我们的未来!"

大家都知道,当两个年轻人第一次陷入爱河时,他们常说的一句话就是:"你记得吗?"然后便开始回想他们在这样那样的美妙时刻所感受到的幸福,即便在旁观者看来,他们的对话傻到无可救药。所以呢,我们就不打扰贝蒂和巴泽尔了,让他们沐浴着阳光走过希思街,尽情回忆昔日的美好。

完

大英图书馆
LIBRARY BRITISH
侦探小说黄金时代经典作品集

《女侦探》

《圣诞老人疑案》

《动物园谜案》

《帕洛玛别墅的秘密》

《维尔沃斯花园案》

《飞行疑案》

《牛津谜案》

《豕背山奇案》

《海峡谜案》

《地铁疑案》

《湖区疑案》

《银色鱼鳞谜案》

《康沃尔海岸疑案》

《切尔滕纳姆广场疑案》

图书在版编目（CIP）数据

地铁疑案 /（英）梅维斯·多里尔·海著；魏波珣子译. — 北京：中国青年出版社，2020.1（2023.3重印）

书名原文：Murder Underground

ISBN 978-7-5153-5928-1

Ⅰ.①地… Ⅱ.①梅…②魏… Ⅲ.①侦探小说—英国—现代 Ⅳ.①I561.45

中国版本图书馆CIP数据核字（2020）第013479号

著作权合同登记号：01-2019-2476

This edition published in 2014 by The British Library 96 Euston Road London NW1 2DB © The British Library Board

地铁疑案

作　　者：（英）梅维斯·多里尔·海
译　　者：魏波珣子
责任编辑：彭岩　刘晓宇
出版发行：中国青年出版社
社　　址：北京市东城区东四十二条21号
网　　址：www.cyp.com.cn
编辑中心：010-57350407
营销中心：010-57350370
经　　销：新华书店
印　　刷：北京中科印刷有限公司
规　　格：889×1194 mm　1/32
印　　张：10
字　　数：140千字
版　　次：2020年8月北京第1版
印　　次：2023年3月北京第2次印刷
定　　价：42.00元

如有印装质量问题，请凭购书发票与质检部联系调换
联系电话：010-57350337